明清戏曲剧目简评与戏曲小语

曾永义 著

林智莉 编校

商务印书馆

图书在版编目（CIP）数据

明清戏曲剧目简评与戏曲小语 / 曾永义著. --北京：商务印书馆，2025. --ISBN 978-7-100-24899-0

Ⅰ. I207.37

中国国家版本馆CIP数据核字第2025U3K122号

权利保留，侵权必究。

明清戏曲剧目简评与戏曲小语

曾永义 著

林智莉 编校

商 务 印 书 馆 出 版
（北京王府井大街36号 邮政编码100710）
商 务 印 书 馆 发 行
北京新华印刷有限公司印刷
ISBN 978 - 7 - 100 - 24899 - 0

2025年3月第1版　　开本 850×1168　1/32
2025年3月北京第1次印刷　印张 9½
定价：58.00元

序

杜桂萍

曾永义先生是中国台湾籍著名学者，学术成就蜚声海内外，尤其是对于两岸学术文化的交流，发挥了巨大作用。他热爱中国传统文化，在戏曲学、韵文学和俗文学研究方面均取得了杰出成就，为两岸学人尊重、爱戴，为中华文化的国际化做出了难以比拟的贡献。曾永义先生于2022年10月10日去世。卧病期间，他将这部基本完成的书稿交托给大陆学者，希望在大陆出版。商务印书馆慨然玉成此事，可谓完成了曾先生的最后心愿。此前，曾永义先生的多部学术专著如《戏曲源流新论》《戏曲剧种演进史考述》乃至集其五十年来研究精华的《曾永义学术论文自选集》等均由大陆出版社出版，学术反响很好，学术评价甚高。

曾几何时，戏曲研究不断出现"唱衰"的声音，其原因当然与研究观念之窄化、开拓动力之不足等有关，海内外学人都在努力、始终在不断探索，然真正从戏曲百川归海的特性、俗文化生成的传统以及综合性艺术的复杂面相入眼进行思考，何止一个"难"字了得！曾永义先生较早意识到这一问题，倾尽毕生精力构造一部独具特色、反映中国古代戏曲发展实际状态的戏曲史著作，是为《戏曲演进史》。他为此进行了五十余年的学术准备，终于在2021年5月开始陆续出版，至曾先生逝世一周年后（2023年10月）完成一套八册全部出版。《戏曲演进史》是曾先生"戏曲研究的总成果"（《自序》），是他一生最重要的成果，也是海内外戏曲研究最新成果的集中反映，曾先生亦因此成就其戏曲研究界"中流砥柱"的特殊地位。

曾永义先生五十年磨一剑，最终铸成的这部内容丰富、堪称"正史"的《戏曲演进史》，在他此前的日常讲谈和论道文字中均可找到持续不断思考的话语，相关的学术准备以十几部各类型著述的形态呈现着。在《自序》中，他坦陈这部戏曲史为"庞然大物，粗具轮廓"，其实已道出了他意犹未尽、继续深入探索的意向。如今推出的这部《明清戏曲剧目简评与戏曲小语》即出自这样的动机，既是"续说"，也属"补论"，或可理解为《戏曲演进史》的"副产品"。

《明清戏曲剧目简评与戏曲小语》主要就明代毛晋《六十种曲》、今人黄仕忠《明清孤本稀见戏曲汇刊》中的戏曲文本立论，涉及作品69种。曾先生选择的是"简评"的方式，通读全书，"简"的只是语言，"简"中寓"繁"才是实际。所谓"繁"，是因为其中不仅有戏曲作者简历的考述、作品本事的探源、主题旨趣的分析，更有基于文学与艺术结合的诸多戏曲文体元素、特征的提取与阐释，如曲文之相宜与否、排场之合适与否等。他之所以自认为有"独到之处"，观念、方法和意趣也在这里，即在有意识地彰显、践行古典戏曲百川归海的特性、俗文化生成的传统以及综合性艺术的复杂面相。此外，本书至少还有以下三个方面值得关注。

一、内容构成，有随性之旨趣又别具独创之"意味"。本书内容之构成，实际上分为三个板块，晚明毛晋之《六十种曲》与当代黄仕忠之《明清孤本稀见戏曲汇刊》，二者之悬隔何止是时间问题，还存在着编撰观念、宗旨、方式等诸多不同；彼此相同之处大概主要体现在皆具戏曲集成之历史责任和时代担当。曾先生自言是病休期间"忽然兴起突破明清传奇浩如烟海的心理藩篱之念头"，又因"身边恰好置有黄仕忠搜集整编之《明清孤本稀见戏曲汇刊》和黄竹三主编毛晋《六十种曲》之评注本"，遂"以其方便周全，逐一翻览"。表面上看，包含无穷之"随性"之趣，符合曾先生本人聪明睿智的个性风度和妙趣横生的表达习惯，实际上则是科学、严谨治学理念的别致反映。试看每一部分皆有"引言"，首先阐明思路和宗旨，并进行总体学术评价，又看之后以"作品"为纲所进行的文献考辨和梳理分析，即可证明这一点。而第三部分作者自撰"戏曲小语"，如同"曲话"，又似"小品"，曾先生解释为"不奈浪费'余暇'"之作，实则更不简单，不仅是自己"五六十年来戏曲研究之独到心得"，还提供了"戏曲研究者有易于掌握的正确观念"，实乃也是以上二书解读之"津梁"，尤见独创之"意味"。总共92条，以"小语"的方式，取其以"小语"释解"大旨"之目的，对关涉戏曲史的一些重要理解给予评说，多是独家心得。这是一种新的理论表述方式，表面上看类似于"丛残小语"，实际上多关系"大旨"，是曾永义先生一生理论智慧的通俗表达。

二、选目原则，取自专书但注重少有关注之戏曲作品。这些作品或为演出本而仅流存于舞台上，或作者不详又传本稀少处于不经见之状态中，或因价值评价的时代限制而未能得到恒久性认可，其经典性内涵难以得到发现、挖掘。然正因为这些剧本的存在，其中有些作品或被经典作品借鉴，相关优长和特点曾经在历史上被发现，那些经典作品的独特魅力才得以凸显，其与经典作品之间形成的星光点点却熠熠生辉的价值是作者所力求揭示者；或反映了一般性的社会伦理认知和欣赏水准等，曾长期或在一定时段内获得世俗社会的共同推举。如《寻亲记》传奇，并非明清传奇的优秀之作，但曾先生认为，"中华民族讲求孝道，帝王还以孝治天下，'寻亲'是个好题目，所以同题材者《黄孝子寻亲记》和此剧后的《续寻亲》都受到欢迎"，不仅就此剧而论，且就这一类题材而论，其指向则是中华文化传统，以及戏曲来自于俗文化所秉承的"渐近人情"的基本属性。这样的论断，非深谙戏曲文体之文化底色者是不可能有如此到位评定的。

三、撰写方式，类同于"叙录"而有所更易和突破。本书不以"叙录"命名，也并非"叙录"，但汲取了传统叙录的写法而有所更易，其中渗透了曾永义先生有意识指向叙录体的突破意识。总体来看，但凡戏曲作品之题材内容、主题旨趣、价值得失，乃至作者生平事迹、作品版本、校勘、流传等情况，均有所涉及，但并非循规蹈矩、皆立题目，而是依据掌握文献情况综合处理，一方面反映了曾先生重视文献研究基础的学术理念，另一方面也反映了他根据戏曲文体特征、演进特点等所进行的细致考量，着力突出了戏曲作为综合性艺术的独特性，即戏曲不仅仅是一般意义上的文献文本，还是联结着舞台艺术的特殊文本。其中戏曲关目结构的组织特点、宫调安排的艺术考虑、生旦脚色运用中之短长评价，都是基于戏曲特殊性而专门叙及，这与剧本演变轨迹中的种种问题，以及文学艺术评价、戏曲史定位等彼此映照而出现，体现了曾先生戏曲史观念的稳定、成熟。尤其是，其中包含考辨之内容，显示出作为学术研究最新成果的价值。这显示了曾先生有意彰显所谓的叙录体也需要当代学术视野的表达和观照的认知，非常值得思考和借鉴。

还有一点值得特别提出，即全书基本上以浅近之语言完成，娓娓述说，随兴感发，真知灼见，纷至沓来，以学术理念通俗呈现的方式，达成为用既宽且广的学术目的。这是曾先生一生之努力的集中呈现，同样凝聚了他关于中国戏曲研究的智慧思考和勤奋探索，也再一次揭示本书之著述目的：力求成为戏曲研究导引之"津梁"，弘扬戏曲作为一种文化存在之真谛。用心之良苦，怎一个"简评"与"小语"可以说尽！

是为序。

初撰于 2024 年 7 月 23 日

修改于 2024 年 12 月 15 日

目　录

序说 1

明清戏曲剧目简评 3
毛晋主编《六十种曲》所见剧目简评 5
 引言 5
 一、无名氏《寻亲记》 5
 二、沈采《千金记》 10
 三、无名氏《精忠记》 15
 四、徐元《八义记》 19
 五、沈龄《三元记》 23
 六、王錂《春芜记》 29
 七、孙柚《琴心记》 32
 八、朱鼎《玉镜台记》 39
 九、陆采《怀香记》 42
 十、吾邱瑞《运甓记》 46
 十一、叶宪祖《鸾鎞记》 51
 十二、梅鼎祚《玉合记》 56
 十三、陈汝元《金莲记》 64

十四、谢谠《四喜记》……………………………………… 70
十五、顾大典《青衫记》…………………………………… 76
十六、王玉峰《焚香记》…………………………………… 81
十七、无名氏《霞笺记》…………………………………… 87
十八、袁于令《西楼记》…………………………………… 90
十九、徐复祚《投梭记》…………………………………… 100
二十、杨柔胜《玉环记》…………………………………… 105
二十一、无心子《金雀记》………………………………… 109
二十二、王元功《赠书记》………………………………… 114
二十三、周履靖《锦笺记》………………………………… 115
二十四、单本《蕉帕记》…………………………………… 119
二十五、郑若庸《玉玦记》………………………………… 124
二十六、张凤翼《灌园记》………………………………… 131
二十七、汪廷讷《种玉记》………………………………… 135
二十八、张四维《双烈记》………………………………… 137
二十九、屠隆《昙花记》…………………………………… 139
三十、杨珽《龙膏记》……………………………………… 142
三十一、张景《飞丸记》…………………………………… 143
三十二、无名氏《四贤记》………………………………… 144
三十三、许三阶原著、许自昌改订《节侠记》…………… 145

黄仕忠主编《明清孤本稀见戏曲汇刊》剧目简评……………… 147
引言…………………………………………………………… 147
一、许潮《泰和记》之《汉相如》《陶处士》《卫将军》…… 151
二、屠本畯《饮中八仙记》南曲单出短剧………………… 155

三、胡汝嘉《红线金盒记》北杂剧 ………………………… 157

四、汪廷讷《天书记》传奇四十六出 ……………………… 161

五、边三岗《芙蓉屏记》传奇三十六出 …………………… 164

六、吴奕《空门游戏》《燕市悲歌》短剧二种 …………… 167

七、范文若《花眉旦》传奇三十出 ………………………… 171

八、来集之《女红纱》北曲单折短剧、《秃碧纱》
　　四出北曲杂剧、《秋风三叠》单折短剧 ……………… 174

九、李嵩《八仙过海》单折短剧附未成稿《四圣试禅》…… 186

十、黄周星《试官述怀》短剧南一折、《惜花报》南四折 … 187

十一、李雯《四更破梦鹃》南杂剧组剧四剧二十八出 …… 190

十二、有情痴《花萼楼》传奇三十六出 …………………… 196

十三、朱英《闹乌江》传奇四十出存上卷二十出 ………… 203

十四、朱佐朝《夺秋魁》传奇三十二出 …………………… 205

十五、释灰木《节义仙记》传奇二十七出 ………………… 208

十六、和邦额《一江风》传奇十八出 ……………………… 212

十七、和瑛《草堂窝》南杂剧四折 ………………………… 218

十八、仪亭氏《鸾铃记》二十四出 ………………………… 220

十九、顾太清南杂剧《桃园记》四折、《梅花引》六出 …… 226

二十、无名氏《育婴堂新剧》 ……………………………… 232

戏曲小语九十二条 ……………………………………… 241

编后记 …………………………………………………… 289

序　说

　　2021年11月我因心脏三个瓣膜大动手术，住院三个多月，至2022年1月30日始出院，在家休养。5月间又逢新冠大疫猖獗全球，足不敢出户，辟居斗室。而我是"闲不得的人"，乃将积年写作的文字整理为《一位阳春教授的生活：曾永义诗文日记（1992—2021）》《酒党党魁经眼录》《韵文学七讲》三书。前二书已由联经出版公司等出版社刊行①。至此又觉余暇难遣，忽然兴起突破明清传奇浩如烟海的心理藩篱之念头。

　　念头既起，乃思何从下手。身边恰好置有黄仕忠搜集整编之《明清孤本稀见戏曲汇刊》和黄竹三主编毛晋《六十种曲》之评注本。前者为黄仕忠阅读海内外图书馆典藏之明清戏曲孤本或稀见本，经由他和及门弟子校点汇刊的珍本南杂剧26种、传奇10种，计有36种；而《六十种曲》中，也有33种我未尝详阅，两书合计69种。余乃以其方便周全，逐一翻览，而顺手作以"简评"。

　　"简评"的内容，首在"物归原主"，使作者生平履历有简要的彰显。次在探讨其本事题材之根源，从而据以说明全剧关目之布置主从线索之技法与得失，并从剧中所述以见作者创作之旨趣，

---

① 出版日期分别为2022年6月及10月。——编者

从其宫调、曲牌、套数、脚色之运用，略见其排场之建构及其与剧情是否相得益彰。而曲文宾白则务须与脚色人物切合声口，科诨谐谑不可坠入市井淫语秽语，但求醉人耳目。乃总此以评断其剧目之文学与艺术之良窳，亦可提供学者阅读此剧目之参考。其作用有如卢前《读曲小识》一般，而涉及方面之广与论及之深入均较瞿安为多。

因此 69 种剧目之简评，实包含黄仕忠所汇刊之孤本稀见本明清南杂剧 26 种、传奇 10 种，以及《六十种曲》中 33 种明人新南戏与传奇剧目。

写完"简评"之后，又不奈浪费"余暇"，乃思及将五六十年来戏曲研究之独到心得，用浅近语言表达，庶几可使初入戏曲研究者有易于掌握的正确观念，视之为导引的"津梁"，乃亦逐条叙写，略予诠次，积累下来也有九十一条[①]之多，其中还有二十数条论及"戏曲关键词及其定位"。因此本书实合"明清戏曲剧目简评"与"戏曲小语"两部分成书。它们虽然没有学术论证之谨严，但皆为学术理念之通俗呈现，为用反而更为宽广。故本书实可视为拙著《戏曲演进史》之"附编"也。

2022 年 5 月 31 日 16 时 30 分森观寓所

---

① 经整理，现增补为九十二条。——编者

明清戏曲剧目简评

毛晋主编《六十种曲》所见剧目简评

引言

纵观毛晋《六十种曲》这33种剧目，除类同黄仕忠《明清孤本稀见戏曲汇刊》所呈现者外，另可观照到明人戏曲文士骈绮化之普遍风潮，从而促进明人家乐之繁兴。其双生双旦之脚色运用，情节关目之多线并行交错，剧情内容之由悲欢离合扩展至科场得意、建功立名于边塞，忠奸善恶之斗争报应更凭据史实，生旦排场逐渐偏向生脚而冷落、凑合旦脚，宫调曲牌韵协日渐讲究，尤其"韵协中原"、留意"务头俊语"等戏曲文学艺术之修为，无论曲家偶然或刻意所实践，都可以看出明人由新南戏"旧传奇"向新剧种"新传奇"日积月累前进蜕化的现象。

一、无名氏《寻亲记》

《寻亲记》原本约与明初四大南戏同时，作者不详。明人梁伯龙、吴中情奴、沈孚一各有改本。今通行之《六十种曲》为范受益和王錂所改编，已被明人所"文士化"，可谓之"明初新南戏"。

其内容所主写之节妇郭氏，亦如《琵琶记》之赵五娘、《荆钗记》之钱玉莲、《白兔记》之李三娘，都写市井小人物和其家庭流离的悲情。虽无发人省思的旨趣，却是时代社会的反映，颇能引起庶民百姓的共鸣，所以数百年来演出不辍。其改本众多，明人张岱《陶庵梦忆》卷七《过剑门》记名妓杨元、杨能、顾眉生、李十、董白之以戏名而演出《寻亲记》。焦循《剧说》卷三记明末嵩明州牧钱房仲卒于滇，其子因看市井演出《寻亲记》而檀板随身以谋食宿，终至于滇。且文人改本众多，以及乾隆间《缀白裘》录其十出折子，皆可见其所受之欢迎。其故盖如吕天成所云："真情苦境，亦甚可观。"①祁彪佳《远山堂曲品》所云："词之能动人者，惟在真切。故古本必直写苦境，偏于琐屑中传出苦情。如作《寻亲》者之手，断是《荆》《杀》一流人。"②但吴梅《顾曲麈谈》，则以为"庸俗"。

《寻亲记》演书生周羽、妻郭氏、子瑞隆，因土豪张敏觊觎郭氏美色而陷害，终悲欢离合而团圆事。其首出《开宗》【满庭芳】云：

> 文墨周生，糟糠郭氏，家道萧然。因官差役，无钱使用，遣妻张郎告债。张郎见色，将实契虚填，信仆奸谋，杀人性命，屈把周生陷极边。单身妇，因财被逼，此际实堪怜。　节妇贞坚，遗腹孩儿要保全。刚刀立志，毁伤花面。

---

① ［明］吕天成：《曲品》卷下，《中国古典戏曲论著集成》第6册，中国戏剧出版社1959年版，第226页。

② ［明］祁彪佳：《远山堂曲品》，《中国古典戏曲论著集成》第6册，第24页。

诗书教子，喜中青钱。弃官寻父，旅馆相逢话昔年。归来日，冤仇已报。夫妻子母再团圆。

其下场诗云：

张员外为富不仁，周维翰因妻陷身。背生儿弃官寻父，守节妇教子寻亲。①

像这样的关目情节，如果不是同样受苦的庶民百姓"感同身受"的话，就明清南戏传奇看来，并不突出。今人观之，却不免"依样画葫芦"，流入"庸俗"之感。但中华民族讲求孝道，帝王还以孝治天下，"寻亲"是个好题目，所以同题材者《黄孝子寻亲记》和此剧后的《续寻亲》都受到欢迎。

《寻亲记》共三十四出，主线在郭氏身上，关目平铺直叙，排场朴实无奇。于"寻亲"之主题，只用《血书》《相逢》搬演，不如反面张敏支线之分量。而南戏传奇结构，基本上是生旦"旗鼓相当"的关目排场。此剧因主写郭氏之悲苦，所以主要情节如《省夫》《发配》《遥奠》《得胤》《剖面》《训子》《劝勉》《应试》《报捷》等全写其一人，以此而彰显其悲苦坚贞之美德。相对生脚周羽，由《移尸》《枉招》《局骗》诸出，均可看出其软弱迂腐之性格，反与郭氏成了鲜明之对比，主从亦分明。而剧名既为《寻亲

---

① 黄竹三主编，宁希元、宁恢评注：《六十种曲评注》第3册《寻亲记评注》，吉林人民出版社2001年版，第391页。

图 1　明万历年间金陵富春堂刊本《寻亲记》插图

记》,却叫郭氏独挑大梁,则不免"文不对题""喧宾夺主"之弊。

但就戏曲文学曲文宾白而言,《寻亲记》由于是演出的"舞台本",尚保留戏文质朴自然的本色,没有咬文嚼字,被明初"新南戏"所染,而且所写所叙多为"苦境",就容易令人感动了。举其数曲如下:

第十二出《省夫》【香柳娘】:

> 你一身枷械,你一身枷械,开眼觑着你头怎抬,捆扒吊拷如何挨。我无钱计嘱,我无钱计嘱,要见你怎生来。我和你饥寒共守七八载,今日你做囚徒,我不得同受狼狈!(合)叹一家破败,叹一家破败。骨肉何年再谐,伤心垂泪。

第十三出《发配》【小桃红】:

> 和你同甘同苦,受尽饥寒。谁想道遭磨难也。此去程途有谁见怜。何况涉山川,披枷锁,挨风霜。这苦我也无由见也,我这里孤单伊怎管。(合)一旦恩情断,再合甚年,只指望结来生未了缘。[1]

像这样的曲文才是"戏文本色",才能老弱妇孺、庶民百姓耳闻皆晓,也才能够长久流播剧场。其韵协未及以《中原音韵》为典范,

---

[1] 黄竹三主编,宁希元、宁恢评注:《六十种曲评注》第3册《寻亲记评注》,第444、452页。

不免邻韵通押，是为戏文随口取协现象。

2022 年 4 月 9 日于森观

二、沈采《千金记》

沈采，字练川，嘉定（今上海）人，生卒年不详。清姚燮《今乐考证·著录五》谓沈景倩云"《四节》《连环》《绣襦》之属出于成化、弘治年间，稍为时所称。"则沈采为明成化、弘治间人，所著《四节记》为明代"组剧"之始。另有《千金记》《还带记》，而以《千金记》为代表作。

吕天成《曲品》卷上云：

> 沈练川名重五陵，才倾万斛。纪游适则逸趣寄于山水，表勋猷则热心畅于干戈。元老解颐而进卮，词豪攧指而搁笔。①

可见沈采在当时文坛声望颇著。

《千金记》取材《史记·淮阴侯列传》与《项羽本纪》。韩信一生事功，否极泰来，又被吕雉陷害，衔冤而死，本身纷彩杂陈，加上历代文人评论赋诗，说唱三国加油添醋，传说增奇饰怪，则用作传奇题材，自然"胎息渊厚"。但演淮阴事者，此《千金记》之外，只见祁彪佳《远山堂曲品·能品》之《淮阴侯》南北四折，

---

① ［明］吕天成：《曲品》卷上，《中国古典戏曲论著集成》第 6 册，第 210 页。

盖以楚汉多争战关目，非传奇"生旦"本色之故。且当时剧场艺术，逢武场开打，多用净丑粗曲，草草以"过场"度过，非可观可赏之排场。盖戏曲艺术"唱做念打"，"打"发达最晚，至梆子戏、京剧始完成，也因此《千金记》便为名著而演出不衰。清梁廷枏《曲话》引《筠廊偶笔》说到清初某大姓人家夜演《千金记·霸王夜宴》，焦循《剧说》卷六引《菊庄新话》所载王载扬撰《书陈优事》，以陈优貌寝委琐，而扮饰《千金记》净色西楚霸王，惊艳菊坛。

沈采之所以创作《千金记》，其首出《开宗》【满庭芳】有云：

> 世态有常有变，英雄能弱能强。从来海水斗难量。运乘金失色，时至铁生光。　休论先期胜负，何须预扣兴亡。高歌一曲解愁肠。柳遮庭院绿，花覆酒樽香。①

很显然是在写人生的"否极泰来"，有如元人杂剧王实甫《吕蒙正风雪破窑记》、张国宾《薛仁贵荣归故里》、无名氏《冻苏秦衣锦还乡》、无名氏《朱太守风雪渔樵记》，明人南戏《刘知远白兔记》等，在戏曲中早成题材的一种类型。但沈采《千金记》所写的是真正的英雄人物，不像一般写的落魄书生，所以自见别开生面，起伏跌宕昭彰。而且从韩信林林总总的一生中，独取报答漂母"一饭千金"为题，更能引发感人的美德，也是其出类拔萃的

---

① 黄竹三主编，安国梁、张秀华评注：《六十种曲评注》第3册《千金记评注》，第606页。

原因。

《千金记》主要在搬演韩信英雄之否极泰来，功业彪炳，受封齐王之生命历程，史料中无一字提及其婚姻或爱情生活。所以祁彪佳《远山堂曲品·雅品》谓"《千金》纪楚汉事甚豪畅，但所演皆英雄本色，闺阁处便觉寂寥。"①吕天成《曲品》卷下谓"《千金》韩信事，佳。写得豪畅。内插用北剧。但事业有余，闺阃处大寥落，且旦是增出。只入虞姬、漂母，亦何不可？"②可见吕、祁二氏都不免拘泥传奇之"生旦排场"。全剧五十出韩信妻高氏（旦）和其岳母（占），只在《宵征》《受骗》《漏贼》《讹传》《佳音》《通报》《荣归》等七出上场，戏分不只太少，而且无关紧要。吕氏所云："亦何不可？"诚然，倘若要勉强凑合以求与韩信（生）"势均力敌"，恐怕就要"两败俱伤"。所以沈采的"突破传统"，在关目布置、排场结构上是有其"胆识"和意义的。

本剧关目布置的方式，大致是以韩信生命史为主轴，以二三出或三四出为一事件单元，循序渐进。如《受辱》《宵征》《投阃》之写其命运转折点，《思汉》《谒相》之投刘邦，《坐仓》《怀刑》《免死》《北追》之由否反泰，《保奏》《登拜》之跻身大将，以及《破赵》《救齐》各数出之建立事功。排场已见大场、正场、过场之处理调剂，如《投阃》《会宴》《北追》为大场，《延烧》《起盗》《预防》为过场。于《北追》《登拜》《楚歌》均于南套中插入北

---

① ［明］祁彪佳：《远山堂曲品》，《中国古典戏曲论著集成》第6册，第129页。
② ［明］吕天成：《曲品》卷下，《中国古典戏曲论著集成》第6册，第226页。

图 2　北京图书馆藏明金陵富春堂刊本沈采《千金记》插图

曲，但"声情"稍作调剂有余，尚未及传奇成立后之用合腔、合套、北套。

至其曲文，既写英雄，自宜如吕氏、祁氏所云之"豪畅"。举二曲如下：

第十三出《会宴》【锦堂犯画眉序】净扮项王唱：

> 设宴割鸿沟，各守边疆免为仇。笑亡秦失鹿，是吾先收。盖世勇力拔山丘，图霸业、易如唾手。离乡久。富贵若不归田亩，如着锦衣黑夜游。

第二十六出《登拜》【十二月】生扮韩信唱：

> 想伊尹曾耕锄困有莘，姜太公他守定丝纶。傅说在、岩墙板筑，孔子在、陈蔡居贫。你笑我做元戎的是庶人，你是个低头吃肉大将军。只好杀狗处，持着刀刃。①

上二曲写项羽"富贵不归故乡，如衣锦夜行"，明白如话，后曲写韩信欲杀樊哙，连用四位古圣贤掌故，但句句皆为俗曲，于此亦可窥豹一斑，以见此剧之豪畅。

2022 年 4 月 10 日 17 时 45 分

---

① 黄竹三主编，安国梁、张秀华评注：《六十种曲评注》第 3 册《千金记评注》，第 689、775 页。

三、无名氏《精忠记》

《精忠记》作者明清以来之曲论与校本皆题作"明姚茂良或姚静山作"。姚茂良,字静山,武康人。但学者已考定为无名氏,此剧是《岳飞东窗记》的多次改编本。应以无名氏为是。

此剧本事看似"历史剧",但如同一般传奇,非尽依照正史"依样画葫芦"布关置目搬演。取材包括:其一,宋元史书,如岳飞嫡孙岳珂《金陀粹编》、章颖《宋南渡十将传》、徐梦莘《三朝北盟会编》、李心传《建炎以来系年要录》、元脱脱等修《宋史》等。剧中叙岳飞、秦桧身世,兀术南侵、岳飞破拐子马,连奉金牌十二道班师回朝,大理寺受审、受害,皆斑斑可考。其二,宋元以后民间遗闻与传说,已见诸岳珂《金陀粹编》、陆游《老学庵笔记》、王明清《挥麈录》《玉照新志》、周密《齐东野语》等笔记丛谈。其三,民间文学,包括话本、戏曲,更为深入庶民。其戏曲有戏文《秦太师东窗事犯》、元杂剧孔文卿《东窗事犯》。

对于这样出自戏文、取材多元,经文人再三整编的《精忠记》,吕、祁二家皆有评论。吕天成《曲品·能品》云:

> 此岳武穆事。词简净。演此令人眦裂。予欲作一剧,不受金牌之召,直抵黄龙府,擒兀术,返二帝,而正秦桧法,亦一大快事也。①

---

① [明]吕天成:《曲品》卷下,《中国古典戏曲论著集成》第6册,第227页。

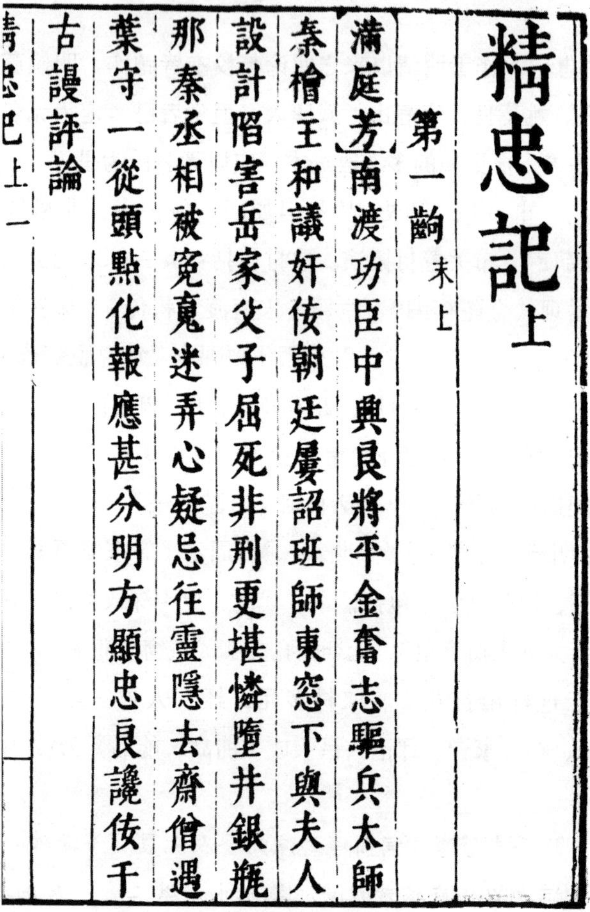

精忠記上

第一齣 末上

滿庭芳 南渡功臣中興良將平金奮志驅兵太師秦檜主和議奸佞朝廷屢詔班師東窗下與夫人設計陷害岳家父子屈死非刑更堪憐墮井銀瓶那秦丞相被冤鬼迷弄心疑忌往靈隱去齋僧遇葉守一從頭點化報應甚分明方顯忠良讒佞千古謾評論

精忠記上 一

图3 长乐郑氏藏汲古阁刊本《精忠记》

祁彪佳《远山堂曲品》云：

> 《精忠》虽庸笔，亦不失音韵。《金牌宣召》一折，大得作法。惜闲诨过繁。末以冥鬼结局，前既枝蔓，后遂寂寥。

又云：

> 《金牌》，《精忠》简洁有古色，而详核终推此本。且其联贯得法。武穆事功，发挥殆尽。

又云：

> 《阴抉》前半与《精忠》同。后半稍加改撺，便削原本之色。不识音律者，误人一至于此。①

可见吕氏和祁氏都认为《精忠记》之曲文"简净"或"简洁"。但祁氏对其关目"前枝蔓""后寂寥"和科诨过繁，以及结局用冥鬼则都不以为然。而对于全剧本事之穿关布目，则认为"联贯得法。武穆事功，发挥殆尽。"至其对全剧总评，则谓之"庸笔，亦不失音韵。"却又与称其"简洁"自相矛盾。倒是吕天成读之"令人眦裂"，欲执笔翻案以快其心，较为真切。

---

① ［明］祁彪佳：《远山堂曲品》，《中国古典戏曲论著集成》第6册，第26、74、91页。

若论《精忠记》之成就与特色，则黄竹三主编之《六十种曲评注》，陈绍华之《论〈精忠记〉》最为详审，其要点如下：

其一，《精忠记》改编《东窗记》，有剧情、增订、合并、分析、重订曲律、改正字句等五个面向。

其二，《精忠记》旨在表彰岳飞精忠报国，揭发秦桧卖国求荣，表达庶民鞭挞奸佞、褒扬忠良的愿望。

其三，《精忠记》是掇拾民学为素材的传奇，不拘史实，采撷传说、虚构故事，因此也体现民间文学的对比性、谐谑性、神奇性的特色，在语言上运用民间文学惯用的嵌字、析字、谐音、歇后语等形式和技法。

其四，《精忠记》对岳飞题材的文学创作，有借鉴和启发的作用，对岳飞故事之传播，引发人们斥奸褒忠也具很大影响。

其五，《精忠记》纵使在思想性上未能发人深思，在文学艺术上未臻上流，但已能令吕天成"眦裂"，何况庶民观众。所以它能播诸野台高歌，感动人心。

其所论深入浅出，足供参考。

《精忠记》在首出《提纲》【满庭芳】已指出其旨趣在"评论忠良谗佞"，也说秦桧遭受的报应是"被冤魂迷弄"，和尚叶守一"从头点化，报应甚分明"[①]。这样的结局和思想虽为祁彪佳所排斥，但实是庶民戏曲的"寻常本色"，无须见怪。其《兆梦》《说偈》《应真》《诛心》《天策》《同毙》《冥途》《表忠》等八出便是从这

[①] 黄竹三主编，陈绍华评注：《六十种曲评注》第4册《精忠记评注》，第9页。

"善有善报、恶有恶报"的观念衍生出来。全剧三十五出,几占四分之一,无乃过于冗烦。

本剧之"生旦排场",用双生双旦,正生扮岳飞,小生扮其子岳云,旦以老旦为正扮岳夫人,小旦扮银瓶小姐。老旦、小旦必双双上场,见诸《赏春》《饯别》《兆梦》《省母》《辞母》《闻讣》《毕命》等七出,所叙皆非关紧要,可见既以岳飞生脚一生事功遭遇为主轴之戏曲,纵使剧作家欲卖力求其"生旦平衡",莫不事倍功半。

本剧虽只用三十五出,但过场过多,宋金战事亦只草草,《赴难》《诛心》勉称大场,铺排用心外,其余大抵平铺直叙,无甚可观。《表忠》为全剧收束,亦颇具豹尾之功。

总而言之,吕氏、祁氏皆不看好此剧之文学艺术,祁氏直以"能品"处之,是有道理的,所幸以其传岳武穆事,甚为难得,故能广播民间。

2022 年 4 月 13 日 17 时

四、徐元《八义记》

传奇《八义记》之记载始见吕天成《曲品·妙品》与祁彪佳《远山堂曲品·能品》。吕氏云:

> 事佳,搬演亦可。但其词太质,每欲如《杀狗》一校正之,而棘于手,姑存其古色而已。即以赵武为岸贾子,正是

戏局。近有徐叔回所改《八义》，与传稍合，然未佳。①

祁氏云：

此古本《八义》也，词颇古质；虽曲名多未入谱者，然与今信口之词，正自不同。后如徐叔回等所改《八义》诸记，皆本于此。惜今刻者、演者，辄自改窜，益失真面目矣。

又云：

传赵武事者有《报冤记》，又有《接缨记》，此则以《八义记》为名。记中以程婴为赵朔友，以獒犬在宣孟侍宴之际，以韩厥生武而不死于武，以成灵寿之功，皆本于史传，与时本稍异。运局构思，有激烈闳畅之致，尚少清超一境耳。②

吕、祁二氏都提到《八义记》为徐叔回改编，但《六十种曲》本《八义记》标明作者为"徐元"，谓"徐元，字叔回，钱塘人"③，生平未详。其后著录论评每据此误题为徐元所著。其实它原本南戏，徐叔回不过改编而已。

---

① ［明］吕天成：《曲品》卷下，《中国古典戏曲论著集成》第6册，第225页。
② ［明］祁彪佳：《远山堂曲品》，《中国古典戏曲论著集成》第6册，第24、67页。
③ ［清］无名氏：《传奇汇考标目》，《中国古典戏曲论著集成》第7册，第195页。

《八义记》本事早见于《春秋》与《公羊》《穀梁》《左氏》三传，三传虽略有出入，但大同小异。《国语》始记晋灵公遣人刺赵盾一事，《吕氏春秋》载有赵盾赐食饥者灵辄，灵辄受报思救助之事。至司马迁《史记》中的《晋世家》《韩世家》《赵世家》而增入屠岸贾此一"关键性人物"，使故事情节大起变化。屠岸贾因与赵盾忠奸不合，一手铸成灭赵与"搜孤""杀婴"情节，使《左传》中之淫妇庄姬变为贞妻，使赵武也由随母避乱成为遗腹子。又增添程婴、公孙杵臼两位赵氏门客，而使程婴子与公孙二人涉入"保孤"而死难，其传奇性已颇为彰显。其相关之艺文创作，莫不据此缘饰创发。盖忠奸善恶斗争，死难死义本是剧场好题目。至宋代，以其赵姓，更攀附赵武后裔，而赵宋长年受迫于北金，颇有借"存孤"以"存赵"之潜在用意，"八义"中程婴、公孙杵臼、韩厥因之每被封侯晋爵。

此剧以"八义"为名，而剧中实以赵盾为主要人物，若考其所谓"八义"，应指主要存孤之"程婴""公孙杵臼"，以及替赵朔代死之"周坚"，被赵盾救济之饿夫"灵辄"，赵盾御者护卫"提弥明"、奉屠岸贾之命欲刺杀赵，见其公忠羞愧触槐而死之"鉏麑"，不忍出首孤儿而自殉之"韩厥将军"，以及代孤儿而死之"程婴幼子"。

《永乐大典》和《南词叙录》都记载戏文《赵氏孤儿》剧目，当为据此故事所创之剧本。元杂剧有纪君祥《赵氏孤儿大报仇》（一作《冤报冤赵氏孤儿》），明传奇有《接缨记》和戏文改编本《八义记》多种，清人亦有传奇《节义谱》。明末冯梦龙原著、清乾隆间蔡元放编评的小说《东周列国志》亦有"赵氏孤儿"情节。

据此可见其流传之广远。

但鄙意以为在"赵氏孤儿"故事流传中,《春秋》及其"三传"固为史实根源,而至史公司马迁《史记》却无端地增入与屠岸贾忠奸善恶之争与灭赵之事,其事之真假颇令人致疑。而史公在文献残缺之时,或不免以轶闻传说入史,其将神话人物之跻入正史即可见一斑,未知赵屠斗争事是否也如此。而以《史记》影响力之大,谁尚敢说史公所言不实或待考?

《八义记》既在表彰忠义、讨伐奸佞,自以写赵盾与屠岸贾为主轴,以见正反相衬对比之效果。其写赵盾一方者为《赵宣训子》(第六出)、《宣子劝农》(第八出)、《翳桑救辄》(第九出)、《宣子见主》(第十一出)、《宣子争朝》(第十三出)、《鉏麑触槐》(第十五出)、《举家兆梦》(第十七出)、《犬扑宣子》(第十九出)、《灵辄负盾》(第二十出)、《周坚替死》(第二十一出)、《宣子避仇》(第二十二出)等11出;以《猜忌赵宣》(第七出)、《张维评话》(第十出)、《权作熊掌》(第十二出)、《宣子争朝》(第十三出)、《决策害盾》(第十四出)、《张千探听》(第十六出)、《报失张维》(第十八出)、《犬扑宣子》(第十九出)、《宣子避仇》(第二十二出)等9出写屠岸贾,其间第十三出《宣子争朝》、第十九出《犬扑宣子》、第二十二出《宣子避仇》双方相关交集,而第二十二出以后,则以程婴为主,公孙杵臼、韩厥为副,主写存孤抚孤之艰辛。

本剧关目布置还考虑到四时节候的安排:元宵、清明、谷雨、夏初、秋来、金风、菊月,依序而来。

《八义记》据南戏《赵氏孤儿》改编,久在民间流传,俗文学的气息较浓,文人眼中,自然文采不彰。所以吕天成嫌其词"太质",祁彪佳亦以为其词颇"古质",还说它"曲多未入谱者",赏其运局构思,有"激烈闳畅之致,尚少清超一境耳。"就其观点而言,皆言之成理。

从全剧观之,过场、短场为多,少可观可听之曲与排场,但第八出《宣子劝农》"村田乐"一场,完全出诸村民生活语言,表达庶民乐天安命的生活,则甚可观听。

五、沈龄《三元记》

明戏文《三元记》,吕天成《曲品》谓作者"沈寿卿蔚以名流,雄乎老学。"[1]归有光《震川先生集》卷十九《朱肖卿墓志铭》云:

> 安亭有二沈氏。昔时有沈元寿者,慕宋柳耆卿之为人,撰歌曲,教僮奴为俳优,以此称于邑人。[2]

清嘉庆《安亭志》卷三《风俗志》云:

> 有明弘治间,里人沈寿卿撰歌曲教人,至今殷厚之家,犹转相慕效。[3]

---

[1] [明]吕天成:《曲品》卷上,《中国古典戏曲论著集成》第6册,第211页。
[2] [明]归有光著,周本淳校点:《震川先生集》上册卷十九,上海古籍出版社1981年版,第480页。
[3] [清]陈树德等辑:《嘉庆安亭志·风俗土产》卷三,上海古籍出版社2003年版,第31页。

综合以上资料，我们可得知，沈寿卿是明孝宗时人，他和归有光所云以歌曲称于安亭邑人的沈元寿很可能是同一人。而《六十种曲》将《三元记》作者署为"沈受先"，却无迹象可与沈寿卿、沈元寿联系一起。也因此《三元记》作者一向被认为"不详"。直到1962年，《光明日报》9月9日《文学遗产版》发表谭正璧先生《〈三元记〉作者沈寿卿生平事迹的发现》，所举最有力证据为清嘉庆间《安亭志》卷十七《人物》之沈龄小传，云：

> 沈龄，字寿卿，一字符寿，自号"练塘渔者"。究心古学，落拓不事生产，尤精乐律，慕柳耆卿之为人，撰歌曲，教童奴为俳优。画竹仿文洋（湖）州，书法出入苏文忠、赵承旨。诗歌清绮绵婉，名满大江南北。太傅杨一清谢政居京口，特招致之，适馆授餐，日与为诗酒之会。武宗南巡，幸一清第，一清张乐侑觞，苦梨园无善本，谋于龄，为撰《四喜传奇》，更令选伶人之绝聪慧者，随撰随习，一夕而成。明旦供奉，武宗喜甚，问谁所为？一清以龄对，召见行在，欲官之，不受而归。①

从诸家著录可知，沈寿卿著有传奇《三元记》《娇红记》《龙泉记》《四喜记》《银瓶记》等五种，只《三元记》现存。由谭氏发现的沈龄小传，可知沈龄安亭人，字寿卿，一字符寿，自号练塘渔者，是位曲家、画家、书家、诗家，多才多艺，名著大江南北的落拓

---

① ［清］陈树德等辑：《嘉庆安亭志·人物二》卷十七，第296页。

文人。他虽受太傅杨一清赏识，武宗皇帝恩宠，却不夤缘以跻官场，可说是个有志气的读书人。但沈龄是否即《六十种曲》所署《三元记》的作者"沈受先"，谭氏认为"受先"与"寿卿"为方音讹变所致，应为同一人。评注《六十种曲》中《三元记》的徐志啸在《沈受先及其〈三元记〉》中亦认为极可能而采谭氏之说。而经我们以上的综合推论，应是大致可信的。何况《三元记》曲白典丽，颇有《香囊》《玉玦》习染，也正合乎沈龄诗歌"清绮绵婉"的格调。

　　《三元记》演冯商还妾事，本事出宋罗大经《鹤林玉露》乙编卷四"冯京"条。冯京连中乡试、会试、廷试榜首，在宋代得"三元者"只三人，冯京以有此剧传播，独享盛名。此剧以《冯京三元记》为名，却主写其父冯商，兼及其母金氏。至冯京出生中三元，已在全剧尾声，堪称"名实不相符"。乃因作者旨趣在彰显"积善之家必有余庆"，以励风俗人心，乃不惜在与事实相符"买妾还妾"事之外，凑集"人间善事"四种，以大大美化冯商之善行，以为上天报以晚得佳儿，连中三元，一门荣庆。所附入之四事为：赈饥、拒寝、毁券、还金，合还妾，则所行为"五福"。传奇每以"四德""五福""十义"为题，集类似之情节为一剧，以淑世化民。此等结构方法，有如沈璟《博笑记》、沈和《秦和记》和沈龄自己的《四喜》传奇，事实上是每单元可以独立的剧集，只是《三元记》五单元，由冯商一脚贯穿，就像关目有首有尾有过渡的传奇体制了。因此使人感觉作者过分美化冯商，并不自然。也因此就关目排场而言，自以据实敷演之"还妾"诸出自然而具理趣，后半则诚如青木正儿《中国近世戏曲史》所云"上半本关目结构略佳，然天上

图 4　明万历年间金陵富春堂刊本沈受先《三元记》插图

一场以后，冗漫不足观……后半，其病最甚。"①

而吕天成《曲品·具品》云：

> 冯商还妾一事，尽有致。近插入三事，改为"四德"，失其故矣。②

又云：

> 语或嫌于凑插，事每近于迂拘。然吴优多肯演行，吾辈亦不厌弃。③

吕氏这些话，可见沈龄所以关目"迂拘"是因为插入三事，而凑合"四德"，但如上文所举，事实上已入"五福"。其曲白语言所以令人嫌"凑插"，乃因为沈龄用明初文人藻丽典雅之笔，不免生造，有违自然。可是却为吴优所喜于演出，庶民所乐于观赏，自己那样的文人士夫所不拒弃，则《三元记》自有其引人入胜之魅力。其魅力应是"还妾事"与冯京连中三元之被艳羡称述有关。而就其曲词而言，亦有可诵可赏之曲。如第九出《鬻女》【西地锦】：

贴扮王以得女唱：

---

① 〔日〕青木正儿：《中国近世戏曲史》，王古鲁译著，蔡毅校订，（台湾）商务印书馆1988年版，第131页。
② ［明］吕天成：《曲品》卷下，《中国古典戏曲论著集成》第6册，第228页。
③ ［明］吕天成：《曲品》卷上，《中国古典戏曲论著集成》第6册，第211页。

只恐婚姻事允,终朝低蹙双颦。正是为人莫作妇人身,百年苦乐由人。

【山坡羊】:

我爹爹不须垂泪,我亲娘自宜宽解。为孩儿合受分离;致一家、东飘西败。爹爹!这聘财,将去完。官库藏来。免得鞭笞刑禁又受人欺害。爹娘,儿便去了!我的魂魄终宵梦里回。(合)伤悲,亲骨肉。何年得再谐。哀哉!你万水千山何日回!

第十出《遣妾》【忆莺儿】,生扮冯商唱:

你且休叹嗟,免泪涟。我要娶妾呵!本求子嗣得两全,忍教你父子分两边。如今遣还你父亲呵!去珠复还,缺月再圆,一家骨肉重相见。请回旋,从今如愿,别择个好姻缘。[1]

像这样朴质无华的曲子,庶民观众,焉能不喜闻乐见而感动于心,若较《祝寿》《博施》自属另外一种笔墨。而由此我们也不禁想到,沈龄《三元记》和诸多宋元与明初戏文改编本,既有文人笔墨,也有原本俗文学之气息的特点。

2022 年 4 月 15 日 17 时 20 分

---

[1] 黄竹三主编,徐志啸评注:《六十种曲评注》第 5 册《三元记评注》,第 263—264、269 页。

六、王錂《春芜记》

《春芜记》始见吕天成《曲品》，其卷上谓"王錂，剑池，钱塘人"①列入"下之上"品。其卷下《新传奇》谓"汪剑池所著传奇一本。《春芜》宋玉事，予曾作《神女》《双栖》二记。串插有景，然何必禅寺也？间为一友赋《幽香》者。"②可见吕氏已将《春芜记》作者一作"王錂"、一作"汪錂"，但知道他字剑池，钱塘人。其生平不详，姓氏"王""汪"必为音近讹误。《六十种曲》作"王錂"，当据其后诸家著录，或作"王"或作"汪"，皆源起《曲品》。

《春芜记》演宋玉事而以"春芜"为名，乃因所造设之女主角东邻季清吴与宋玉邂逅招提寺，遗其帕为玉所拾，帕名"春芜"，由此两情相悦，恶人登徒履再三阻挠，其间还惹起义士荆伙飞击杀泼皮王小四，砍伤登徒履，而登徒履谗毁受楚襄王赏识之宋玉，幸楚王明鉴，斥登徒而赐婚清吴，团圆美满。

宋玉生平见《史记·屈原贾生列传》，只附记数语：

> 屈原既死之后，楚有宋玉、唐勒、景差之徒者，皆好辞而以赋见称，然皆祖屈原之从容辞令，终莫敢直谏。③

---

① ［明］吕天成：《曲品》卷上，《中国古典戏曲论著集成》第6册，第218页。
② ［明］吕天成：《曲品》卷下，《中国古典戏曲论著集成》第6册，第243页。
③ ［汉］司马迁：《史记》卷八十四，中华书局1959年版，第2491页。

这样几句话，只让我们知道，屈原死后，楚国辞赋家有宋玉、唐勒、景差三人，衣钵屈原，在楚襄王面前，都不敢有所直谏，至多只是辞臣而已。其后汉刘向《新序·杂事第五》记有宋玉与友人辩论的两段话。晋代习凿齿《襄阳耆旧记》，记载宜城有"宋玉冢"，其友景差忌其胜己，谗于楚襄王以为"小臣"，皆以事隔遥远，所记不能遽信。《昭明文选》所收宋玉五篇作品：《风赋》《高唐赋》《神女赋》《登徒子好色赋》《对楚王问》，学者亦颇有疑非宋玉所作而出诸后人伪托者。虽然《汉书·艺文志》谓"宋玉赋十六篇。楚人，与唐勒并时，在屈原后也"①，也不见其"十六篇"篇名。惟一不被怀疑为宋玉所作者，为《九辩》。王逸《楚辞章句》卷八云：

《九辩》者，楚大夫宋玉之所作也。……宋玉者，屈原弟子也。闵惜其师忠而放逐，故作《九辩》以述其志。②

东汉的王逸不只抬举宋玉为"楚大夫"，而且拉拢宋玉做了屈原弟子，应是出于一己之想当然耳。《九辩》与其说在述屈原之志，不如说是在写自己之不遇。

由以上考述，足见宋玉生平事迹极为单薄，而要编撰为一部二十九出的传奇实是不容易。

---

① ［汉］班固：《汉书》卷三十，中华书局1964年版，第1747页。
② ［汉］王逸：《楚辞章句》，《景印文渊阁四库全书》集部第1062册，（台湾）商务印书馆1983年版，第55页。

我们可以看出王錂编撰《春芜记》是由《登徒子好色赋》发想，所以剧中以宋玉为生，以东邻女子为旦，以净扮登徒，小生为楚襄王，然后又融入其他五篇赋的情境旨趣和自家的杜撰遐想而形容。

但总体看来，《春芜记》不过是一本明清传奇惯见的才子佳人爱情剧，手法不出以"物件"为梭的套路，穿插交织，以挫折磨难为关目，以相悦团圆为收尾。只是王錂以宋玉为名，取代其他书生而已，既无宏深高远之思想情感，反因宋玉其人事迹平淡无奇而"自缚手脚"，不见高潮起伏之致，连反面人物之"作恶"皆非过甚，并未令人切齿或心寒，反而一再被杀被砍被惩处，而宋玉及东邻子则毫发无伤，且赐婚团圆。则此剧之由题材而创发关目，不只"捉襟见肘"，甚且"黔驴技穷"。而末后第二十七出，又以荆佽飞之寻真悟情缘，此亦不过一时梦里，更在全剧结束之【尾声】假众人之口合唱：

> 人生如露还如电，且共时人乐少年。抵多少悲欢，都只在断简残编。

下场诗更云：

> 尊前有酒喜如渑，暂尔高歌玩物情。白雪旧知成寡和，清商聊且度新声。①

---

① 黄竹三主编，苏涵评注：《六十种曲评注》第10册《春芜记评注》，第237页。

看来好似作者有所了悟,但置于通剧以才子佳人恋情为能事之后,虽不敢谓之"狗尾续貂",但前后突兀不搭调确是事实。

本剧用合套两出,一为《宸游》(第十四出)用仙吕北【朝天子】南【普天乐】两曲交相联套,北曲由小生扮楚襄王独唱,一为《诉怨》(第十七出)用双调【新水令】合套,外扮荆㲋飞唱北曲。其他所用联套颇多已为南曲套式,集曲亦不乏其例。用韵尚不免邻韵混押,但已属明吴江沈璟之前的"新传奇"体制规律。就排场而言,几无可观可赏者,人物亦平板无生气,塑造外扮之荆㲋飞一脚,作者似乎有用意,而竟以小过杀丑脚王小四,砍伤净脚登徒履,空负精于剑术之豪杰,行事无乃太过。且如上所云,以之《寻真》发情缘顷刻之感叹,亦未衬身分。而曲白已染上明人戏曲文士化后"逞才露学"之弊,《说剑》(第六出)一出大抄类书以装"博学",又喜以"药名"入曲以炫技巧。凡此皆使本剧大见"失色",唯能以三四出科诨调剂,尚称可观。

2022 年 4 月 16 日 18 时 45 分

七、孙柚《琴心记》

《琴心记》为明末孙柚所著,孙柚生平见康熙《常熟县志》卷二十:

> 孙柚,字遂初,少负异才,豪放不羁。读书五行俱下,才情流丽。歌诗乐府,脍炙人口。虞山北麓有古藤,蜿蜒如

龙，柚营别业，名曰藤溪。与名流王伯谷、莫廷韩辈觞咏其中，遂成名胜。所著有《藤溪稿》《神游杂著》《秋社篇》《方物品题》《琴心》《昭关》等作。①

又卷二十六云：

孙柚藤溪园颇极幽胜。万历乙酉五月，柚独坐泠然亭，命童白云掘栏前合欢花数茎植缶中，移置案侧。命酒相对，时暝烟乍起，花光莹然。忽缟衣三女，降自光中，柚心知其为花神也。起接芳魂，女亦婍妮而前。诟童子携壶至，则花光渐散，竹暝烟深矣。柚为怅然，有诗纪之。②

由此可见孙柚字遂初，常熟人，生当明神宗万历间。有异才，豪放不羁，有诗集《藤溪稿》，戏曲《琴心》《昭关》二种，存传奇《琴心记》。生性风雅，因古藤而筑别业为"藤溪"，啸咏其间。所记花神聚散，可视孙柚爱花成癖，恍惚感应，无须信以为真。

《琴心记》演司马相如、卓文君事，本《史记·司马相如列传》和《汉书》本传。后世丛谈杂录之相关记载，亦多采撷，如署为汉刘歆而应为东晋葛洪之《西京杂记》卷二所记相如悦文君美色而得消渴疾之事。东晋常璩《华阳国志·蜀志·蜀群州治》

---

① ［清］钱陆灿等纂：《康熙常熟县志》卷二十，江苏古籍出版社1991年版，据清康熙二十六年刻本影印，第488页。

② 同上书卷二十六，第652页。

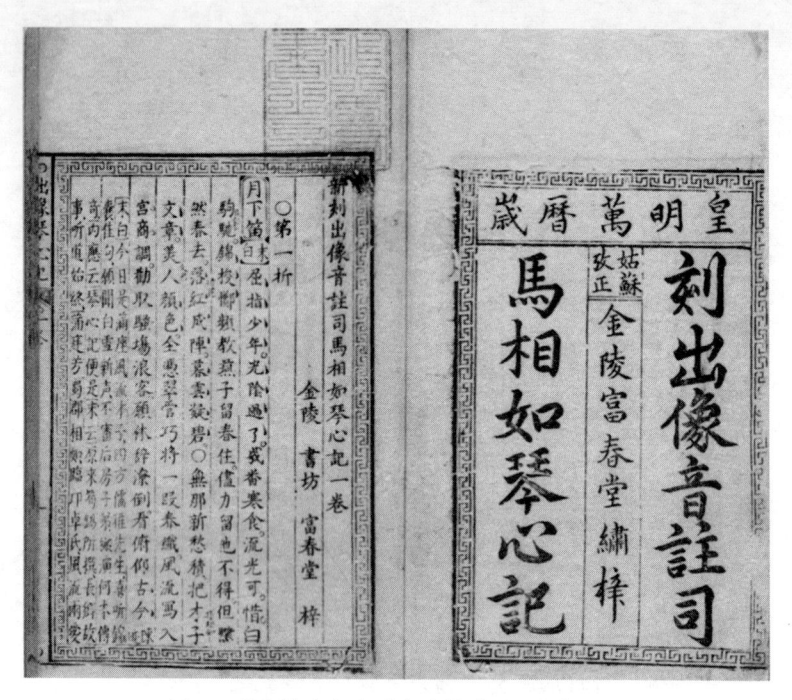

图 5　明金陵富春堂刊本孙柚《琴心记》

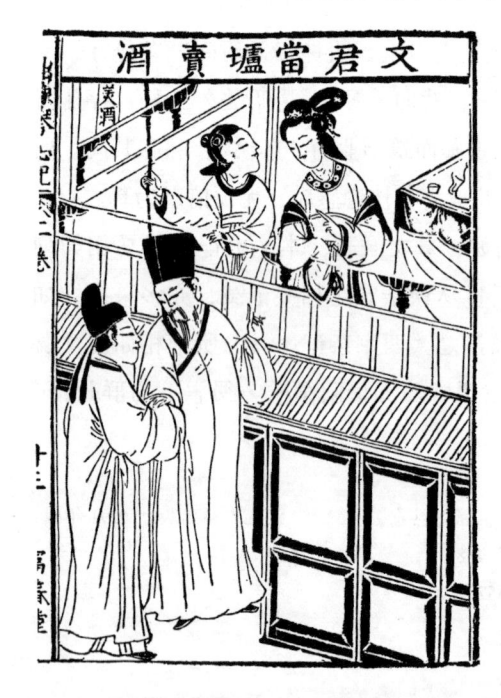

图 6　明万历年间金陵富春堂刊本孙柚《琴心记》插图

卷九所载相如初入长安，于升仙桥题市门"不乘赤车驷马，不过汝下也"①之语。南朝梁徐陵《玉台新咏》卷九收有相如《琴歌》谓为琴挑文君所作。《昭明文选》卷十六司马相如《长门赋序》更言之凿凿，使相如收取厚赀，为陈皇后代作《长门赋》，使复宠于武帝。于是相如、文君生平与故事越来越丰满：琴挑私奔、涤器当垆、鹔鹴沽酒、过桥题誓、献赋荣归、茂陵夺爱、白头苦吟等脍炙人口的情节。而这也成了后世文人赋咏和俗文学演为说唱戏曲的绝佳题材。宋末罗烨《醉翁谈录》收有话本《卓文君》，《清平山堂话本》卷一收有《风月瑞仙亭》。宋金杂剧院本，周密《武林旧事·杂剧段数》有《相如文君》之目，曾慥《乐府雅词》所载《转踏》亦有《文君》一段。降及元人杂剧，有关汉卿《升仙桥相如题柱》、孙仲章《卓文君白头吟》、屈子敬《升仙桥相如题柱》。明清杂剧传奇以之为题材剧目者，更如雨后春笋：

（1）无名氏《司马相如题桥记》（《脉望馆古今杂剧》）

（2）无名氏《卓文君驾车》（《太和正音谱》）

（3）朱权《私奔相如》（《太和正音谱》）

（4）陈贞贻《当垆》（《远山堂曲品》）

（5）陈济之《题桥》（《远山堂曲品》）

（6）韩上桂《凌云》（《远山堂曲品》）

（7）杨新吾《绿绮》（吕天成《曲品》）

（8）孙梅锡（柚）《琴心记》（毛晋《六十种曲》）

---

① 〔东晋〕常璩撰、刘琳校注：《华阳国志校注》卷三，巴蜀书社1984年版，第227页。

（9）无名氏《司马相如归西蜀》(姚燮《今乐考证》）

（10）舒位《卓女当垆》(姚燮《今乐考证》）

（11）袁令昭《鹔鹴裘》(姚燮《今乐考证》）

（12）黄宪清《茂陵弦》(姚燮《今乐考证》）

由这12种剧作，可知《题桥》《当垆》《琴挑》是剧作家较喜爱的剧目。相如、卓文君事迹，虽不出"才子佳人"的范围，却大大不同凡响：卓文君是大家闺秀，却新寡寂寞，易于被挑逗而勇于私奔，也不惜抛头露面，于市井中当垆沽酒，佳节无酒，不吝于典当鹔鹴裘与相如尽欢，知茂陵女夺爱，更愤然以《白头吟》示决绝。她不只是个"豪放女"，更是敢于冲破礼教，古代绝无仅有的"典型"。而相如才高八斗，在梁孝王门下不得志，返蜀与好友临邛县令"唱双簧"，被富豪卓王孙引为上宾。席间窥知卓女美色，即装醉而夜宿隔墙，以琴歌挑之而夜奔。王孙不予理会，即与文君联手而涤器沽酒以辱之，逼使分赠资产。幸得狗监杨得意推荐于武帝，过升仙桥而矢志。及至他入为著作郎而以中郎将谕巴蜀，辞赋为汉第一大家，志得意满，竟以悦文君美色患消渴症不能自拔而死。则相如固为才子，而身上文人之无赖气，实亦古今所少有。综合相如、文君这一对"宝贝夫妻"，自是文人雅士、庶民百姓雅俗皆喜于传述的故事。也因此以之为题材的艺文创作就源源不绝了。只是可惜且遗憾的是，元明清三代据以创作的杂剧、传奇纵使名目繁多，现存的只有《古今杂剧》的无名氏《司马相如题桥记》、署为关汉卿所作而实应为元明无名氏之《升仙桥相如题柱》以及孙柚这本《琴心记》传奇。

《琴心记》已摆脱"才子佳人"窠臼，作者在首出《家门始终》【月下笛】明白揭橥"劝取骚场浪客，愿休辞潦倒，看俯仰古今陈迹"。[①]所谓"俯仰古今陈迹"，就是要拿司马相如做榜样，在潦倒之际休要气馁。作者孙柚少负异才，长而游学上庠，功名不得志，看来他这传奇《琴心记》也有夫子自道以励己的旨趣。

相如文君故事虽然脍炙人口，但编撰为数十出的传奇剧本并不容易。相如文君之生旦排场"势均力敌"，关目对映交插起伏尚不难，但排场因无大筋大节，全剧看来则平淡无奇，其较可观且具耐听之曲者，只见《挑动琴心》（第七出）、《阳关送别》（第二十一出）、《牛酒交欢》（第二十六出）三出。为了弥补剧情的"先天缺陷"，作者在剧中发挥净丑科诨功能以作调适。但剧本惯见的正反面人物，亦难造成绝对的冲突。因为卓王孙为文君之父，虽不齿相如行径，亦未舍文君于不顾，并非恶人，且其出现之场面，多数为简短之过场。惟独可称之为反面人物者，只有净脚扮饰的唐蒙，也只出场《奸臣误国》（第二十五出）、《唐蒙设陷》（第三十出）两出，起不了什么作用。所以孙柚此剧在传奇中并非被论者和观众所称述的作品。幸运的是剧本尚能留传至今，已属不易了。

孙柚是功名未遂的文人，自然在万历以后的传奇熏染之下创作剧本，曲白典丽骈偶自是其能事。用此笔墨演相如文君故事，亦属得体，何况未大量以诗词助其藻丽，读来能合乎人物声口。而其排场转折甚合章法，用韵大体顺适，于《文君信诳》（第

[①] 黄竹三主编，苏涵评注：《六十种曲评注》第10册《琴心记评注》，第279页。

三十一出）南套中插入北曲【新水令】套，由旦扮饰文君独唱，于《狱中哀泣》（第三十五出）用大型集曲【雁鱼锦】，凡此可见其于曲律颇为纯熟。

2022年4月17日20时37分

［补］

最后要提出讨论的是，徐复祚《曲论》谓《琴心记》："头脑太乱，脚色太多，大伤体裁，不便于登场；曲亦时有未叶。"[①] "头脑太乱"，而事实上《琴心记》只以相如文君之恋情、悲欢离合、否泰顺遂为主轴，其他关目人物连形成副线都不足，只在衬托二人，则何来"头脑太乱"之说？其脚色人物，以生扮相如，旦扮文君，贴扮孤红为文君贴身丫环，小生扮相如友人，外扮相如岳父、文君父卓王孙，小外扮荐举相如献赋之狗监杨得意，小旦扮买赋相如重获武帝宠爱之陈皇后。脚色分配有余，人物无一不与相如关系密切，何来繁多！《琴心记》所以不能风行歌场，其故已如上述，但不应是如徐复祚所云之"头脑太乱，脚色太多，大伤体裁"。至于剧中以净丑末杂扮各色小人物，则为传奇惯例，亦不足以怪作者"脚色太多"。但其《汉宫春晓》（第十三出）陈皇后初次出场用"旦"扮饰，而于《长门望月》（第三十九出）再度出场，则改由"小旦"充任，应以"小旦"为是。因

---

① ［明］徐复祚：《曲论》，《中国古典戏曲论著集成》第4册，第244—245页。

为传奇惯例，生旦既担任男女主脚，则不可再充任次要人物，至多于人物繁多之排场勉为上场参与杂役而言，根本不算"剧中人物"。

2022 年 4 月 18 日 5 时 50 分

八、朱鼎《玉镜台记》

《玉镜台记》，《六十种曲》题朱鼎所作。朱鼎但知字永怀，昆山人，与同里顾希雍、顾仲雍交好，其他生平不详。祁彪佳《远山堂曲品》云：

> "玉镜台"故事，元剧绝有摹拟。此不及风情，而惟铺叙太真事迹，于紧切处反按以极缓之节，不逮孙、范两君及清阮堂之作远矣。①

吕天成《曲品》：

> 永怀谈词侣盛，方鼓吹于骚坛。②

又云：

---

① ［明］祁彪佳：《远山堂曲品》，《中国古典戏曲论著集成》第 6 册，第 52 页。
② ［明］吕天成：《曲品》卷上，《中国古典戏曲论著集成》第 6 册，第 218 页。

此君与二顾同盟，而才不逮。纪温太真事，未畅，粗具体裁而已。元有此剧，何不仍之？①

由祁、吕二人简单的记载，可推知朱鼎虽"谈词侣盛，鼓吹骚坛"。看来他也颇为自负，因为他在首出《开场》【燕台春】说"白雪阳春，金声玉振恁人听。凭君看取，雄词惊四座，压倒群英"②之语，颇有夫子自许之意。但祁氏嫌他此剧"不及风情"，四十出中只前八出涉及温峤与表姊刘润玉事，而且只用《探姑》（第三出）、《议婚》（第四出）、《下镜》（第七出）、《成婚》（第八出）四出就结束"玉镜情缘"，其后三十二出全在铺叙温峤报效朝廷的事迹，可以说是本末倒置、轻重失调，所以祁氏才说他"于紧切处反按以极缓之节"。吕氏也说他"纪温太真事，未畅，粗具体裁而已"。而祁氏又批评他"不及孙、范两君及清阮堂之作远矣"。范指明人范文若《花筵赚》，有二十九出，现存。但不知孙氏与"清阮堂"何许人也。而其所以"不及"，据吕氏直言"此君"与其结义至交顾希雍、顾仲雍相较，则已显得"其才不逮"。而其才情不高，所撰传奇，无论文学、艺术，评价自然都不高。

《玉镜台记》题材主要出诸《世说新语·假谲》之记温峤与其姑母之女以玉镜台为聘之事，以及《晋书·温峤传》七千余言之生平事迹。宋元戏文，《九宫正始》录有《温太真》之目，仅存残

---

① ［明］吕天成：《曲品》卷下，《中国古典戏曲论著集成》第6册，第243页。
② 黄竹三主编，窦楷、曹飞评注：《六十种曲评注》第10册《玉镜台记评注》，第605页。

曲数支，元杂剧有关汉卿《温太真玉镜台》，现存明传奇有范文若《花筵赚》、朱鼎《玉镜台记》二种。《玉镜台记》中《新亭流涕》（第十二出）、《闻鸡起舞》（第十三出）、《渡江击楫》（第十九出）、《燃犀》（第二十一出）诸出为胜，盖有胜事自然挥洒胜笔。

朱鼎《玉镜台记》亦非一般才子佳人之风情剧，因为它费了不少笔墨在演绎温峤一生的事功，颇有于衰世末世一人扛天下拯国济民的思想。但也因为取材历史事件与人物纷至沓来，铺排布置难于线索太多，埋伏照应难于周全，以致不免散乱之弊。

再就传奇关键性之曲白而论，其曲平板少韵致，捉襟见肘，虽偶用诗词强化，仍不免绽露其才情短绌之弊，写景固不能在人耳目，抒情亦每见浅薄，难于动人。而宾白却欲炫耀学问，如《议婚》（第四出）末扮院子所念的一大段四六骈白，便觉不伦不类，与人物应具之声口大相径庭。也因此祁氏《曲品》列为"妙、雅、逸、艳、能、具"中之第五品，吕氏《曲品》更列其为"八品"中之第七品"下之上"，这就不能说论列过于严苛。

再就戏曲艺术而言，此剧生旦关目颇见其凑合"势均力敌"之嫌，所以对于旦线之布置，《母妻思忆》《闺思》《得书》《狱中寄书》《赏雪》等相思、书信关目外，另加《拘温家属》、《系狱》二出，合为七出，以写旦（刘润玉）、老旦（温母）、贴（刘母）三人之别离生活，均与生（温峤）事无关紧要。《请婚》《郭璞仙术》亦均突兀而属多余，可以删除。其标目之"玉镜台"为聘之后，至第三十四出《拆书见镜》才又出现，未能如一般传奇之以信物为始终作合之具。但其每出中之排场转折，移宫换调转韵均能合调法，用北曲则仅见第九出《石勒起兵》【点绛唇】【雁儿落】

【得胜令】三曲，且由净丑分唱，其韵协未脱离南戏"邻韵通押"之病，支思、齐微、鱼模、先天、寒山、桓欢均不免相混。而老旦、旦既已主扮温母、润玉，第二十三出《石勒报败》竟以之饰石勒侍宴之二姬，亦有所不宜。

2022 年 4 月 18 日 17 时

九、陆采《怀香记》

陆采，原名灼，更名采，字子玄，号天池山人，吴郡人。其仲兄陆粲有《天池山人陆子玄墓志铭》记其生平，余亦于拙著《戏曲演进史》论其《明珠记》时有所叙述。

《怀香记》演西晋韩寿与司空女贾午事，题材本刘义庆《世说新语·惑溺》所载，此记载被唐房玄龄等之《晋书》所采撷补充而跻入正史。其演为戏曲者有元杂剧李子中《贾充宅韩寿偷香》、元戏文《韩寿窃香记》，而钱南扬《宋元戏文辑佚》收有佚曲十二支。明传奇有陆采《怀香记》与沈鲸《青琐记》，只存陆采《怀香记》。

《怀香记》因以正史为蓝本，所以如《氐羌谋叛》《协谋出征》《受诏安边》《夕阳亭议》诸出，均非子虚而有据，见诸《晋书》中《贾充传》《任恺传》与《荀勖传》。《定策征吴》《征吴得胜》等出，本诸《武帝纪》《王濬传》。可见陆采将韩寿和贾午的风流韵事，融入历史背景之中，借此也造就了韩寿功成名就、封侯庆赏的团圆喜悦。更使得此剧从寻常才子佳人风情剧中脱颖而出，

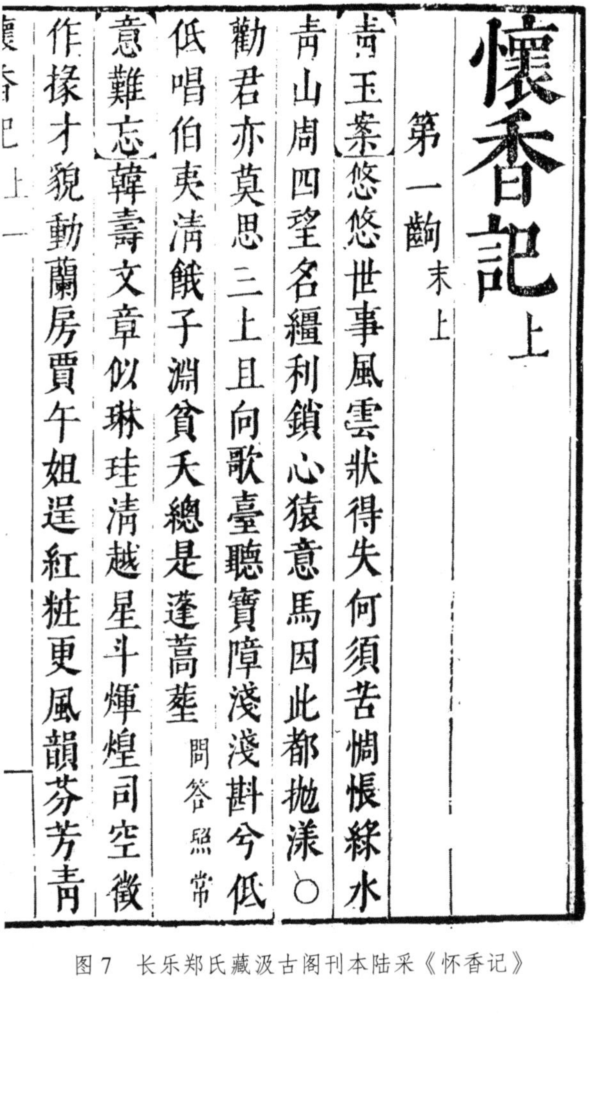
懷香記上

第一齣 末上

青玉案 悠悠世事風雲狀得失何須苦惆悵綠水青山周四望名繮利鎖心猿意馬因此都拋漾○勸君亦莫思三上且向歌臺聽寶障淺淺斟兮低低唱伯夷清餓子淵貧夭總是蓬蒿薤 問答照常

意難忘 韓壽文章似琳珪清越星斗煇煌司空徵作掾才貌動蘭房賈午姐逞紅粧更風韻芬芳青

懷香記上 一

图 7　长乐郑氏藏汲古阁刊本陆采《怀香记》

寄托自家身命遭遇之感而非浅薄之作了。

陆采在此剧《家门始终》【青玉案】云：

> 劝君亦莫思三上，且向歌台听宝障，浅浅斟分低低唱。伯夷清饿，子渊贫夭，总是蓬蒿葬。[1]

陆采志在功名，读书五车，著作等身，名闻遐迩，却五上公车，铩羽而归，愤懑牢骚，寄托山水声歌杯酒，犹未能已，每于广座讥论时政，人所不敢闻，亦未能遮拦。试想如此性格行事为人，于其功名之追求，是否越加蹭蹬难成？我们从此剧开场表面上看到他与一般失意文人作家同样表达洁身品高却为世所弃之悲，不如笙歌酒筵为乐。但我们如果结合他的生平际遇来看，却似乎可以嗅出剧中的韩寿恋情和功成名就，才是他"空中楼阁"中所企慕的志愿。也因此我们想到孙柚《琴心记》之演相如文君事，是否也有"异曲同调"的相类情怀。

本剧四十出，仅有《京邸遇旧》安排春英（贴）出场，使如《西厢记》之红娘从中牵针引线，但既为贾午（旦）侍女，何须如此周折。《承明雪宴》演群臣赏雪宴饮，单为作者驰骋其写景之笔，仅附带交待贾充（外）奉诏返回朝廷，何须如此大费周章。《问卜决疑》演韩寿知其与贾午私情已露，贾充必不放过，乃决疑卜者以定避祸出处，亦嫌无聊。又本剧也好用"偶然"之关目，如《京邸遇旧》之不期而遇故旧，《受诏安边》之贾充忽然西征离

---

[1] 黄竹三主编，曹飞评注：《六十种曲评注》第11册《怀香记评注》，第9页。

家，使韩寿入府办事，《赴约惊回》《醉娱佳期》使"韩贾私会"突然生变，《承明雪宴》之使贾充还朝。韩寿无六韬之能而轻易从军东吴，胜利建功。凡此皆显突兀，关目前后不自然。其他关目之布置发展，尚能顺适，而排场转折、移宫换调，亦井然有致。惟通剧未用南北合腔，显示其未及"北曲化"，其韵协律以《中原音韵》虽大抵不差，但支思鱼模齐微、鱼模歌戈、先天寒山桓欢廉纤尚不免偶然混用。曲白多借助诗词以见其骈俪之典雅，可见其"文士化"之深。也因此，陆采年方19岁即以《明珠记》志新婚燕尔，其后虽勠力《南西厢》《怀香》诸作，却不见起色。但吕天成《曲品》列他于"上之中"，地位仅在"上之上"沈璟、汤显祖之后，居第三，而同列之张凤翼、顾大典、梁辰鱼、郑若庸、梅鼎祚、卜世臣、叶宪祖等名家俱在其后。并云：

天池湖海豪才，烟霞仙品，壮托元龙之傲，老同正平之狂。著书而问字旗亭，度曲而振声林木。[1]

可见吕氏对他推崇备至。沈德符也说他是嘉靖间"填词名手"，[2]冯梦祯也许他"尤善梨园乐府"。[3]清姚燮《今乐考证·著录五·明院本》谓"《怀香记·佳会》折，全落《西厢》窠臼，而【解袍欢】【山桃红】数曲，在旁眼偷窥，写得欢情如许，十分

---

[1] ［明］吕天成：《曲品》卷上，《中国古典戏曲论著集成》第6册，第214页。
[2] 见［明］沈德符《顾曲杂言》，《中国古典戏曲论著集成》第4册，第602页。
[3] ［明］冯梦祯：《快雪堂集》卷二，《四库全书存目丛书》集部第164册，齐鲁书社1997年据明万历四十四年黄汝享朱之蕃等刻本影印，第64页。

美满，较【十二红】正啻青出于蓝而过于蓝"，①则直指其"全落《西厢》窠臼"。盖陆采极喜《西厢》，所著《南西厢》即欲补北《西厢》不能用南曲搬演之憾。所以此剧中便有多出具《西厢》姿影，如《托婢传情》《缄书愈疾》《谋逾东墙》《夜香祈佑》《飞报捷音》等。

2022 年 4 月 19 日 21 时 10 分

十、吾邱瑞《运甓记》

《运甓记》，《六十种曲》题吾邱瑞著。清无名氏《传奇汇考标目》云：

> 吾邱瑞，字国章，杭州人。吾邱，复姓，元高士吾邱衍之后。至今杭人犹有姓吾邱者。②

其他《太和正音谱》有《陶侃拿苏峻》之目，祁氏《曲品·能品》有《运甓》之目与简评。清梁廷枏《曲话》有"明人有《运甓》"③之语，清姚燮《今乐考证》亦见《运甓》之目，而所记皆不著何许人。又清无名氏《传奇汇考标目》另有"《合钗》，杨太真

---

① [清]姚燮:《今乐考证》,《中国古典戏曲论著集成》第 10 册, 第 201 页。
② [清]无名氏:《传奇汇考标目》卷上,《中国古典戏曲论著集成》第 7 册, 第 216 页。
③ [清]梁廷枏:《曲话》,《中国古典戏曲论著集成》第 8 册, 卷 1, 第 246 页。

事。"① 同属吾邱瑞所著，清黄文旸《重订曲海总目提要》则作"邱瑞吾"② 作《合钗》、清支丰宜《曲目新编》亦云"明人传奇，《合钗》邱瑞吾作"。③ 所云"邱瑞吾"当为"吾邱瑞"之讹传。亦可见吾邱瑞《运甓记》外，另有演杨贵妃事之《合钗记》。则吾邱瑞其人生平已难考。

《运甓记》剧目掌故出东晋陶侃官广州守事，但全剧不只演陶侃一生事迹，亦遍及时人时事，几为东晋初年王朝之全面历史。所呈现于剧中可考之历史人物即有五十余人，且多为关系时局者。因此其所布置之关目，直接出诸正史者，如《琅琊就镇》《诸贤渡江》《剪发延宾》《惜阴投具》《彭李寄峻》《手板击凤》《牛眠指穴》《问卜决疑》《梦日环营》《陈敏造逆》《杜弢定计》《斩凤赎罪》《太真绝裾》《苏峻倡乱》《太真借饷》，以及《嗔鲊封还》等亦均涉及史事而略有出入之记载。

也因此，《运甓记》自以陶侃事功为主轴，如《辞亲赴任》《陈敏造逆》《弃官就辟》《剪逆闻丧》《杜弢定计》《平蛮奏凯》《闻叛勤王》《斩凤赎罪》《苏峻倡乱》《挥麈驱车》《发兵助温》《彭李寄峻》《蒋山致奠》等十三出以见其事功，《广州运甓》《折翼着梦》《惜阴投具》《庐江会合》等四出亦皆环绕陶侃行事铺写。但由于情节广及东晋初年之治乱，人物杂沓如点鬼簿之出场，其著名者即

---

① ［清］无名氏：《传奇汇考标目》卷上，《中国古典戏曲论著集成》第7册，第216页。

② ［清］黄文旸：《重订曲海总目提要》，《中国古典戏曲论著集成》第7册，第345页。

③ ［清］支丰宜：《曲目新编》，《中国古典戏曲论著集成》第9册，第153页。

有温峤、卞壸、庾亮、刘琨、祖逖、王导、王敦、钱凤、苏峻等人事迹,有时还落入无聊可弃的情节,如王导娶妾生子,被妻追杀之《挥麈驱车》。而纵使《太真绝裾》《手板击凤》之写温峤,《问卜决疑》之写郭璞,《父子死节》之写卞壸父子同殉,皆各有可观,但以其与陶侃无绝对关联,虽不因此造成多头马车,但也不免别生枝节。其他人物更如过江之鲫,应接不暇,自难有动人之致。也就是说,《运甓记》从立题之"以偏概全",未能彰显陶侃生平事功与为人,到选择繁复之历史题材分关布目,给人总体的感觉是轻重无别,冗烦不堪。但就"历史剧"而言,其依据史实敷演,除清人孔尚任《桃花扇》,无人能比拟。因为所谓"历史剧"大抵以历史人物与历史事件为题材内容,而绝大多数俱经稗官野史与说唱之通俗化习染,距离史实,甚至颠倒黑白已是"司空见惯浑闲事"。像《运甓记》之斤斤于正史,在明人绝无仅有。所以《运甓记》可说是戏曲史上第一部"名副其实"的历史剧。

本剧在首出《家门始末》【齐天乐】里,虽然也从俗地劝人及时行乐,征歌唱曲,但更强调戏曲有补风化,表扬忠良的意义和作用,而极反对以"丽曲妖词,宣淫导颇"[1]。所以他创作旨趣在借陶侃事迹,宣导他心目中勤王室、戡乱象以保国,自惕励、勤政事以福民的"忠良典范"。如果设身想想作者所生存的时代,嘉靖以后,内忧外患丛生,作者焉有不祈之英雄能臣在世的向往,这样"一扛天下"的向往虽然在现世衰落了,但起码呈现于《运甓记》之上。

---

[1] 黄竹三主编,李强评注:《六十种曲评注》第12册《运甓记评注》,第9页。

作者由于思想的局限，四十出中，运用"卜、梦、鬼、神"凑合之情节不少，如《卜居求安》《问卜决疑》《折翼着梦》《梦日环营》，《彭李脔峻》之卞壶父子向苏峻索命，《牛眠指穴》之菩萨指点等。虽无碍于并时观众，但实难免迷信浅俗。

又本剧既以陶侃事功为主轴，便难安顿传奇"势均力敌"的生旦关目与排场。其拼合陶侃母、妻、温峤母、王导姬妾，总数亦只见于《剪发延宾》《缄报平安》《嗔鲊封还》《太真绝裾》《纫衣被贼》《挥麈驱车》《官诰荣封》等七出。

而要特别提出的是临末尾，以生、小生扮饰陶侃、温峤于凯旋之后，登蒋山祭奠死节之卞壶父子，情深意切，甚得"豹尾"响亮之效。录其第三十八出《蒋山致奠》叠【桂枝香】成套之末曲【前腔】，以见其曲文之一斑：

> 林鸦归噪，山禽翔影，落日苍茫鹫岭。徘徊泣别，几番举足还停。（生）我楚水舟轻荡，（小生）江州马乱鸣。相辞去、各转程，何年重吊此佳城。（生）卞兄！我怎能勾新亭再得同游衍。（小生）怎能勾淮甸同舟返故城。浮生如寄，悲死涕零，哀猿肠断难经听。急须焚，青蚨一陌，聊尔罄平生。[①]

其辞虽非韶秀曼妙，但尚称雅俗得宜，可以动人。而就通剧曲白观之，作者亦同于传奇"文士化"毛病，喜以古诗、词调、对偶助其典丽，而可喜的是，能善用净丑插科打诨，以调剂排场。祁氏《曲

---

① 黄竹三主编，李强评注：《六十种曲评注》第12册《运甓记评注》，第253—254页。

品》云：

> 《运甓》，词气宏敞。陶士行之忠孝，凛然当场。惜填词过繁，未免收处有病。①

祁氏所云，盖以此剧主写陶侃忠孝，词气与内容相应而有"宏敞"之致，否则就毫不足观。但惜其"填词过繁"，所谓"繁"当指其缛丽藻饰，用典过多，落入时人通病。至于"收处有病"，则不知确指如何？因为此剧末三出《蒋山致奠》《庐江会合》《官诰荣封》，堪称自然顺适，并无"尾大不掉"之弊。

至其用曲，正曲、集曲、粗曲兼备，连【十样锦】那可以一曲成套的大型集曲也能驱遣。而排场转折，也能移宫换调分明，如《弃官就辟》之前后段用南套引场、收场，而中间主场用【新水令合套】，从而构成"群戏大场"。只可惜作者运转北曲的能力不太纯熟，通剧只此一折。至其韵协，亦尚未得沈璟吴江"三昧"，仍不免南戏之支思、鱼模、齐微、真文、庚青、侵寻，先天、寒山、桓欢之偶相混押。

总而言之，《运甓记》在戏曲史最重要的是它为最忠于史实的首部"历史剧"。

2022年4月21日16时35分

---

① ［明］祁彪佳：《远山堂曲品》，《中国古典戏曲论著集成》第6册，第30页。

十一、叶宪祖《鸾鎞记》

叶宪祖，字美度，一字相攸，号六桐居士、桐柏山人、紫金道人。檞园居士、檞园外史，为其戏曲创作之别署，浙江余姚人。其生平见诸黄宗羲《外舅广西按察使六桐叶公改葬墓志铭》与府县志书，已见拙著《戏曲演进史》之四《明清南杂剧编》。其传奇有六部：其存者只《金锁记》《鸾鎞记》二部，散佚者有《玉麟记》《双修记》《双卿记》《宝铃记》四部。其杂剧二十四种，今存十二种，散佚十二种。

叶氏堪称明代戏曲大家，与并时之沈璟、王骥德、吕天成，与稍晚之张凤翼、吴炳、袁于令等名家都交往密切。张凤翼之《红拂记》，吕天成《曲品》谓其"第私奔处未免激昂，吾友檞园生补北词一套，遂无憾"。[1] 吴炳说他的作品要"求公诋诃，然后敢出"，[2] 袁于令自称"檞园弟子"，可见其在戏曲界之地位。

《鸾鎞记》演唐士子杜羔与赵文殊以鸾鎞为聘，杜羔蹭蹬科场多年，以文殊激励而遂功名为主轴，旁衬鱼玄机、温庭筠、贾岛三人之侠义、浪荡与空门之回归功名为支线交错结撰而成。温、鱼、贾三人之时代不相合，更与官至尚书之杜羔并无瓜葛，其三人间，虽温、鱼有诗往来之迹象，年辈亦相差不小，遑论有私情

---

[1] ［明］吕天成：《曲品》卷下，《中国古典戏曲论著集成》第6册，第231页。
[2] ［明］黄宗羲：《吾悔集》卷一，《四部丛刊初编》，（台湾）商务印书馆1967年版，第140页。

而终成秦晋。所以本剧并非一般才子佳人剧，应是古人被作者驱遣来写自家遭遇与性情襟抱。叶氏万历二十二年（1594）29岁中举人，直到万历四十七年（1619）54岁才考取进士，其间25年之困顿郁闷、心境之跌宕起伏可想。我们甚至可以说，他写杜羔是正面地陈述他的热心功名。他写温庭筠才情飞扬跋扈，则是他胸中因不得意的愤懑宣泄。他写贾岛由久试不售而遁入空门，又因韩愈劝励而再投身科场，也写出了他的心路历程，其别号以山人、居士为称，可说是他出世入世的挣扎迹象。至于鱼玄机，以咏絮高才、侠骨柔情，则或有借剧中杜夫人赵文殊以映照其妻侍母养女持家之可能。也就是说，叶氏此剧是在写他54岁得进士以前的生活和心境。

本剧关目结构有两条主线、两条副线。主线由生扮杜羔、旦扮赵文殊之"生旦线"与小生扮温庭筠、小旦扮鱼玄机之"小生小旦线"并行交错，支线为净扮令狐绹为反面人物，外扮贾岛、贴扮玄机侍女翠翘为正面人物，以正反衬托。由于此剧非主写才子佳人之悲欢离合，谗诡奸佞之构害其间。生旦之婚姻虽有小挫，瞬即结合成婚，但写夫妻之矢志与激励功名。所以原本理当为第一男女主角之生旦，反落在小生小旦之后，尤其以小旦之鱼玄机主场者七出，较之旦之赵文殊三出多四出，还得安排旦脚另外充任太和公主。生脚之杜羔亦只主场三出，而与旦同场四出。小生之温庭筠亦只主场四出。至于衬托之支线，净之令狐绹有二出，贾岛则有四出。可见作者在本剧中对女性之重视，尤其是鱼玄机之才情、侠义及不同流俗之格调尤不惜笔墨，即使为鱼玄机之"代理人"、穿针引线之贴身侍女翠翘，亦给予重要之戏分。但也因此，就不免有违"传奇"生旦为主，其他脚色为从之"体例"，而有"喧宾夺主"之现象。

又本剧以《鸾鎞记》为剧目，为明清传奇习见之法门，即以物件为始终作合之线索，贯穿全剧。其作用如同织布机之"梭"上下左右交织以成布匹，叶宪祖亦好用此道。但就本剧而言，"鸾鎞"似见于杜赵订亲聘物，再见于赵文姝以之报鱼惠兰代嫁之义，三见于鱼玄机转赠温庭筠为订情之物，"鸾鎞"三易其主，亦仅三度出现剧中，目的仅在以之证实赵鱼之重会，鱼惠兰之实为鱼玄机，其造设之作用太小、痕迹太甚，并不得宜。

叶宪祖于宫调曲牌联套，已颇为娴熟。二十七出戏中，其第七出《秉操》由小旦扮鱼玄机独唱北曲【端正好】套四曲。第十二出《摧落》由外扮贾岛独唱【北曲点绛唇】套七曲。其集曲排场转换亦得法，韵协虽不免先天、寒山、真文、庚青偶然出入一二，但已明显向《中原音韵》靠拢，其第二十二出《廷献》之用"廉纤"而一字不差讹，及丑以滚调唱弋阳腔之有别于昆山腔皆可见其音律之修为已臻吴江典范。

吕天成《曲品》云：

> 桐柏，南宫妙选，东海英流，曼倩偶傥而陆沈，季子揣摩而脱颖。掀髯共推咳唾，折齿不废啸歌。[①]
> 《鸾鎞》，杜羔妻寄外二绝甚有致。曲中颇具愤激。……

---

① ［明］吕天成：《曲品》卷上，《中国古典戏曲论著集成》第6册，第215页。

插合鱼玄机事，亦具风情一班。温飞卿最陋，何多幸也。①

王骥德《曲律卷三十九》云：

> 吾越故有词派，……姚江有叶美度进士者，工隽摹古。……吾友桐柏生尝取古乐府中所列百余题，尽易今调，为各谱一曲。其词亦雅丽可喜，大是佳事，勤之已为刻行。②

清焦循《剧说》卷五云：

> 叶宪祖，……生平至处在填词。……公古澹本色。街谈巷语，亦化神奇，得元人之髓。如《鸾鎞》借贾岛以发二十余年公车之苦，固有明第一手。……花晨月夕，征歌按拍，一词脱稿，即令伶人习之，刻日呈伎，使人犹见唐宋士大夫之风流。③

姚燮《今乐考证·著录六·明院本》云：

> 信州郑仲夔胄师氏《冷赏》云：余《隽区》中品传奇者详矣，近始获睹《鸾鎞》本，其传事巧、遣词俊，至春闱分

---

① ［明］吕天成：《曲品》卷下，《中国古典戏曲论著集成》第6册，第234页。
② ［明］王骥德：《曲律》，《中国古典戏曲论著集成》第4册，第167、180页。
③ ［清］焦循：《剧说》卷五，《中国古典戏曲论著集成》第8册，第196页。

韵、替人作妾,与考试之以马命题,尤为篇中奇绝。斯亦张伯起之流亚也。[①]

以上诸家评论,吕天成描摩㰀园之性情才学为人颇为传神。甚赏其中赵文殊寄外诗七绝二首,但似乎没看出剧中写温、鱼之深意,等闲视之为"风流一班",鄙飞卿"最陋"而剧中诸多揄扬,认为"何多幸也",则未脱略士大夫之迂腐观点。

焦循《剧说》为剪裁黄宗羲《墓志铭》之语,故能以贾岛发抒其二十数年公车之苦,又亟写"戏曲"之创作演出与观赏,实㰀园平生之"至处"。以此得元人之体,而风格"古澹本色",《隽区》更赏其"传事巧,遣词俊"。王骥德亦谓"其词雅丽可喜"。诸家所云㰀园曲辞之特色,或为"古澹",或为"俊",或"雅丽",用语文自不同,见解亦有所出入,但一致的看法是不具明人文士化过甚之骈俪藻饰,用典雕镂而趋向案头场上、雅俗同赏。这应当是㰀园为曲坛名家所折服的主要原因。本剧能揭示作者一生进取功名的身命三部曲:以功名为荣身建业之指标、失意科场二十数年的愤懑牢骚、曾经欲舍绝公车而遁入佛道的打算。而将此三部曲反映在剧中杜羔、温庭筠、贾岛三人身上,使得全剧自然涵蕴又流动自家的生命力。也因此本剧才不至流于才子佳人、悲欢离合的窠臼,于明人传奇乃能独树一帜、出类拔萃。

2022 年 4 月 22 日 20 时 10 分

---

① [清]姚燮:《今乐考证》,《中国古典戏曲论著集成》第 10 册,第 213 页。

十二、梅鼎祚《玉合记》

梅鼎祚以《玉合记》驰名。其生平主要见康熙《宁国府志》，字禹金，宣城人，父守德，官几谏。他官至云南布政司参政。年十六廪诸生，郡守王学左派传人罗汝芳召致门下。性不喜经生业，以古学自任。与王世贞、汪道昆巨公游。奉父里居，属母郭恭人疾，序当岁荐，让其次者。申时行执事，尝以文学待诏荐之，辞不就。归隐书带园，构天逸阁藏书，坐卧其中。年六十七卒（1549—1615）。禹金与同时曲家如屠隆、汤显祖皆有来往。所著传奇有《玉合记》《长命缕记》二种，前者现存，又名《章台柳》，以孟启《本事诗》有韩翃、柳氏以《章台柳》曲互为赠答为名。后者但存自序。另有杂剧《昆仑奴》。

《玉合记》演唐诗人韩翃与柳氏悲欢离合事。韩翃《新唐书》卷二〇二有传，与柳氏恋情，始见孟棨《本事诗·情感第一》，稍后有许尧佐传奇小说《柳氏传》，较为详饰，但与《本事诗》大同小异。其故事宋末罗烨《醉翁谈录》既录其目，亦剪裁许尧佐传奇情节入其癸集卷二《重圆故事》，可见已进入瓦舍勾栏说唱搬演。宋元戏文有《韩翃》之目，元杂剧有《章台柳》，明传奇《玉合记》之外，亦见吴鹏《金鱼记》、吴大震《练囊记》之目，除《玉合记》外，其他相关剧作均已散佚。

作者在首出《标目》【满庭芳】说道"《章台咏》，风流节侠，千古播词场"，[1] 看来梅禹金所要写的内容有三样：风流、节操、侠

---

[1] 黄竹三主编，陈桂声评注：《六十种曲评注》第12册《玉合记评注》，第561页。

图8 明代杭州虎林容与堂刊本《李卓吾先生批评玉合记》插图

义。"风流"应当见诸韩翃,节操见诸柳氏,侠义见诸李王孙、许俊。而风流、节操、侠义也正是他要表彰的旨趣。而此剧又关涉安史之乱作为大背景,将韩、柳之悲欢离合融入其中,使其超脱一般才子佳人始困蹇后通达之窠臼。

而就脚色人物之出场而言,生扮韩翃主场者仅两场,其他与小生扮李王孙、旦扮柳氏、外扮侯希逸、末扮许俊同场合演者有八场,旦扮柳氏主演者有八场,与生扮韩翃合演者有四场,小生扮李王孙主场演者有四场,另扮唐明皇与小旦扮杨贵妃同演二场,净扮沙吒利、安禄山与其他边将人物多场,外扮侯希逸与生扮韩翃同演四场,贴扮柳氏贴身婢女轻蛾出演多场。可见《玉合记》虽为生旦排场,但旦脚分量较生脚为重,其正面支线之小生李王孙、贴轻蛾为其次。小生李王孙盖用以反映作者梅禹金之内心世界,即慕道求真,摆脱世情。而贴轻蛾为作者有意使之如《西厢》之红娘而未及者,但在剧情上亦达成穿针布线之作用。至于外侯希逸与末扮饰之帐下大将,则为作者欲表彰节操至情外之侠义,只是虎虎生风之真侠义英雄末扮之许俊,始见第七出《参成》,至第三十七出《还玉》、末出再现,其之"侠义"只能见诸外侯希逸之提携与护持。其反面人物线所代表之人物安禄山、沙吒利,于剧中但作时代离乱之制造者,沙吒利直接涉入韩柳,亦无充分表现。而写唐明皇、杨贵妃之《宸游》《西幸》与韩柳爱情主轴甚为"疏离",删之可也。

梅氏之所以创作《玉合记》,其《奉汪司马》谓"《章台》传记,侘傺无聊,偶游戏于肉谱,訹宕于俳优"。[1]又其《与史仲

---

[1] [明]梅鼎祚:《鹿裘石室集》卷五十七,《四库禁毁书丛刊》集部第58册,北京出版社2000年据中国科学院图书馆藏明天启三年玄白堂刻本影印,第610页。

殁》说:"《章台》传奇,寔以寄其无聊,强面作笑。"[1] 表面上看他是以游戏笔墨,创为笙歌自娱,但骨子里却是"强面作笑",因为他事实上是以此剧人物写他自己,他要追求功名有如韩翃,建立功业有如侯希逸,希望获得爱情有如柳氏之对韩翃,而失望之余,也假托李王孙之舍世事入道真。他交游满天下,却没有一位像许俊那样为他两肋插刀,像侯希逸那样尽力提携。而自己所处的晚明政治社会内忧外患,实不下于李唐安史之乱。这也许正是禹金"强面作笑"之后的真面目、真感受,那正是本剧开场所揭橥的"风流节侠"的具体内容。

《玉合记》在曲白语言上步《香囊》《玉玦》的后尘,而晚明剧坛已形成骈藻与"本色"两种主张,所以禹金之戏曲文学也"毁誉参半"。王骥德《曲律》云:

> 于文辞一家得一人,曰"宣城梅禹金",摛华揿藻,斐亹有致。[2]

祁彪佳《远山堂曲品》云:

> 《玉合》骈骊之派,本于《玉玦》,而组织渐近自然,故香色出于俊逸。词场中正少此一种艳手不得,但止题之以

---

[1] [明]梅鼎祚:《鹿裘石室集》卷三,《四库禁毁书丛刊》集部第58册,第576页。

[2] [明]王骥德:《曲律》卷四,《中国古典戏曲论著集成》第4册,第170页。

"艳",正恐禹金不肯受耳。①

吕天成《曲品》云:

> 《玉合》许俊还玉,诚节侠丈夫事,不可不传。词调组诗而成,从《玉玦》派来,大有色泽。伯龙极赏之。恨不守音韵耳。《金鱼记》当退三舍。②

王祁吕三氏或谓"摘华捺藻,斐亹有致",或谓"香色出于俊逸",或谓"大有色泽",均不批评反对禹金之师法《玉玦》而予以欣赏肯定。可是不以为然的,如沈德符《顾曲杂言》云:

> 梅雨(书作"雨"应是"禹")金《玉合记》最为时所尚,然宾白尽用骈语,饾饤太繁,其曲半使故事及成语,正如设色骷髅、粉捏化生,欲博人宠爱,难矣!③

沈氏对禹金曲白语言之"尽用骈语、饾饤太繁","半使故事与成语"之骈藻掌故,已颇为厌烦,而徐复祚《曲论》更大肆指斥:

> 梅禹金,宣城人。作为《玉合记》,士林争购之,纸为之

---

① [明]祁彪佳:《远山堂曲品》,《中国古典戏曲论著集成》第6册,第19页。
② [明]吕天成:《曲品》卷下,《中国古典戏曲论著集成》第6册,第233页。
③ [明]沈德符:《顾曲杂言》,《中国古典戏曲论著集成》第4册,第206页。

贵。曾寄余，余读之，不解也。传奇之体，要在使田畯红女闻之而趯然喜，悚然惧；若徒逞其博洽，使闻者不解为何语，何异对驴而弹琴乎？……余谓若歌《玉合》于筵前台畔，无论田畯红女，即学士大夫，能解作何语者几人哉？徐彦伯为文，以凤阁为"鹍门"，龙门为"虬户"，当时号"涩体"，樊宗师《绛州记》，至不可句读。文章且不可涩，况乐府出于优伶之口，入于当筵之耳，不遑使反，何暇思维，而可涩乎哉！滥觞于虚舟，决堤于禹金，至近日之《筌筬》而滔滔极矣。①

我想徐氏这样的批评站在戏曲排演高台广座的立场，是一点也不为过的。连梅禹金在其《长命缕》自序中也这么自我修正的说：

意不必使老妪都解，而不必傲士大夫以所不知。词未尝不藻缋满前，而善为增减，兼参雅俗，遂一洗浓盐赤酱，厚肉肥皮之近累。②

可见他也承认有如"浓盐赤酱、厚肉肥皮"的骈骊掌故藻饰是他在写作《玉合记》之"累"，应当清除洗掉。其实他的"累"，何只曲白，连出目之作《义姤》《醳负》《焚修》等都一时教人难以

---

① ［明］徐复祚：《曲论》，《中国古典戏曲论著集成》第4册，第237—238页。
② ［明］梅鼎祚：《鹿裘石室集》卷二十九，《四库禁毁书丛刊》集部第58册，第224页。

索解。而这也透露出他写作《玉合记》确有"傲士大夫所不知"自我炫耀的企图。这种创作文学的态度和方法是绝对错误的。因为文学艺术主要在供人欣赏,固可含蕴一己之个性见解于其中,但应不失普遍同理性。所以对于近现代之文学艺术如果叫绝大多数所不解,其实是没有意义和存在价值的。即就学术而言,何尝不也旨在将创发之所得,传之于人,倘若一昧迷信西方理论,杂凑附会,则何异自欺欺人。而当今之世,并非少见。可是禹金在其《〈长命缕〉记序》中自诩道:"凡天下吃井水处,无不唱《章台》传奇者。"① 沈德符也说梅禹金《玉合记》最为时所尚。徐复祚亦谓梅氏《玉合记》"士林争购之"。看来其受欢迎和重视似乎是事实。然而我仍以为梅氏不免自我夸大其辞,凡吃井水的田畯红女老妪听都听不懂,焉会"无不唱《章台》传奇者"?倒是和他同样是"士大夫"的,会因艳羡、好奇或附庸风雅而为所尚、而为争购,其演出也应多在酒筵歌席之氍毹而已。

《玉合记》于《义姤》(第十一出)用【北寄生草】【北对玉环带过清江引】作为旦柳氏之"舞曲"插入排场,于《醳负》(第十三出)由小生唱双调合套【新水令】之全部北曲,已近晚明成熟之传奇规格。他自己也以晓音律自许,观其《玉合记》并不为过,而吕天成以他"不守音韵"为"恨",应当是指其韵协尚未能恪遵《中原音韵》,犹不免支思、齐微、真文、庚青邻韵混押。

屠隆《玉合记叙》评论云:

---

① [明]梅鼎祚:《鹿裘石室集》卷二十九,《四库禁毁书丛刊》集部第58册,第223页。

传奇之妙在雅俗并陈，意调双美，有声有色，有情有态；欢则艳骨，悲则销魂；扬则色飞，怖则神夺；极才致则当激名流，通俗情则娱快妇竖。斯其至乎！二百年来，此技盖吾得之宣城梅生云。梅生《章台柳》新声，其词丽而婉，其调响而俊，既不悖于雅音，复不离其本色。回伏顿挫，凄沉淹抑，叩宫宫应，叩羽羽应。每至情语，出于人口，入于人耳，人快欲狂，人悲欲绝，则至矣，无遗憾矣。①

屠氏对于传奇的文学艺术主张等同徐复祚，但对于禹金《玉合记》"至矣！无遗憾矣！"的肯定恭维赞叹，则无乃过分。其"不悖于雅音"为事实，其"不离本色"则显非事实。倒是汤显祖《玉合记题词》所云"予观其词，视予所为《霍小玉传》，并其沉丽之思，灭其秾长之累"②较为中肯。然而禹金之"本色"，非不能也！请看其《还玉》（第三十七出）末许俊所独唱【黄钟醉花阴】合套之北曲诸调，岂非萧飒爽莽之元人韵致，而充分流露"侠义"之本色？令人闻歌能受，感奋飞扬。可惜禹金为了炫才逞奇，不惜割舍这样令雅俗同赏的才华。兹举其二曲以见"一斑"：

　　【北出队子】则早办追风单骑，把几行书、亲自题。管引他倩女一魂离，出落俺将军八面威。呀！你准备着筵开花烛喜。

---

① 黄竹三主编，陈桂声评注：《六十种曲评注》第12册《玉合记评注》，第841页。

② 同上书，第842页。

【北刮地风】这马儿忽腾腾举四蹄,怀揣着风月文移。撞辕门似入无人地,早穿过绿水桥西,又经他碧杨楼际,斜刺里画栋朱扉。趁着那蜂未窥,蝶未知,把暗香偷递。你道是巧张罗、惯打围,俺可也见兔儿才放鹰飞。①

十三、陈汝元《金莲记》

陈汝元生平零星见于吕氏与祁氏两《曲品》及地方府县志。黄崇浩评注之《六十种曲金莲记》所附黄崇浩《陈汝元及其〈金莲记〉》所作考述结论是:陈汝元,浙江山阴人,约生存于隆庆、万历初期。万历二十五年(1597)中举,时年二十余岁。不久被任为清涧县令,政绩突出。万历三十二年(1604)左右,升任延绥镇城堡厅同知。三十五年(1607)升任易州知州,以母老,迄归养,时年四十余岁。道光《清涧县志》说他"明爽,有威仪。博学能文,长于政事,百废俱兴,不劳民力;训课有方,士乐就之。今言修葺者,必以元为法。重修县志,号为'实录'。升城堡同知,士民眷石以志去思焉。"②可见他是一位有品有学的地方好父母官。

《金莲记》叙苏轼一生际遇。但剧目只取神宗赏东坡奇才,哲宗时听政之宣仁太皇太后赐以金莲烛炬送归之荣宠为剧目。此剧目既嫌单薄,对全剧关目布置亦未能发挥一般以物件如

---

① 黄竹三主编,陈桂声评注:《六十种曲评注》第12册《玉合记评注》,第786页。

② [清]钟章元修:《陕西省清涧县志》卷五,宦迹,中华古籍资源库数字古籍清道光八年刻本,第43页。

"梭"贯穿之作用。倘以《四出三谪记》为名，反较切合东坡履历。

《金莲记》本事以《宋史》东坡本传与笔记丛谈为题材。黄崇浩于其《〈金莲记〉题材之来源与版本》谓此剧关涉之有名有姓三十余人，按其类别分：1.苏轼与君后，2.苏轼与王安石、章惇，3.苏轼与家人，4.苏轼与秦观、黄庭坚，5.苏轼与佛印、琴操，6.苏轼与鲍姬、鲍不平，7.苏轼仕历，8.苏轼的其他逸事，9.宋话本《五戒禅师和红莲记》，10.陈汝元《红莲债》杂剧等十类型，根据正史、笔记丛谈与苏轼相关资料，要言不凡，有凭有据，巨细靡遗地考证《金莲记》中三十六出所涉及的事迹之虚实与可信度。譬如苏轼虽反对王安石新法，但和他也有交情，王安石也曾在神宗面前以"不杀才子"救解苏轼。大大清算元祐党人的章惇，也不是一开始就与苏轼交恶。所谓"苏小妹"完全是虚构。佛印、琴操与苏轼交往密切，前生后世之说纯属子虚乌有。倒是儋州的"鲍姬"确有其人，其子鲍不平则为衍生。这项考证，对我们了解陈汝元如何运用题材、建构关目颇为重要。

陈汝元戏曲创作，有杂剧《红莲债》北四折、传奇《金莲记》一种尚存，另两种传奇《紫环记》《太霞记》已佚。

以苏轼为主人公的戏曲作品，元杂剧有费唐臣《贬黄州》、吴昌龄《东坡梦》、金仁杰《夜宴西湖梦》，明杂剧有沈采《四节记》之《赤壁记》，又同时之张萱有《春梦记》、叶宪祖《玉麟记》、无名氏《麟凤记》等传奇和程士廉《泛西湖》杂剧，但其内容皆只涉苏轼平生一事，而陈汝元《金莲记》则敷演其一生事迹。作者在开场《首引》【临江仙】之"表彰大意"云：

> 词曲元人称独步，到今户叶宫商。《夷坚》、《艳异》总荒唐，何如苏学士，才节世无双。　赤壁一游闲事耳，生平梗概宜详。《金莲》新谱慢铺张，未能追雪调，聊取佐霞觞。[①]

可见作者陈汝元主张戏曲要"协宫商"，取材不宜荒唐怪乱。而像苏轼那样的"才学世无双"，就应当详用其生平梗概才足以表彰，不宜但以其"闲事"一二为题材谱写。而就其【汉宫春】之"檃括本事"之特别提到"奸憸计倾""狱成诗案"，亦可见本剧旨趣在呈现忠奸之不两立。

在这样的观念背景下，作者以一主线三支线，主线勉力以"金莲灯炬"为否泰荣辱的象征意象为物件，用以起结和引发否辱之事故，以东坡一生事迹删削并合增饰而成故事发展主轴，以见作者心目中对忠耿才士东坡之景仰，这也表现了世人忠奸善恶不两立的理念。

另三条支线，又以正反方面来对比和衬托主线。

其一，代表反面对比的是以章惇为首，王安石、程颐、舒亶为次的打击东坡之集团。王安石、程颐因政见与东坡不合，加以排斥，章惇、舒亶则心怀嫉忌、狼狈为奸，罗织"乌台诗案"，欲陷东坡死地而终于贬斥黄州、惠州、儋州。

其二三为正面支线，又分为二，其一以东坡家人父母妻妾兄弟和友人秦观、黄庭坚，以见其悲欢离合，叙写世人所期望之否极泰来、一门喜庆团圆的结局。其二以佛印与东坡之僧俗关系加入琴操

[①] 黄竹三主编，黄崇浩评注：《六十种曲评注》第13册《金莲记评注》，第9页。

之悟道，与佛印联手度化东坡，以见世人深信之轮回果报思想。

这贯穿全剧之主支四线索，作者颇用心用力地要在全剧中条理分明、埋伏照映交织呈现。

于是其以东坡为主轴者见《偕计》（第二出）、《射策》（第五出）、《外谪》（第八出）、《就逮》（第十五出）、《饭鱼》（第十九出）、《赋鹤》（第二十三出）、《量移》（第二十五出）、《焚券》（第二十七出）、《释愤》（第二十九出）、《同梦》（第三十出）、《觐圣》（第三十二出）、《便省》（第三十三出）、《昼锦》（第三十六出）等13出。

其以章惇等为反面支线者见《构衅》（第七出）、《诗案》（第十四出）、《廷谳》（第十七出）、《诟奸》（第二十四出）、《释愤》（第二十九出）等5出。

其以家人为正面支线者见《偕计》（第二出）、《弹丝》（第三出）、《郊遇》（第四出）、《捷报》（第六出）、《闺咏》（第九出）、《归田》（第十出）、《湖赏》（第十一出）、《媒合》（第十二出）、《小星》（第十三出）、《生离》（第十六出）、《闻系》（第十八出）、《控代》（第二十出）、《重贬》（第二十一出）、《蜀晤》（第二十二出）、《诟奸》（第二十四出）、《惊讹》（第二十六出）、《赐环》（第二十八出）、《同梦》（第三十出）、《慈训》（第三十一出）、《便省》（第三十三出）、《接武》（第三十五出）、《昼锦》（第三十六出）等22出。此线所以出目繁多，因其关系到东坡至亲父母两子、入道前之琴操与朝云、秦观与黄庭坚三族群。尤其以小旦朝云为主者，即有《媒合》《小星》《慈训》三出，较诸旦王氏之几未主场者，实有"喧宾夺主"之势。其他如子由之《控代》、老泉之《归田》、秦观之《赐环》、两子之《接武》，亦皆"各主风骚"。所以此正面支线，因相关人物众多，就只好"加重分量"了。

其以佛印、琴操为主以见佛道轮回者见《湖赏》（第十一出）、《媒合》（第十二出）、《赋鹤》（第二十三出）、《诟奸》（第二十四出）、《证果》（第三十四出）等五出。

以上一主轴三支线所构成之复杂情节，如以吕天成《曲品》所概括之"门数"六种和《太和正音谱》所分"杂剧十二科"观之，则合有"神仙道化"或"仙佛""林泉丘壑""披袍秉笏""忠臣烈士""叱奸骂谗"以及"钗刀赶棒"，而以"悲欢离合"为纲领流动全剧。可见写东坡一生事迹并非容易。而其"传章法"已勉强于剧目"金莲"之结撰，则其"生旦排场"理应顾及。而且王氏因史实而冷落其妻职，乃以小旦朝云取而代之，又以贴琴操之入道不涉东坡情感生活为旁衬，如此合正旦、小旦、贴旦之戏分，盖差可与生东坡"等观"矣，即此亦可见作者之用心。而东坡一生四度入朝、五度外谪，而此剧只取其一在朝、三流放以敷演，亦可知其删削以求简明之用力矣。东坡自海南北归至镇江游金山寺，作《自题金山画像》云：

  心似已灰之木，身如不系之舟。问汝平生功业，黄州惠州儋州。[①]

这也就是作者取材东坡一生灾难的根源。只是作者同世俗一般见

[①] 傅璇琮等主编：《全宋诗》卷八三一，北京大学出版社1998年版，第9624页。

闻之思想以敷演东坡，因为其时代与个人修为有关，但过分强调前生今世、因果轮回，就不是今日读者所乐于"省思"了。也就是《金莲记》之内容思想，并不足以引发今日观览者之兴趣。

对于《金莲记》的评论，明人只见吕氏和祁氏《曲品》，吕天成云：

> 《金莲》，摭三苏事，得其概。末添抱不平，正是戏法耳，词白俱骈美。①

祁彪佳云：

> 《金莲》，记苏长公，此可称"实录"。然亦有附缀以资谐笑，如鲍不平之雪愤是也；亦有省削以为贯通，如赐莲之在廷对，焚券之在琼崖，再谪之后即内召入直是也。至于韵金屑玉，以骈美而归自然，更深得炼字之法。②

可见明代两大批评家都肯定和欣赏陈汝元《金莲记》在艺术与文学上之成就。可是如此好评却"后继无人"。如不站在吕祁二氏戏曲"文士化"以词采为重的立场，即明显可以看出，陈汝元《金莲记》走的是《香囊》《玉玦》《玉合》词白骈俪典重繁缛不顾脚色人物声口"一视同仁"的弊病路线。尤其用"以资谐笑"的科诨每教人不

---

① ［明］吕天成：《曲品》卷下，《中国古典戏曲论著集成》第6册，第239页。
② ［明］祁彪佳：《远山堂曲品》，《中国古典戏曲论著集成》第6册，第21页。

堪入眼，以丑扮佛印为高僧，而竟亦出口令人顿生厌恶。这虽是明代那颓唐社会的龌龊"共业"，但今日观之，实格格不入。

就本剧之"排场"观之，因以正场为骨干，亦知有大场、过场之分，一出中之排场转移，亦有引场、主场、收场之别。虽第二场亦未失大场之规模，已臻"新传奇"体例。韵协颇守《中原》，惟真文、庚青、侵寻，先天、寒山尚偶然混用。

本剧有两出用合套，前为《赋鹤》之双套【新水令】，后为《释愤》之黄钟【醉花阴】，俱为丑脚独唱北曲，只是分扮佛印与鲍不平。则风调大异南曲，颇能得元人之致。至于所叙之东坡遭遇，作者生平应不有如此之投射，而若论明代之朝政、党同伐异，则此剧尚所不及矣！

2022 年 4 月 26 日 11 时 40 分

十四、谢谠《四喜记》

《曲海总目提要》谓《四喜记》作者"未详何人"，校补者云："谠字献忠，号海门，浙江上虞人。所作仅此一种。"[①] 明万历《上虞县志》卷十附《姚翔凤传》后，有《谢谠传》，云：

> 与翔凤稍后而以文名者曰谢谠。谠字献忠，才华俊逸（原注：万历志，下同），工诗古文词（家传）。嘉靖甲辰进士，授泰

---

① ［清］黄文旸著，董康辑：《曲海总目提要》卷十三，人民文学出版社 1959 年版，第 630 页。

兴令。泰兴，维扬岩邑也。宰其地者多不得善去。谠筑来鹤亭，建柴墟公馆，乐与贤士大夫游（见泰兴县志）。未及考，亦以墨归家。傍盖湖，筑白鸥庄于荷叶山中。朝夕惟读书、著述、吟咏为事、间为乐府，含杯自放，不入城市者二十余年。不问生人产，以故家中落，至卒不能成殓。知者以为有托而逃云。有《海门集》《草言》行世。①

由此小传，可见谢谠其人虽得进士及第，但才做了泰兴县令不到三年。他在考核期即被蒙上"贪黩"罪名而去职返乡，证实了泰兴确是个"岩邑"，他纵使筑亭建馆与邑中士大夫游亦无济于事。经此打击，他选择了归隐于荷叶山中，二十余年间，但知读书、著述、吟咏，也不理家人生活所需，落得身后连葬具都无的窘境。他是嘉靖甲辰（1544）进士，又家居二十数年，且小传见于《万历上虞县志》，则其平生岁月自是嘉靖、隆庆、万历间，所著"乐府"亦当指《四喜记》。

《四喜记》演宋代宋玘、宋庠、宋祁事，关系为父子兄弟。宋庠原名"郊"，因同侪李淑逸言仁宗，谓"宋"为国号，而以"郊"为名，于国不利，而改名"庠"。

本剧之所以取名为"四喜"，作者在首出《家门始终》【西江月】开头即说"人世难逢四喜，浮生不满百年。"②所以他要将人生

---

① ［清］唐煦春修，［清］朱士黻等纂：《上虞县志》卷十，（台北）成文出版社1970年据清光绪十七年刊本影印，第214页。

② 黄竹三主编，李蹊、谭莉芳评注：《六十种曲评注》第13册《四喜记评注》，第412页。

遗憾，以"四喜"的际遇来加以弥补。所以剧中主敬作圣的宋庠和风流称贤的宋祁，他都一样肯定，而对于老宋之"轩冕峥嵘何羡"，"调宫弄羽乐吾天"[①]更加向往。所以宋家父子三人的行径，虽然不敢冒言直断与作者生平事迹有绝对的关联，但作者希望借其共同完成的"四喜"来投射其生命理想美满的企图则是隐然可见的。而所谓"四喜"出自洪迈《容斋随笔·四笔》卷八所载旧传《四喜诗》："久旱逢甘雨，他乡见故知；洞房花烛夜，金榜挂名时。"[②]后来民间更云："十年久旱逢甘雨，千里他乡遇故知。和尚洞房花烛夜，老生金榜题名时。"则纯属谈助笑料矣。

《四喜记》自以《宋史》卷二八四《宋庠传》为主体内容，兼及宋李元纲《厚德录》，以见大宋忠厚、小宋风流，又采清人辑入《本事词》所述之仁宗赐宋祈宫人事。而与宋祁关系密切之张先见诸欧阳修《归田录》与胡仔《苕溪渔隐丛话》，剧中宋祁与"三中""三影"论平生得意之作，亦出诸《丛话》。至于李淑之谗忌宋氏兄弟，胡僧慧云之陷入叛贼，则更据《宋史》卷二九一《李若谷传》附《李淑传》与《宋史》卷二九二《明镐传》所附《王则传》。可见作者是要呈现他人生美满的"四喜"的喜悦和救解，进而金榜题名、享洞房花烛之喜乐。

作者用了四十二出来敷演他心目中的人生"主敬作圣、风流称贤"，父慈子孝、兄友弟恭、夫唱妇随、君臣相得、名著当世的美满境界。他以俗传谚语"久旱逢甘雨，他乡遇故知；洞房花烛

[①] 黄竹三主编，李蹊、谭莉芳评注：《六十种曲评注》第13册《四喜记评注》，第412页。

[②] 〔宋〕洪迈撰，孔凡礼点校：《容斋随笔》，中华书局2005年版，第720页。

夜，金榜题名时"的所谓"四喜"来一一加以落实。但就全剧关目布置、排场处理观之，虽作者有意独树一帜、别出心裁，也勉力铺排结撰，但牵强突兀累赘则通篇皆是：

其一，为符合"久旱逢甘雨"之喜，于前六出生、旦、小生、小旦、贴、外等要脚演出家族欢乐与感情端之后，毫无迹象与后续，忽然冒出两出戏专写雍丘县令《久旱祈神》和县尉《喜逢甘雨》。又为了落实"他乡遇故知"，勉强安插胡僧慧云（末）入戏中，一则用以为宋郊（生）、宋祁（小生）相面预示科考，且使宋郊《竹桥渡蚁》《天佑阴功》。一则于剧末又别生《祸禳左道》《平妖奏绩》，使文彦博平定王则、胡永儿之乱，好能教宋氏兄弟救出被诬为叛党之慧云，而与座师文彦博、旧交慧云"他乡遇故知"。凡此皆为题而造设，忽现之后即忽隐而无"下落"，这都令人错愕不自然。

其二，很明显，作者是要把他的另二喜由宋氏兄弟来呈现。可喜的是作者能将宋氏兄弟的履历、性情、为人描写得合乎史实原型，使宋郊忠厚持重，宛似宋儒，而宋祁风流潇洒，一派才人模样，并将明代道学与左派王学的思想行径注入其弟兄二人身上。而将李淑（丑）、张先（净）、孙奭（末）拉来作同榜进士，用作点缀关合则有余，但如李淑因嫉而为反面人物，虽一再谗言中伤，但既未凶狠，且遇明主宋仁宗而几于无伤，则明确之"势不两立"即无从展现。

其三，作者于脚色之分配，虽以宋郊与妻分居生旦，以宋祁与郑琼英、董青霞别为小生、占（贴）、小旦，但就戏分轻重，实以小生、小旦、贴为主要，生旦至多与宋父（祀）等量齐观。以生旦为主的传奇体例，在此剧中落得如此，尽管欲有所变通，以合兄嫂为尊之伦常，但亦教人不适而碍眼。

其四，本剧既以二生三旦为结撰之主轴，以外代表其家庭，末净为其友朋，各为支脉，又别生祈雨平乱之关目与宋仁宗宴赏赐婚之支节，乃至反派人物丑之中伤，虽皆环绕主轴而运行，但就大关大目而言，皆为似可有无之余事，以致主轴反成笨拙而亦不免累赘。

其五，生脚既以小生为主，正生为副，旦脚既以小旦为首，旦、占为从。作者原本之用意，实欲以二生对三旦以成传奇"生旦对等"之排场，但也因此生旦之场次如《鸾俦赏夏》（第十一出）、《翠阁耽思》（第三十二出），占之相关场次，如《琼英入宫》（第四出）、《亲忆琼英》（第十七出）、《琼英闺闷》（第十八出），便都有为脚色而强为设事之嫌。

其六，小旦扮董青霞为无中生出之人物，用意在一般生旦排场总有一对即见生情，坚持不移，非欲达成不可之恋情。可是青霞与宋祁只在风月场中相识，既非名门，又无感人而致死生不逾之期许，何况仁宗居然赐婚妃嫔，宋祁又眷恋琼英美色，则宋祁焉会有随地随时思思念念于青霞之情怀？而青霞之《红楼遣思》（第二十一出）、《奔告强婚》（第三十五出）与小生宋祁之《遐忆青娃》（第二十五出），亦嫌多余。而为了使老宋外扮之宋玘，成为功成名就、逍遥归隐之典范，特设《椿庭庆寿》（第十二出）与《寻乐江村》（第四十一出）二出，亦非自然。

此剧为顾及剧中脚色人物之演出均衡，而又结撰不出动人之情节关目，乃以饮宴、相思之寻常生活搪塞之，以致全编累赘拖沓，实亦才情有所不足也。

总而言之，《四喜记》之关目排场实非得体，可省可删者岂别生枝节而已。作者施以浓墨重彩建构以小生宋祁、小旦青霞的终于达成"洞房花烛夜，金榜题名时"的人间美满结局，而在天子赐婚、荣归故里时，已兴起如老宋那样归隐之乐的情怀。这种情怀从作者所存简单事迹中，正可以看出实是夫子自我写照。但无论如何，他毕竟完成了他剧本首尾照应的旨趣。其剧末下场诗云："父能教子子扬名，兄弟情怡友难拯。道合君臣夫妇乐，纲常风月两堪称。"[1]

而若追根究底作者写作此剧之动机与目的，实在其好逞才炫华之心态，所以在曲白上他采取明人骈绮派的语言骈偶藻丽和堆砌掌故的路线，以至此剧并非雅俗同赏之作，只能做案上清供，难以广播流传。更有甚者，作者亦喜用巧俳体近于文字游戏。譬如第五出《花亭佳偶》，其【驻云飞】四曲每支十句，四十句皆嵌入"花"字。又如第二十一出《红楼遣思》写青霞之"四季相思"，第四十一出《寻乐江村》之由渔樵农牧之自叙其乐。而其可称者，莫过于关目与排场之连锁转折，乃至于移宫换韵。遗憾的是科诨无闻，武场太弱，每折用曲过繁，却未见高低潮起伏，亦避以合腔合套北套调剂场面。使人浏览之际，但觉平实而板滞。所以本剧实非明人佳作，其冷落曲坛，有以也。

2022 年 4 月 28 日 20 时 30 分

---

[1] 黄竹三主编，李蹊、谭莉芳评注：《六十种曲评注》第 13 册《四喜记评注》，《衣锦团圆》，第 706 页。

十五、顾大典《青衫记》

《青衫记》作者顾大典为明中后期知名曲家。其生平见《明清进士题名碑录索引》、明王骥德《曲律》卷四《杂论第三十九下》、清钱谦益《列朝诗集小传》丁八、清《苏州府志》同治重修、光绪九年刊本卷一〇五《人物》三二。综合叙述如下：

顾大典，字道行，一字衡宇，吴江人。其祖字仲光，正德十二年进士，授将乐知县，民为立碑表德，官至汝宁知府。大典读书过目成诵，隆庆二年（1568）戊辰科三甲第二百四十名进士。美风仪，登第甚少，授绍兴府教授，历官处州推官。当内迁，乞为南京稽勋郎中，佥事山东，以副使提学福建，坐吏议罢归。家有谐赏园、清音阁，亭池佳胜。大典工诗善画，妙解音律，自按红牙度曲。在金陵，暇即呼同侪郎载酒游赏，遇佳山水辄图之；或晨夜忘返，而曹事无废。侈姬侍，所蓄家乐皆自教之。所著传奇有《青衫》《义乳》《葛衣》《风教编》四记，总题《清音阁传奇》四种，仅存《青衫记》《葛衣记》。与王骥德论词于所居园亭，倾倒不辍。晚年无疾，为人作一书与郡公，投笔而逝，亦一奇也。大典为官，请托不行，忌者追论其为郎时放于诗酒，坐谪禹州知州，遂自免归。王骥德论其曲谓"略尚标韵，第伤文弱。"[①]

《青衫记》本事虽源于白居易诗《琵琶行并序》，但内容旨趣已大有异同。《琵琶行》只在发抒白居易被贬江州的天涯沦落之感，

[①] ［明］王骥德：《曲律》卷四，《中国古典戏曲论著集成》第4册，第164页。

而《青衫记》则本元人马致远杂剧《江州司马青衫泪》,士子妓女慕才爱色、济以恶人间阻以成悲欢离合之风情剧而增饰敷演为传奇。其人物情节自然更为丰富。譬如剧中增加樊素、小蛮、元稹、刘禹锡等与白居易同时而关系密切之人物,而不论其时空易位,也将唐宪宗元和九年(814)神策中尉吐突承璀与穆宗长庆元年(821)使王廷凑杀节度使田弘正两事合并为剧中朱克融河朔兵乱,以为乱离之背景。

《青衫记》之以《青衫》为题,自是出诸白居易《琵琶行》末句"江州司马青衫湿"。[1] 而作者用为其传奇之剧目,也能得戏曲以物件为梭组织全剧之章法。因此,"青衫"每一见,即为关目枢纽。如白居易赴京赶考,特别嘱咐携带"青衫",与裴兴奴初见,脱下"青衫"典酒,兴奴与居易别后,思念旧情,特地赎回"青衫";兴奴与蛮素巧遇送还"青衫",情同姊妹。樊素将"青衫"带到江州,使白乐天知道兴奴守衫固节。居易蒙冤大白应召返京即以"青衫"与白银求聘兴奴,而兴奴已被鸨母卖与茶商刘一郎。及至浔阳江头再会,居易更"泪湿青衫",巧值一郎纵酒落水死,乃得团圆结合,而居易犹宝"青衫",不与弃置。也就因为此一"物件"始终穿插绾合,使得全本剧情灵动,而无前后捉襟见肘之弊。顾大典是运用物件以作传奇的作家中,算极为成功的名家。

对于《青衫记》的评论,先列举明清曲论家看法:

王骥德《曲律》卷三《论插科第三十五》云:

---

[1] [唐]白居易著,朱金城笺校:《白居易集笺校》第2册,卷十二,上海古籍出版社1988年版,第686页。

插科打诨，须作得极巧，又下得恰好。如善说笑话者，不动声色而令人绝倒，方妙。大略曲冷不闹场处，得净、丑间插一科，可博人哄堂，亦是剧戏眼目。若略涉安排勉强，使人肌上生粟，不如安静过去。古戏科诨，皆优人穿插，传授为之，本子上无甚佳者。惟近顾学宪《青衫记》，有一二语呦呦动人，以出之轻俏，不费一毫做造力耳。黄山谷谓："作诗似作杂剧，临了须打诨，方是出场。"盖在宋时已然矣。①

徐复祚《曲论》云：

　　自此吴江顾大典有《义乳》《青衫》《葛衣》等记，皆起流派，操吴音以乱押者；清峭拔处，各自有可观，不必求其本色也。②

吕天成《曲品》卷上列"上上品"之沈璟、汤显祖之后"陆采、张凤翼、顾大曲、梁辰鱼、郑若庸、梅鼎祚、卜世臣、叶宪祖"八人为"上中品"。其评顾大典云：

　　道行俊度独超，逸才早贵，菁华缀元、白之艳，潇洒挟苏、黄之风。曲房姬侍如云，清阁宫商和雪。③

---

① ［明］王骥德：《曲律》卷三，《中国古典戏曲论著集成》第4册，第141页。
② ［明］徐复祚：《曲论》，《中国古典戏曲论著集成》第4册，第237页。
③ ［明］吕天成：《曲品》卷上，《中国古典戏曲论著集成》第6册，第214页。

又其卷下云：

> 《青衫》元白好题目，点缀大概亦了了。仿佛《四节记》。
> 《葛衣》，此有为而作，感慨交情，令人呜咽。妇人庵似落套，然无可奈何。
> 《义乳》，李善事出《后汉书》，事真，故奇。且以之讽人奴，自不可少。
> 《风教编》一记分四段，仿《四节》体。趣味不长，然取其范世。①

以上所引三家，大体评论《青山记》之语言、科诨，兼及韵协。在曲文语言方面，上文引王骥德《曲律》，谓其"略尚标韵，第伤文弱。"言其尚称明丽，惟藻饰过分，有伤风骨而致绮靡。徐复祚《曲论》更直指其属张凤翼骈俪派，虽颇具清峭挺拔，但远离曲之"本色"。吕天成《曲品》则欣赏其"俊度独超"，意思在肯定作者语言格调"出类拔萃"，所以把他列入第二等之"上之中"。

吕天成还说到《青衫记》"元白好题目，点缀大概亦了了"。则肯定其题材以白居易、元稹事迹为本，是吸引人的好题目，而且顾大曲也能予以概括，条理井然。关于吕氏的看法，其实似是而非。因为《青衫记》的关目骨架，是由元人杂剧士子歌妓风情剧的典型模式一路下来的，这典型模式就是《苏小卿月夜泛茶船》，其故事梗概被梅鼎祚收入所辑《青泥莲花记》卷七《记从

---

① ［明］吕天成：《曲品》卷下，《中国古典戏曲论著集成》第6册，第232页。

一·苏小卿》条,云:

> 苏小卿,庐州娼也。与书生双渐交昵,情好甚笃。渐出外久之不还,小卿守志待之,不与他狎。其母私与江右茶商冯魁定计,卖与之。小卿在茶船月夜弹琵琶,甚怨。过金山寺,题诗于壁以示渐,云"忆昔当年折凤凰,至今消息两茫茫。盖棺不作横金妇,入地犹寻折桂郎。彭泽晓烟迷宿梦,潇湘夜雨断愁肠。新诗写记金山寺,高挂云帆上豫章。"渐后成名,经官论之,复还为夫妇。①

据此可见顾大典《青衫记》实据此为骨架筋节,再或踵事增华,或添加与白居易关系之人物时事,虚构空中楼阁而成以引人入胜。

传奇作者皆尝试净丑插科打诨以醒排场,论述以王骥德《曲律》、李渔《闲情偶记》最綦详得体,但几于无不流入"恶道",李渔自家亦不能免,名家如汤显祖亦且如此。而顾大典科诨,如《承璀授阃》《蛮素邀兴》《蛮素至江》《裴兴归衙》诸出,虽尚不免以男女隐喻,但出语雅中带俗、俗中含雅,甚见机趣,为此大受王骥德之激赏。

至于韵协,徐复祚直斥其"操吴音以乱押",但其实不过偶然出入齐微、鱼模、先天、寒山、廉纤而已,其他则遵《中原音韵》。

---

① [明]梅鼎祚:《青泥莲花记》卷七,《续修四库全书》第1271册,上海古籍出版社2002年据上海图书馆藏明万历三十年鹿角山房刻本影印,第729页。

其曲辞虽雅丽,也未至如骈绮派之掌故浓艳,大抵皆顺口可读,虽未及吕天成之"俊度独超",也未臻于张凤翼等之"骈绮繁缛",倒是王骥德所谓之"略尚标韵"较为中肯。

《青衫记》由于善用"青衫"为组织之"梭",故能不致如一般传奇之枝蔓,而主从分明又交融得体。以旦、贴、小旦所合成而与生之对等之主线,即在"青衫"之绾合下而团圆喜庆。其元稹、刘禹锡之正面支线,与刘一郎、鸨母乃至朱克融之反面支线,也无不向生旦之主轴衬托靠拢,形成有机体之融合。所以《青衫记》在关目布置上是成功的。可是在排场上可唱可听之套数曲牌却难得一见,缘故是安排太多过场戏,而剧情高潮直至第二十八出《坐湿青衫》始得一见,以致通剧显得平实有余,韵致不足。全剧所用北曲亦仅第十四出《抗疏忤旨》生唱正宫【粉蝶儿】带般涉【耍孩儿】五曲,以及第二十八出旦主唱生外等分唱【北新水令】套十曲而已。但其套数排场、移宫转韵颇为分明。

2022 年 4 月 29 日 20 时 25 分

十六、王玉峰《焚香记》

王玉峰,生平不详。吕天成《曲品》列之为"下之上"十四人之一,品第居第七,但记其为松江人。

《焚香记》演王魁、敫桂英事,自南宋即盛传民间,王魁实有其人,据宋末周密《齐东野语》卷六《王魁传》所记:魁名俊民,字康侯,莱州掖县人。郓州司理王弁之子。嘉祐七年(1062)状元及第。后于南京试院中突发狂疾，对一石碑奇怒呼叫不已，以小刀自刺，幸获救。医者用金虎碧霞丹治之，不愈，死。其友初虞世谓俊民人品才学俱高，其死非传闻之前世果报索命，实由误服丹药所致。宋人张师正《括异志》"王廷评"条亦有相同记载。惟又增入俊民因将不顺使命之井灶婢，积怒乘间推坠井中而死，与俊民在乡间与一妓女私密，誓约登第迎娶，既登第为状元，妓以其食言婚名族，念恚自杀，故俊民为女厉所困，殀阏而死之事。此女厉事，应为"王魁负桂英"之"原型"。其后夏噩《王魁传》、李献民《王魁歌》、柳贯《王魁传》等亦以笔记小说传其事，而所记最早者为宋高宗绍兴六年（1136）曾慥《类说》卷三十四《摭遗·王魁传》。宋人张邦畿《侍儿小名录拾遗》引《摭遗》所记与之基本相同而文字较为简略。而明梅鼎祚《青泥莲花记》卷五载有《王魁传》，谓据《异闻集》，其情节文字全同曾慥《类说·摭遗·王魁传》。可以推知《王魁负桂英》故事在夏噩《王魁传》之后即已定型。此外《醉翁谈录》《山堂肆考》《情史类略》等至多加以修饰而已。王魁故事之演为戏曲，明人叶子奇《草木子》云："俳优戏文始于王魁，永嘉人作之。"[①] 徐渭《南词叙录》亦谓"南戏始于宋光宗朝。永嘉人所作《赵贞女》《王魁》二种实首之。"[②] 可见"王魁负桂英"和"蔡伯喈负赵贞女"在南宋已成为"脍炙人口"之戏文。"王魁"戏文已不存，钱南扬《宋元戏文辑佚》从

---

① [明]叶子奇：《草木子》卷四下，《笔记小说大观》第15编第7册，（台北）新兴书局1976年版，第4203页。

② [明]徐渭：《南词叙录》，《中国古典戏曲论著集成》第3册，第239页。

沈璟《南曲谱》辑得佚曲十八，或写王魁桂英初遇，或为王敫定情与同饮，或为赴试离情与海神庙盟誓，或为鸨母劝嫁，或为仆人返报被魁所逐。此十八曲沈氏或注"旧传奇"或注"元传奇"，当为戏文自南宋后一脉相传之作无疑。"王魁"之元杂剧有尚仲贤《海神庙王魁负桂英》，赵景深《元人杂剧钩沉》辑得其佚曲【双调新水令】一套，写桂英在海神庙哭诉遭弃之悲愤，极激烈生动感人。而宋官本杂剧亦有《王魁三乡题》之段数、话本亦有《王魁负心》之名目，而明代以后，却出现为王魁"翻案"之传奇，如杨文魁《王魁不负心》、无名氏《桂英诬王魁》，以及王玉峰之《焚香记》，仅存《焚香记》。

《焚香记》之所以刻意为王魁作翻案文章，有以下原委：

其一，北宋汴京位处中原，富贵功名荟萃于此。南宋辟据东南海隅，但杭州发达以后，江浙顿成海滨邹鲁，原本十年寒窗之士子一旦脱白挂绿，即为豪门所乐于婚娶，己身亦欲夤缘以富贵，于是攀龙附凤，抛弃发妻，始乱终弃以绝旧爱者比比皆是。而这种现象也反映在时兴的戏文剧目之中，如《王魁》《蔡伯喈》《李勉》，等等。其中饱受抛弃痛苦之妇女获得广大群众同理心之悲悯，因此此等"负心"故事也成为戏文题材的一大特色。但明代以后，环境、理念都改变，且此种故事题材已至司空习见，自然要从中别开生面。

其二，明代恢复汉唐衣冠，承宋人道学之后更发展为钳制人心的理学。明太祖、成祖父子更颁布戏曲律令规范，使戏曲只能演出忠臣孝子、烈妇义士、寓教于乐之内容。连改编《蔡伯喈》戏文为《琵琶记》的高明都要说"不关风化体，纵好也

图 9 北京图书馆藏明刊本王玉峰《玉茗堂批评焚香记》插图

徒然。"① 而"始乱终弃""攀附高门"的情节内容，焉能有补"教化"，何况已无时代之新意。

其三，元人士子歌妓之风情剧，本为士庶乐见喜闻之故事，其模式多为士子爱色、歌妓慕才，两情相悦厮守。而鸨儿贪财、盐商茶客土豪肆欲，乃联手阻碍拆散士子歌妓，使之悲欢离合，终此士子状元及第，或经由一位做官友人之协助而将作恶之徒打击，夺回歌妓与士子得以团圆。像这样的关目结构模式，既屡见不鲜，又容易套用，便被敷衍为长篇传奇的作家所吸收，而且也可借此为原本造孽的士子解脱，将罪恶推给富商劣绅之贪欲谋色，于是剧情就改易于士女恋爱剧，士重情义、女守志节。原本之歌妓身份也提升至如《焚香记》桂英出自名门闺秀，因卖身葬父而沦落娼门，她在第十四出《立志》也一再强调自己是"公卿女儿"，以便其与士子王魁成婚，可以享受凤冠霞帔、五花官诰而合乎时代潮流，世人钦羡。

基于以上诸背景，《焚香记》如同《琵琶记》都做了为男主脚开脱的反面文章。这种反面文章，如果不靠高则诚的文学艺术来支撑，光倚仗故事的推陈出新来迎合庶民口胃，恐怕是很难成功而成为传世名作。《焚香记》除了原本《王魁传》的情节，套用元杂剧风情剧与恋爱剧"窠臼"外，实无创发性之关目排场。何况为了达成作者首出《统略》下场诗"辞婚守义王俊民，捐生持节敫桂英；施奸取祸金日富，全恩救患种将军"②之旨趣，硬将

---

① 钱南扬校注：《元本琵琶记校注》，上海古籍出版社1980年版，第1页。
② 黄竹三主编，黄明评注：《六十种曲评注》第15册《焚香记评注》，第31页。

桂英、王魁"死去活来",鬼神杂沓,又为王魁增设正反人物种谔将军与土豪金日富,用以帮他建功立业和解脱罪名。虽然也为乡里观众所接受,但总觉得寻常一般画葫芦而已,毫无令人可省思的余地。

《焚香记》四十出,关目生旦各居主线,堪称"势均力敌",但如此以"海神誓言"为核心,写王魁、桂英间之不迁与守志,所造设之情节无乃过于琐碎繁杂,其中如《赴试》(第七出)、《饯别》(第十二出)、《看榜》(第十五出)、《卜筮》(第十六出)俱无关宏旨,其中如《访姻》出以生而只用两曲之草率亦不少其例。第三十一出《驱敌》至第三十七出《收兵》演西夏张元兵乱,种谔、王魁平定,无论于通篇旨趣或王魁与桂英爱情而言皆嫌"蛇足",亦不能以此集中于剧末之武戏调剂其前三十六出枯寂平实关目之冷热。

惟其可注意者,此剧盖从戏文改编,保留戏文质朴本色者,如《逼嫁》(第八出)、《陈情》(第二十六出)、《明冤》(第二十七出)便都脚色人物声口合自然,若较诸《闺叹》(第三出)、《立志》(第十四出)之骈绮典雅,便可看出实自两手,也就是作者已是明人新南戏或传奇惯见之笔法。但在雅俗人物声口之间,作者也未必拿捏得好。譬如《逼嫁》以闺门旦扮饰之桂英所唱之【驻云飞】,便觉过于轻佻俚俗。盖为径取戏文而未加调适者。而此剧难得出现之最高潮《陈情》《明冤》二出,一用旦唱【北正宫端正好】套,一唱【北般涉耍孩儿】五煞等六曲,【耍孩儿】套在元剧只依附在中吕、正宫套之后,至明人乃独立单用,第三十一出《驱敌》亦由净扮西夏将军张元唱北曲【仙吕点绛唇】套,可见此剧已进入明传奇规模，但韵协仍未遵吴江律法，完全以《中原音韵》为依据，仍以吴音取协，以致支思、鱼模、齐微，真文、庚青、廉纤、先天、寒山邻韵混押之现象。

2022 年 4 月 30 日 21 时

十七、无名氏《霞笺记》

《霞笺记》作者无考。本事源头为明何大伦《燕居笔记》卷七《心坚金石传》，为文言传奇小说。其后明冯梦龙补编本《燕居笔记》卷九有传奇小说《李玉郎张丽娘传》。而传奇《霞笺记》始见吕天成《曲品》卷下"中中品"，剧本始见万历金陵广庆堂刊本，其后又有明崇祯毛晋汲古阁本与清初汲古阁重印本，以及近代刘世珩暖红室、开明书局等刊本，兹被清醉月楼据传奇《霞笺记》改篇为白话小说。

《霞笺记》保留传奇小说霞笺诗之唱和两情相悦始终如一的基本情节，其改动或落实人物者，如使李彦直之父李栋勇官中丞，彦直身份为"宦门子弟"，又使情节之冲突性提高，如同学挑衅、老师告状。而最大的改变是使悲惨之结局成为喜庆之婚合，以应"传奇"演出悲欢离合之终归圆满。但总体看来，仍不出传奇风情剧之窠臼：士子歌妓之慕色爱才，恶徒谗构阻挠而悲离，贵人协助玉成而欢会，状元及第而夫荣妻贵大团圆。所不俗而趋风雅者，则为"霞笺"互酬唱和，使歌妓之才艺大为提升。

吕天成《曲品》卷下云：

> 《霞笺》，此即《心坚金石传》，死者生之，分者合之是传奇体。搬出甚激切，想见钟情之苦，但觉草草，以才不长故。①

可见吕氏已指出其据《心坚金石传》改编，最大的不同是变分离殉情之悲剧而为结合团圆之喜剧，且其演出时颇能表现钟情之苦而感动人心。但因通剧不够谨严，而列入"中中品"。

祁彪佳《远山堂曲品》则列入"雅品"，一再拿来和《西楼》《绣襦》《龙膏》等相提并论。其"雅品残稿"更云："《霞笺》，传青楼者，唯此委婉得趣，至《西楼》更大畅，此外无余地容人站脚矣。"②

可以从吕氏之语推知《霞笺》于万历间颇风行于剧场，是能令观众感动的剧情。由祁氏也可知，《霞笺》颇著称，能与袁于令《西楼记》相提并论而得"委婉得趣"之佼佼者。至于吕氏说作者"才不长"，以致草率不谨严，则恐怕"厚诬古人"。因为《霞笺》作者为使剧情动人，很卖力地在铺排妆点，因此反而为凑足一般传奇三十出之数，而别生枝节，有累赘之嫌。譬如为强调恶人搬弄、贪官好色之阻绝，乃既出自劣公子洒银之道学虚伪，功臣阿鲁台之贪欲强娶为妾，更将丽容当礼物进献伯颜，如此人为之"灾难"再而三地发生，无乃失之"造设"之过分？而为化解丽容迫不得之"遭遇"，又增入伯颜夫人之忌宠、太后之收留、公主下嫁，与驸马之同情等"贵人"之助力化解而使高中状元之李玉郎得与百般受难受苦之张丽容"霞笺重合"团圆，凡此岂不斧凿过甚。而末尾三出，实为"蛇足"，不只"草草"，尾出亦无"大收

---

① ［明］吕天成：《曲品》卷下，《中国古典戏曲论著集成》第6册，第249页。
② ［明］祁彪佳：《远山堂曲品》，《中国古典戏曲论著集成》第6册，第125页。

煞"之作用，因之刘世珩"暖红室"刊本干脆全与删除，使之结于主题完结之第二十七出《霞笺重会》。至于第十六出《踰墙得喜（喜当作书）》，则真"草草"，而第二十四出《春闱首选》，但注以"考试随做"，则明显"搪塞"。可见《霞笺记》可删可省去不少，其弊主要在累赘而非"草草"。

但是作者的用心并不白费，像《端阳佳会》（第六出）、《书房私会》（第十二出）、《追逐飞航》（第十七出）、《驿亭奇遇》（第二十二出）诸出，俱为好排场，其剧情随时空转移，曲辞牌调配描得体，尤其《追逐飞航》最为脍炙人口。空间由松江码头经淮安、桃源达徐州，时间随着沿途所遇之樵夫、糖担小贩、老丈、赶脚夫、店主人，配搭其耳聋、纠缠、絮叨对衬玉郎之风餐露宿、百屈不折，追逐丽容官船于千山万水之坚毅真切与执着。作者将此配角小人物在时间流逝中一一不停转移，如此的快速小戏之转移，一方面表达玉郎之焦躁与锲而不舍，一方面更以此挚情感动观众的激赏。而更用【双调新水令】合套，由生玉郎独唱北曲以贯穿"追逐"之历程，以旦丽容主唱南曲以见"被赚登程"舍离之悲苦，情景自然引人入胜。

其《驿亭奇遇》叠十支【香柳娘】成套而排场转折亦甚分明。【香柳娘】为可粗可细之曲，重头成套，大抵节奏前慢后快，可以各成段落。因之此十曲用来写奇遇之环境、乍见之惊疑、昏夜驿馆之相会，终于相嘱。其间于每支曲出以独唱、对唱、轮唱、合唱、伴唱之不同方式以调适整体氛围之变化而使人感受可观可赏。

至于《霞笺记》之曲白语言，虽曲文犹如明人之好用典故或"经史语"，但典故多为一般人入耳能详之"俗典"，"经史语"也几为众人朗朗上口之"俗语",尤其宾白更富民间谚语与俗语。所以《霞笺记》能丰富戏曲之"真本色"而不为时流之"骈绮"所沾染,这应当也是它能于万历间流播歌场的重要原因。

2022 年 5 月 2 日 10 时 28 分

十八、袁于令《西楼记》

《西楼记》作者袁于令生平见于府县志,友人为他所作寿序,以及时人后世诸之笔记丛谈。兹先据清光绪己亥重修《吴门袁氏家谱·小传》[①]如下:

> 袁于令,堪长子。行一。原名晋,字韫玉,一字令昭,号凫公,晚号箨庵。生于万历二十年壬辰。府庠膳生,贗岁贡。仕清授州判官,升工部虞衡司主事,迁本司员外郎,提督山东临青砖厂,兼管东昌道,授湖广荆州府知府。偶失官意,遂罢职。词翰风致,独绝一时。所著有诗文集;尤精音律,着有《玉麟符》《瑞玉传奇》《西楼记》《玉簪记》《金锁记》《及音室稿》《留砚斋集》。[②]

---

① 有光绪二十五年编本,民国袁颂平续修,民国八年石印本,现分藏于北京、辽宁、苏州与吉林大学图书馆。

② [清]袁来俊修:《吴门袁氏家谱·卷六·四房支谱表》,清光绪二十五年修,民国八年石印本,第 6 页。又见于邓长风《明清戏曲家考略续编·袁于令、袁延梼与吴门袁氏家谱》,上海古籍出版社 1997 年版,第 100 页。

清毛先舒《赠袁箨庵七十序》云：

> 吴门袁箨庵先生，今年寿齐七十。……叹曰："吾年七十，阅世久矣！而世亦阅吾身。且余所谓'倒植人'也。凡士，自贱起家，为官振踔，风采为当世所震畏。盛车马、广交游、为愉快角骋之好。或更稍自树，有施于物，天下士益相与矜而乐颂之。已优游林泉老焉。若仆，生神庙，初载耳藉父祖之清华，恣游敖，其视大江以南山水皆吾园池；而名姝巧笑、倡优狎客之徒，悉家隶也。歌词一落笔，晨而脱稿，夕徧里巷，过数十日而海内管弦而歌。凡北里善和诸坊曲，甋䰞灯烛高堂所奏，无非袁生辞也。时天下大安，乐已稍变□至于今。今薄宦非余意，而又报罢。余且老矣、贫甚于未宦时。呜呼！事岂可复道也！吾与君唯饮酒。"余以观先生盖豪忼豁达人也。……先生声伎游酒，至老不衰，其平生跌宕文囿而蹢躅宦途，皆其不自掩其真者也。①

以上两段资料，可以概见袁于令之生平履历和自己所述之生活情况与感怀。又清宋起凤《稗说·袁箨庵》云：

> 吴门袁于令，……生而白皙，美须眉。少年为诸生时，常游平康。与郡中名姬穆素徽盟好甚笃，将委身焉。素徽又

---

① ［清］毛先舒：《溪书》卷一，《四库全书存目丛书》集部第210册，齐鲁书社1997年版，第621页。

与郡人沈同和善。沈知篛庵有纳姬意,乃置别墅不听出,亦欲挟以归。篛庵私遣人与姬约,闻沈有虎丘之游,偕姬往。篛庵匿小舟中;舣半塘以待。时中秋月明,吴人善歌者例集虎丘酬唱,以别高下。沈携仆先出,篛庵乘隙夺姬过舟,即解维遁去。迨沈觉,已莫可踪迹矣。……篛庵感其遇,为《西楼》传奇行世。《西楼》所称于叔夜,盖篛庵自托,而素徽竟以其人显。世只知《西楼》之素徽,而不知篛庵久拥素徽也。国初,篛庵官至太守。归田后,犹借填词日与吴下后进辈相过从。素嗜武林山水,仍来湖上一访旧游,日则荡轻舸两湖间,领略佳胜,值就湖畔僧寮下榻焉。时篛庵年已八十,神情矍铄,须鬓飘飘,犹作世外幽人想。久之,探胜禹穴,以老疾终于会稽。今闻素徽尚在,年亦七十矣。①

此段资料虽出诸清人宋起凤,但距篛庵去世为时不远,而证实其自叙少年为人行径,则其与同侪沈同和之争风夺姬事可信,不足为奇。至于此事是否与《西楼记》之创作关系密切,对此,陈多先生于所评注之《六十种曲》中《〈西楼记〉的故事原型和它的版本》据以下两段资料:

明人施绍莘《秋水庵花影集·舟中端午·自跋》云:

名姬周绮生,才色两绝。"酒剩蒲香冷",其鸳湖口占句

---

① [清]宋起凤:《稗说》卷三,《明史资料丛刊》第二辑,江苏人民出版社1982年版,第101—102页。

剑啸阁自订西楼梦传奇卷上

第一齣　开宗　副末上

【慢亭峰歌者令昭】

【临江慪】白髮无根愁种就勸君及早倘佯风流节侠潇词场尊前颜似玉灯下语如簧○试看悲欢离合处从教打勒人肠富贵谁者是周郎纵思敲字句无敢乱宫商　问答照常

沁园春穆氏于生西楼曲意雨逗情肠奈庭帏起諎搧因歌簫拆散鸳凰寄跡笺塘薇妤

图10　上海市历史文献图书馆藏明剑啸阁刊本袁于令《西楼记》

图11　上海市历史文献图书馆藏明剑啸阁刊本袁于令《西楼记》插图

也。辛亥午日，偶谱入小词，庶令个中人残唾遗珠，犹博人间几足绢耳。绮生予未曾识面，间闻之阁生，大约风流高韵人也，应是值得一死。乃《西楼记》成，而于鹃身黜名辱。殊色诚可怜，美才亦可惜。为一妇人，身为逐客，呜呼悲夫！……今于鹃身隐而《西楼记》传矣，才名不朽，差无可憾。乃知天之眷才人，养情脉，未始不宽其途耳。①

这段话语出自明人，虽闪烁其词，但仍可看出施氏所记当为时人对袁于令《西楼记》之创作，与其少年狎妓之经历有密切关系。

又清人左辅《念宛斋诗集·题袁箨庵小像》云：

袁名于令……尝狎妓白美，为势豪所夺，袁结侠士窜归，为《西楼》传奇以纪事。②

陈多先生亦认为袁廷梼家藏其族祖袁箨庵小像，且曾主持修订族谱，请其友人左辅为箨庵小像题词，所叙狎妓白美，与侠士从势豪手中夺回白美，缘此创作《西楼记》，如果此事不早腾播人口，左辅绝不敢记叙。

总此可以断言：袁于令《西楼记》题材之原始与关目之布置，大抵为夫子自道少年经历，应属可信。

---

① ［明］施绍莘：《秋水庵花影集·卷二》，《续修四库全书》第1739册，第287页。

② ［清］左辅：《念宛斋诗集·旎葛集第七》，哈佛大学藏1820年裕德堂本，第19页。

《西楼记》之外，袁于令剧作尚有传奇《鹔鹴裘》《珍珠衫》《金锁记》《长生乐》《玉符记》《合浦珠》《汨罗记》《战荆轲》《瑞玉记》等九种，杂剧《双莺传》一种。存《鹔鹴裘》前四十三出，《珍珠衫》存二出，《金锁记》全存，杂剧《双莺传》亦存。其余散佚。

袁于令以《西楼记》蜚声剧坛，其演出有如下两段播诸人口之逸闻：姚燮《今乐考证》云：

> 尤西堂云："箨庵守荆州，一日谒某道。卒然问曰：'闻贵府有三声。谓围棋声、斗牌声、唱曲声也。'袁徐应曰：'下官闻公亦有三声。'道诘之，曰：'算盘声、天平声、板子声。'袁竟以此罢官。"
>
> 宋牧仲云："袁箨庵以《西楼》传奇得名。每与人谈及《西楼记》，辄有喜色。一日出饮归，月下肩舆过一大姓门，其家方宴宾，演《霸王夜宴》。舆人云：'如此良夜，何不唱"绣户传娇语"，乃演《千金记》耶！'箨庵闻之，狂喜，几至坠舆……"①

可见《西楼记》不只在家成"唱曲声"，而且为贩夫走卒所能详。但其在论中，则毁誉参半。誉之者如明潘之恒《鸾啸小品·乐府五阕贻袁令昭》之赏其关目深情。祁彪佳《远山堂曲品》列入

---

① ［清］姚燮：《今乐考证》，《中国古典戏曲论著集成》第10册，第250、251页。

"逸品",云:

> 《西楼》,写情之至,亦极情之变;若出之无意,实亦有意所不能到。传青楼者多矣,自《西楼》一出,而《绣襦》《霞笺》皆拜下风。令昭以此噪名海内,有以也。①

张琦《衡曲麈谭》云:

> 袁凫公奉谱严整,辞韵恬和,《西楼》一帙,即能引用谱书以畅己欲言,笔端之有慧识者;九宫词谱为声音滞义,藉作者流通之,凫公与有力焉。②

张岱《答袁箨庵》云:

> 兄作《西楼》,只一"情"字。《讲技》《错梦》《抢姬》《泣试》,皆是情理所有,何尝不闹热,何尝不出奇?何取于节外生枝,屋上起屋耶?总之兄作《西楼》,正是文章入妙处。……而《西楼记》为兄之《还魂》。……③

对《西楼记》取反面批评者有明徐复祚《三家村老委谈》:

---

① [明]祁彪佳:《远山堂曲品》,《中国古典戏曲论著集成》第6册,第10页。
② [明]张琦:《衡曲麈谭》,《中国古典戏曲论著集成》第4册,第270页。
③ [明]张岱著,夏咸淳校点:《张岱诗文集》,上海古籍出版社1991年版,第230—231页。

> 近日袁晋作为《西楼记》，调唇弄舌，骤听之亦堪解颐，一过而嚼然矣，"音韵宫商，当行本色"，了不知为何物矣。①

民国吴梅《顾曲麈谈》亦云：

> 袁箨庵以《西楼记》负盛名，今歌场盛传其词，然魄力薄弱，殊不足法。惟《侠试》一折北词，尚能稳健，余则无一俊语。即世所传《楚江情·朝来翠袖凉》一支，亦袭古曲之【五更】《闺怨》，乃能倾动一时，殊出意料之外。②

可见同一部《西楼记》，论者批其利弊得失，不免见仁见智。而如明陈继儒《题〈西楼记〉》谓"笔力可以扛九鼎，才情可以荫映数百人，特其深心热血，尚留此心，忠孝男儿耳"③，由作品内容而及作者，一眼即可见其逾扬过甚，虚词造作。而徐复祚以"音韵宫商"诋于令不辨音律，证之《西楼》之风行与曾编《南九宫订谱》之张琦肯定箨庵之合律依腔，明显可看出徐复祚之"无中生有"，起码是鸡蛋里挑骨头。但无论如何，如陈继儒《〈西楼记〉序》所云："自《西楼记》出，海人达官文士、冶儿游女，以至京都戚里、旗亭邮驿之间，往往抄写传诵，演唱殆遍，想望《西楼》

---

① ［明］徐复祚：《曲论》，《中国古典戏曲论著集成》第4册，第240页。
② 吴梅：《顾曲麈谈》第四章《谈曲》，王卫民校注：《吴梅全集：理论》卷上，河北教育出版社2002年版，第152页。
③ 黄竹三主编，陈多评注：《六十种曲评注》第15册《西楼记评注》，第787页。

中美少年风流眉目,而不知出于金阊白宾氏也。"[1]则于令有此《西楼》剧作搬演天下,其毁誉得失又何须计较。

但就《西楼记》传奇文学艺术总体观察:其题材本事不过就箨庵少年裘马浪荡时之青楼冶游,与同侪争风夺姬事件之行径而贬抑对象、彰显自家侠义而已。因之,自己化身之"于鹃"(由其姓"袁"之切音)与歌姬之穆素徽实无死生至爱之情感,纵使彼此惜才怜才爱才,也无具体深刻之描述。通剧四十出,生旦同场者不过《病晤》(第八出)、《错梦》(第二十出)、《会玉》(第三十八出)、《乘鸾》(第四十出)四出,而唱做最为繁重者《错梦》已由小生代生、小旦代生分【双调新水令】南北合套。其以"西楼"命题,理应以"西楼"为"梭"贯穿会凑情节,但亦止于相会相锲之所,过此即"各行其是",不复作为绾合之所。而此时传奇体例已臻于上下本"平分秋色"。此剧二十出以前,已写尽生旦生离之相思、守贞守志之坚毅与苦楚。下本则欲借胥表长公其人以彰显作者年轻时沾上边之"节侠风流",再以二十出之篇幅处心积虑强为铺叙,以致又加累赘。譬如上本《倦游》(第五出)、《阍忤》(第十出)、《集艳》(第十六出)虽有净丑调剂场面之作用,但于剧实为可有可无。下本硬造设胥长公舍妾轻鸿以抢救穆素徽于池同之府,却令胥长公莫名其妙地视其爱妾"轻如鸿毛"一般的作无谓之牺牲,而了无愧色地对一位但闻其名而交情浅薄的落魄书生于叔夜,毫不吝惜地勇于赴汤蹈火,除非明人视仆妾为非人,否则于情于理怎能教人苟同。不只如此,在胥长公救解

---

[1] 黄竹三主编,陈多评注:《六十种曲评注》第15册《西楼记评注》,第787—788页。

穆素徽《卫行》（第三十四出）之际，还用【仙吕点绛唇】套由小生胥长公、旦穆素徽长篇南北对口，以胥试探、挑逗穆之贞节是否信，剧情发展至此，尚添此"蛇足"。而其后之《喜隽》（第三十六出）、《会玉》（第三十八出）、《游街》（第三十九出）皆只为末出"大收煞"而设，于剧情已无起伏之致，尤其《游街》更可删除。而作者又复借胥长公之手于《巧逅》（第三十七出）中杀掉罪不及死的池同和赵伯将，以逞其现实生活中与二人夺姬报复之快意，岂不也心胸过分狭隘？

此剧虽于用力处未尽用心，如写《缄误》（第十二出），未能写入素徽将与两载神交于叔夜之深情厚意，而只重在交代剧情。一些净丑滑稽小剧也尽俗恶调谑而鲜机趣。曲白亦每堕入时人脚色人物口吻不调适之弊病，如《归讯》（第三十三出）生丑之对口曲。

但是《西楼记》如《病晤》《疑谜》《错梦》诸出，都能写得情真意切，入木三分，情景交融而自然感人。《病晤》之【楚江情】【大迓鼓】，《疑谜》之【红衲袄】诸曲皆可诵可读，而《错梦》假小生小旦分唱南北，写梦中情境之似真非真、疑东疑西、忽此忽彼之情怀，则较诸一般写梦境之恍惚要复杂得多，其场上唱做更加可观。即此亦已足人之观听，且见箬庵才情不只于流俗。但就总体而言，全剧内容手法实不出一般士妓、士女之风情剧与恋爱剧之模式，本身虽引发恋情之动力在彼此"慕才、惺惺相惜"，而未及才色之缱绻，堪称别开一境，然而亦未因此而"出类拔萃"，令人刮目相看，有如临川之言至情，昉思之言精诚。

2022 年 5 月 4 日 20 时 30 分

十九、徐复祚《投梭记》

徐复祚，生平见雍正《昭文县志》卷七十一、乾隆《常昭合志》卷八，字阳初，大司空栻之孙。为诸生，博学能诗，尤工词曲。传奇若《红梨》《投梭》《祝发》《宵光剑》《一文钱》《梧桐雨》诸本，传诵梨园。又尝仿陶宗仪《辍耕录》作《村老委谈》三十卷。余于拙著《戏曲演进史·明清传奇编》已有专章论其生平与《红梨记》。

《投梭记》本事根源见《世说新语·赏誉》"谢公豫章"条注引《江左名士传》云：

> 鲲通简有识，不修威仪，好迹逸而心整，形浊而言清。居身若秽，动不累高。邻家有女，尝往挑之，女方织，以梭投折其两齿。既归，傲然长啸，曰："犹不废我啸歌。"其不事形骸如此。①

这段故事被《晋书》卷四十九载《谢鲲传》，增入"邻家高氏女有美色"的情节。②徐阳初据此掌故，演为三十二出传奇《投梭记》，邻女为歌妓元缥风、母为鸨而投梭折久恋缥风之谢鲲两齿，使成剧场惯见之士子歌妓风情与贞节恋爱剧。并增入王导、王敦之跋

---

① 徐震堮：《世说新语校笺》，中华书局1984年版，第259页。
② [唐]房玄龄等撰：《晋书》，中华书局1974年版，卷49，第1377页。

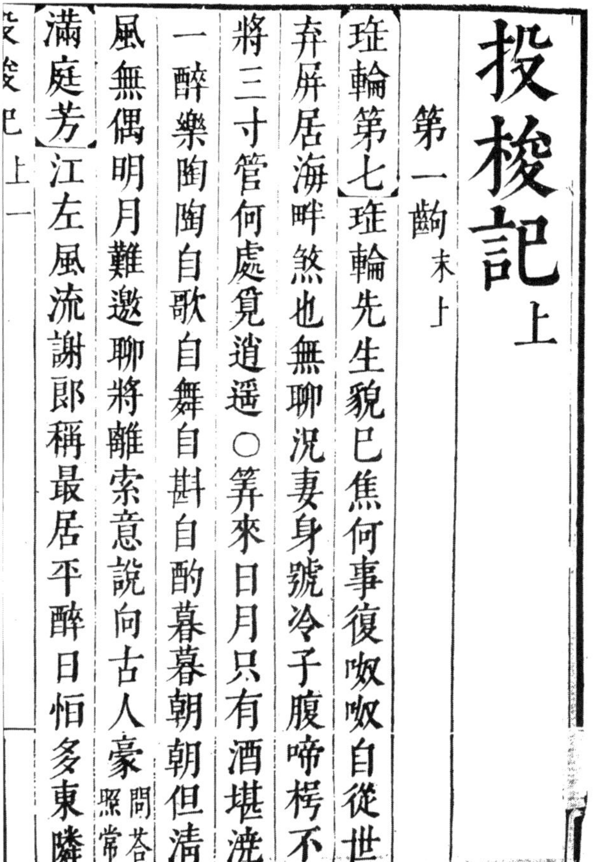

投梭記上

第一齣 末上

琁輪第七 琁輪先生貌已焦何事復呶呶自從世弃屏居海畔煞也無聊況妻身號冷子腹啼枵不將三寸管何處覓逍遥○筭來日月只有酒堪澆一醉樂陶陶自歌自舞自斟自酌暮暮朝朝但清風無偶明月難邀聊將離索意說向古人豪 問荅照常

滿庭芳 江左風流謝郎稱最居平醉日恒多東隣

投梭記 上 一

图 12　长乐郑氏藏汲古阁刊本徐复祚《投梭记》

扈叛乱,复附会鹿大王三助谢鲲之平乱的情节,与谢、元恋爱作"双线"并行交错。有关王导、王敦之与谢鲲交谊,史载情谊颇佳。阳初剧中故作错乱,盖借以影射时相之祸国殃民。但事涉鹿大王,且以为谢鲲助力大肆铺排,则其来有自。晋干宝《搜神记》卷十八"谢鲲"条云:

> 陈郡谢鲲,谢病去职,避地于豫章。尝行经空亭中夜宿。此亭旧每杀人。夜四更,有一黄衣人呼鲲字云:"幼舆,可开户。"鲲澹然无惧色,令申臂于窗中。于是授腕,鲲即极力而牵之,其臂遂脱,乃还去。明日看,乃鹿臂也。寻血取获。尔后此亭无复妖怪。①

没想到这样的"志怪小说"居然也被《晋书》采入《谢鲲传》中,而徐阳初更煞有介事地将鹿精感鲲不杀之恩,改邪归正,奉为"伊尼大王"助其平乱。其取材之不当,已见《晋书》,而阳初据以敷衍,虽为戏曲,岂不也荒诞可笑。盖阳初生平蹭蹬苦难,接踵而至,不只科场屡战屡败,同母异母兄弟间更有谋财害命之官司,争产刻意之攻诘。而写作《投梭记》时,正是"自从世弃,屏居海畔"之际,"妻身号冷,子腹啼枵"之时,在"煞也无聊"之中,"聊将离索意,说向古人豪"。② 可见他确有借古人酒杯浇

---

① [晋]干宝撰,汪绍楹校注:《搜神记》卷十八,中华书局1979年版,第225页。

② 黄竹三主编,孙京荣评注:《六十种曲评注》第16册《投梭记评注》,第9页。

自家块垒的企图。剧中谢鲲的风流韵事和事功伟业，对他来说，只是向往的空中楼阁。而他在剧中除了以谢鲲之醉卧江湖比眼前"屏居海畔"外，其他所造设之元缥风恋情完全堕入寻常窠臼，其老鸨富豪勾结夺爱，舟遁弃谢逃逸，缥风自殉得活，乃至谢鲲之建功立业，无不为剧场寻常关目。而其错乱史实过甚、迷信怪力乱神之铺排，更使此剧大为减色，也难怪《投梭记》不为论者所注目。

通观全剧，如前所云，以谢鲲为核心兼顾分两主线布置关目，一为写谢、元恋情而附以正面人物之父母、夫人、忠臣周顗、戴渊，反面人物老鸨、豪商乌斯道。二为写谢鲲建功立业，其改邪归正之鹿精伊尼大王，与叛逆之王敦、王导、钱凤的情节。二主线分量几于各居其半，自然减却此剧以"投梭"为名之真正主轴，以致剧中真正女主脚元缥风与谢鲲一见即两情相悦而《订盟》（第五出），且三十二出中只此一出同场，其他但用相思、信守、求死以彰显其始终不渝，而再见虽《大会》（第三十二出）团圆，已为"尾声"。亏作者能生发如此多重之"空洞至情"，而不见深情厚意之演出。作者又执着传奇以生旦配偶之惯例，而以旦演谢夫人，贴演歌妓元缥风，使谢夫人为谢鲲贤内助，造设戏分，使与贴"并驾齐驱"，形成一生二旦之局面，却于主题无紧要之关连。而于建功立业线，对于鹿精伊尼大王之来龙与协助，着墨太多，令人有过甚怪力乱神、轻视谢鲲能力之感，于副净钱凤之作乱交战，亦同样大费笔墨，令人有复沓累赘之恶。凡此也使《投梭记》主题不显，自陷杂乱枝节的弊病。至于第十三出、第二十八出出目俱作"闺叙"，虽内涵一为生旦，一为旦贴有所分别，但总为作者一时疏忽。

对于人物的塑造，几位主要者如谢鲲之士子风流、歌妓元缥风之矢志贞节、谢夫人之贤淑明达皆不出"类型"，可取者谢鲲尚有其原型之"通简有识、不修威仪"，可怪者何以将王导打入丑行助纣为逆，是否要借他来丑化比拟时相叶向高？而其较成功者为周𫖮（外）、戴渊（小生）之耿介愚忠，最成功者莫过于老鸨（小丑）之泼辣狠毒，既骗取缥风避居豫章，又联合乌斯道（净）将缥风为祭献伊尼大王（末）之贡品。而且与船夫共谋溺死乌斯道以独吞因出卖缥风而获取之银两，其手段为人实超出一般戏曲中所描绘之虔婆嘴脸行径远甚。

徐阳初对于戏曲的创作，有别于时流典重藻缛之潮流。他说："传奇之体，要在使田畯红女闻之而趯然喜、悚然惧；若徒逞其博洽，使闻者不解为何语，何异对驴而弹琴乎？"[①]可见他是反对骈绮派之掌故晦涩，但他毕竟是文人士子，造语遣辞如同沈璟那样误解"当行本色"，走火入魔地以市井鄙俗为主张并亲自实践。所以阳初之曲白能调适其间，雅俗兼具，文采白描双修。但偶然也出现僻典，那是文人作家习气使然，连阳初都难免出错。至于其韵协之恪守《中原音韵》，排场之合规中矩，皆已属传奇成熟之体例。其第十六出《赴宴》以生独唱北曲【新水令】套，亦能掠得元人风味。

2022 年 5 月 6 日 9 时 35 分

[①] ［明］徐复祚：《曲论》，《中国古典戏曲论著集成》第 4 册，第 237—238 页。

二十、杨柔胜《玉环记》

《玉环记》作者杨柔胜见于著录与曲话者，但云"字新吾，武进人"。其所著传奇有谱卓文君事之《绿绮》与谱韦皋事之《玉环》。最早之吕天成《曲品》只著录其《绿绮》，而将《玉环》列入"新传奇"无名氏作，谱"皋事"。谱韦皋事之戏曲，元人有乔吉《玉箫女两世姻缘》、南戏徐渭《南词叙录》之《玉箫两世姻缘》、《金瓶梅词话》提到西门庆请海盐腔唱《玉箫女两世姻缘玉环记》。可以据此推知杨柔胜此剧既被吕天成归入"新传奇"，其成书当在嘉隆、万历间，杨氏即在北剧南戏基础上改编撰著。

《玉环记》演出韦皋、玉箫女两世姻缘故事，其题材、情节主要来自《唐书·韦皋传》和笔记丛谈。韦皋（745—805），京兆万年（今陕西长安）人，曾任监察御史、知陇州行营留后事。以平定朱泚乱有功，升陇州刺史，奉义君节度使，后又取代张延赏任西川节度等，凡此皆被作者用为剧中历史背景与韦皋其人之履历资料。而剧中与玉箫女两世姻缘，则主要取自范摅《云溪友议·韦皋》，《太平广记》收入卷二七四"情感"类。而于剧中颇具分量之张延赏及其妻苗夫人之识拔韦皋事，亦见诸《云溪友议》之《苗夫人》，《太平广记》收入卷一七〇"知人"类中；另外唐李复言《续玄怪录·韦令公皋》应当也在作者取材之列。如此加上南戏北剧已具规模，作者就容易挥洒多了。

本剧三十四出，主写科举落拓士子怀才不遇，投奔其先父故旧张延赏与李晟，于西川节度使门下受赘为婿，同家奴富童之挑拨谗毁而被逐出之"否极"，却因结交豪杰范克孝投效代州令公李晟，助平朱泚之乱而建功立业，衣锦荣归，取强延赏职位而代之"泰来"。大抵不出传奇穷士始难终达、否极泰来之模式。作者杨柔胜名位不显，未知有否投射自家身影于韦皋身上？但以其据史实济以丛谈以布关置目看来，应是直以改窜元明南戏北剧旧编而成，不太可能有所寄托。

《玉环记》虽以韦皋赠送歌妓玉箫而定情定盟，但于两人之恩情着墨浅薄，于韦皋被老鸨逐出后，但见玉箫之情深诺言，而韦皋则以"思怀"过场草率言其相思，又因对玉箫七年之约食言杳如黄鹤而伤心销亡，《玉箫女亡》，第十三出，直至临尾声第三十四出才又"再世重逢"。此于"主题"之"两世姻缘""死生执着"之至情至意，可谓"敷衍了事"。

本剧于人物之塑造，豪门权势则极势力凌人、悖理忘义之能事，奸佞小人则极其歹毒，而害人败家之心机莫名何故。剧中之张延赏与家奴富童正是如此。富童饰之以"净"脚恰如其分，而张延赏之气焰势力，竟委之以"外"色显然不合理。而剧中之女主脚，实由延赏之女旦饰琼英，其与老旦所饰夫人担纲，俱为调适延赏与韦皋之人物。但夫人虽能赏识韦皋之气宇人品而以女为妻，却未能解除延赏对韦皋之鄙视，乃至逐出家门。琼英虽为大家闺秀，而安守本分，与韦皋聚少离多，于两人在剧之"生旦"排场相形见绌。其父纵使夜香代祷，亦几不能免于恶奴富童之刻意陷害而被投入黄河之中。可见本剧对于几个主要人物之刻画书写，或逾越情理过甚，或笔到意未随，皆难以有动人之致。

至于其曲白语言，明凌濛初《谭曲杂札》云：

图 13 明万历年间金陵富春堂刊本《玉环记》插图

图 14 海盐腔《玉环记·玉箫传真》插图,摘自清人绘《金瓶梅》词话

《玉环记》"隔纱窗日高花弄影",改元剧乔梦符笔也。乔【煞尾】末句云:"比及你见我那负心薄幸,多管我一灵先到洛阳城。"此等语不但惨慽回环,抑且以之作收,力有万钧。今以混入【猫儿坠】中,急腔唱过,大减分数矣;而【尾声】末句,则以"专听春雷第一声"收之,岂不村杀!然此记宾白及曲中佳处,亦能仿佛,非近时脚手。①

吕天成《曲品》列杨柔胜于"中之下"品,云:

> 但观词采,悬想才情,亦有学有识,可咏可歌。允为"中之下"。②

吕氏又评其《绿绮》,亦谓"词有佳处"。③祁彪佳《远山堂曲品》到《玉环》于"雅品",并云:

> 《玉环》,韦皋、玉箫两世姻缘,不过前后点出,而极意写韦之见逐于妇翁,作者其有感而作者耶?④

以上凌、吕、祁三家,皆认为《玉环记》之曲白有"佳处"、有"词采",堪居"雅品",堪为"中之下"等。虽不甚揄扬,但亦

---

① [明] 凌濛初:《谭曲杂札》,《中国古典戏曲论著集成》第4册,第258页。
② [明] 吕天成:《曲品》卷上,《中国古典戏曲论著集成》第6册,第218页。
③ 同上书卷下,第241页。
④ [明] 祁彪佳:《远山堂曲品》,《中国古典戏曲论著集成》第6册,第124页。

在差可人意之间。凌氏更指出其用乔梦符元剧曲文，而"点金成铁"。祁氏亦指出其偏离主题而怀疑其别有用心，与本人所论相合。大抵说来，《玉环记》清丽委婉之曲固然有之，如《韦皋别妻》（第十七出）之生离不舍与英雄气短之无奈，颇能凄美动人，但对脚色人物之口吻则未尽拿捏得体，如老院公之满腔骈俪就会令人生厌。又以如此单薄之题材内容，强而敷演三十四出之长篇，难免枝节累赘之弊。譬如《考试诸儒》（第四出）、《赏妻训女》（第七出）、《韦皋思忆》（第九出）、《提领央媒》（第二十四出）诸出，于关目皆非关紧要，可以省略，可以删并，反觉"明净"。

2022年5月7日6时40分

二十一、无心子《金雀记》

《金雀记》作者无心子，不知何许人。据《金雀记》最早刊本为万历白鹤山樵所校刊，祁彪佳《远山堂曲品》亦有"轻倩之词，利于搬演，不耐咀嚼。'安仁掷果'一段，正可想见当年"[1]之语，可推知此剧成于万历间，无心子亦当时人。又清笠阁渔翁《笠阁批评旧戏目》于《千祥记》下记云："无心子作"。[2]可知无心子著有传奇《千祥记》《金雀记》二种。《千祥记》已佚，演汉代贾谊

---

[1] ［明］祁彪佳：《远山堂曲品》，《中国古典戏曲论著集成》第6册，第28页。
[2] ［清］笠阁渔翁：《笠阁批评旧戏目》《中国古典戏曲论著集成》第7册，第306页。

父贾凤鸣年八十娶妾生子事,纯属虚构。《金雀记》之题材本事,其演为元杂剧者,有高文秀《潘岳掷果》,已佚。此剧源自历史,所涉及人物亦皆斑斑可考,但验诸"史实",则属"一派胡言"。对此,迟乃鹏之《金雀记评注》中《〈金雀记〉的本事与版本》考证翔实,大意如下:

潘安仁妙有姿容,少时出洛阳道,被妇女掷果满车而归一事,见南朝刘宋《世说新语》及已佚之《语林》并被《晋书·潘岳传》所采据,但掷果人已有"老妪""妇女"之别,陪榜而遭唾、掷瓦之丑人有左太冲(思)、张孟阳(载)之异。

而《金雀记》所涉及之历史人物,作者更肆无忌惮,横施乱凑,毫不顾忌基本事实与人物性格。譬如潘岳之籍贯,其妻与岳父之姓名,与山涛之关系实不相能而相非议、潘岳作赋虽多,却并未有剧中造设之《鸾凤和鸣赋》。其人格无耻卑鄙,《晋书》本传说他"性轻躁,趋世利,与石崇等谄事贾谧,每候其出,与崇辄'望尘而拜'。构愍怀之文,岳之辞也。谧二十四友,岳为其首。"[1]他又协助狠毒心肠的丑后贾南风害死愍怀太子。自己也在宫廷斗争中不得好死,被斩刑场。像这样恶劣的人物,无心子居然把他写成谦恭有礼的彬彬君子,传播歌场,颠倒是非,是无心子别有所图,还是真正"无心已极"了呢?

其他如使"洛阳纸贵"的左思,貌虽寝而才华横溢。张载"性闲雅,博学有文章",[2]是位知所进退的高人。山涛事功经历与剧中

---

[1] [唐]房玄龄等撰:《晋书》,卷五十五,第1504页。
[2] 同上书,第1516页。

所述并无关联。晋武帝内宠之多，以致任由羊车所至宴寝，却无一位宠妃作"贾淑妃"，其最宠幸者实为胡贵嫔胡芳。其他张华、贾逵、裴頠等人与贾谧共事，是在贾南风玩弄晋惠帝之时，而非篡位的开国君主晋武帝时期。只有北周庾信《庾子山集·春赋》"河阳一县并是花，金谷从来满园树"①之语，与《白孔六帖》所云"潘岳为河阳令，树桃李花，人号曰河阳一县花"②之事，算是有凭有据不离谱的"本事"了。《金雀记》所涉及之历史事件与人物尚且如此，更何况其所造设出来之富豪井王孙及其女文鸾和官妓巫彩凤原本就子虚乌有！所以潘岳剧中之一妻一妾大团圆，更无论矣。

人皆知历史剧不等于历史，造设人物事件本是剧作家应具的"本事"，但史实昭彰在目，古人颠倒黑白，其例已多。陆放翁舍舟登岸郊游，所赋"斜阳古柳赵家庄，负鼓盲翁正作场。死后是非谁管得，满村听说蔡中郎"③已致深深的感叹了。然而那时是民智未开的时代，人们易于"习焉不察"，可是戏曲"文士化"以后，所据本事如果尚如《金雀记》这样"胡言乱语"，实在已教人"难于忍受"了。试想以左思、张载之为人，而被"无心子"无缘无故丑化至极，对"读书人"而言焉能忍受。

姑且抛开撰作"历史剧"之基本原则不论，就戏曲之为戏曲

---

① ［北周］庾信撰，［清］倪璠注，许逸民校点：《庾子山集注》，中华书局1980年版，第74页。

② ［唐］白居易原本，［宋］孔传续撰：《白孔六帖》，《景印文渊阁四库全书》子部第892册，卷七十七，第278页。

③ 傅璇琮等主编：《全宋诗》卷二一八六，北京大学出版社1998年版，第24919页。

来说。本剧实以明代士夫"妻妾相得"之企慕为旨,大写其"鸾凤和鸣"之趣,不只造设井文鸾一富家闺秀,巫彩凤一青楼歌妓,使之为一妻一妾来落实。同时此文也教文鸾无比"贤德"、彩凤极其贞节来圆满达成其"和鸣"之欢乐。为了达成这样的"旨趣",也不只在首出"开场"一再提及"和鸣鸾凤乐雍熙","和鸣轩鸾凤交欢",[①]还特别无中生有地搬出晋武帝与贾淑妃以落实"鸾凤和鸣",并使潘岳作赋,敕封河阳县令。

而缘此"鸾凤和鸣"之旨趣,作者又师法传奇以"物件"为"梭"之关目线索起伏贯穿之手法,假"金雀"为婚姻爱情之象征凭借,并描绘其元宵灯夕文鸾之赠予潘岳,潘岳以之为聘礼与文鸾合婚,又以之"分雀"为别,外出求取功名,乃又于青楼中赠予巫彩凤为定情之物,更于受荐张华而晋武帝授河阳县令,命瑶琴访花之际,巧遇彩凤,而使文鸾、彩凤因"金雀"而相会,情好如姊妹。又于文鸾、潘岳《临任》之时,以"金雀"试探潘岳,至末出《完聚》而"雀合人合"。全剧以"金雀"之出现为关目情节之转折点,其见作者苦心卖力之布置安排,自有其艺术手法之高妙。但以其事每"出诸偶然巧思",实开后来吴炳《粲花》、阮大铖《石巢》、笠翁《十种》之技法,为曲坛造成"风范",但其斧凿痕亦每每可睹。

而也因此,全剧三十出,其主轴支线亦甚分明:主轴以潘岳为核心,其配搭之主要女脚,前为与旦井文鸾之婚姻,后为与贴巫彩凤之相恋。堪称传奇习见之士子风情恋爱剧。其间恶徒左思、

[①] 黄竹三主编,迟乃鹏评注:《六十种曲评注》第16册《金雀记评注》,《开场》,第580页。

张载之穿插搔扰、贼兵齐万年之促使彩凤投崖，都为使剧情有所波澜起伏，是为本剧之反面副线，以与正面副线之山涛、张华、井王孙及潘、井之婢仆相映衬。其井王孙不过为潘岳、文鸾而设，婢仆亦只在奉主命施为，可是小生山涛则是剧情始终作合之关键人物，也使剧末"竹林七贤"重聚合情合理，也许这也是作者"无心子"所真正向往的生命境界。

而三十出中如《显圣》（第十八出）出现在《投崖》（第十九出）之前，而且事涉神道，可以省略。晋武帝既有专场《乞巧》（第十七出），又涉及以下《作赋》（第二十二出）、《荐贤》（第二十三出），不免烦琐。《打围》（第十五出）、《投崖》（第十九出）、《平贼》（第二十出）只为彩凤"贞节"而生发，何须涉猎三出敷演？

至于曲文宾白，大抵合乎脚色人物口吻，三位男女主脚尤其得体。如《玩灯》（第四出）【黄龙衮犯】四曲，大量用叠字衍声复词，大得元人韵致，《访花》（第二十五出）巫彩凤大段韵语颇可朗诵，《探春》（第三出）贴扮翠竹、丑扮红霞为文鸾婢仆合唱北曲【仙吕点绛唇】套，以写元宵灯会景况，先为生旦等《玩灯》"暖身导引"，亦能别饶滋味。与末出《完聚》众唱【北双调新水令】亦能前后以萧爽之气呼应。此外，如《唤妓》（第十三出）净扮卜胡，科诨排场虽欲以机趣调剂，却每陷落明人"龌龊淫秽"之大病。其韵协虽已恪遵《中原音韵》，但于齐微、真文、先天中，仍不免偶然掺入一二之鱼模、庚青、寒山之邻韵，而其实无伤大雅也。

2022 年 5 月 8 日 10 时 5 分

二十二、王元功《赠书记》

《赠书记》作者,《六十种曲》作"无名氏"。经李正民、曹凌燕评注,考辨为:《赠书记》实为《检书记》之改本。明祁彪佳《远山堂曲品·能品》云:

> 《检书》,用调恰当,无一可删处,演之尽可悦目。但耳子为女,贾女作男,止入传奇"纤巧"一道耳。轻烟为广陵之妓,安能遽逸至滇中作贼?贾女亦安能以红粉戴兜鍪,从戎对垒哉?①

从所叙《检书》情节人物之不合宜,正与《赠书》相同,可证《六十种曲》之《赠书》实为《检书》之改本,毛晋不知而误题为"无名氏"所作。祁氏《曲品》在王元功名下列所作传奇九种:《检书》《水浒》《保主》《看剑》《灵犀佩》《玛瑙》《弄珠楼》《种玉》《花亭》。其《水浒记》亦改自友人许自昌之作。

王元功有兄名元寿,亦曲家,陕西合阳人。一名异,一作权,元功当为其字。其时代当在明末,其他生平事迹不详。

《赠书记》本事无可考,所述关目亦主要在男女一见钟情、私订终身,忠奸善恶斗争,奸恶穷凶极恶、善良受苦遭难,终于善良否极泰来、封赏团圆,奸恶罪有应得,惩治终场等寻常惯见之

---

① [明]祁彪佳:《远山堂曲品》,《中国古典戏曲论著集成》第6册,第59页。

模式。虽然此剧也在明末巧合易姓改名故作扑朔迷离之传奇手法潮流之下，又添上男扮女、女扮男，且以闺秀、妓女任侠立功之"胜事"，但无乃如祁彪佳《曲品》所揭橥之"纤巧"大弊与不合情理之造作。

此剧之所以纤巧造作，主要原因在其本事非如一般传奇作家之根源史传，杂取丛谈笔记，人物情节有所依傍，而是勇于别树一帜，凭一般模式而欲戛戛独运其才情于自我结撰之出奇。其剧中人物谈麈、傅子虚、费有的、贾巫云、轻烟等之名字不是本身见义，就是谐音见意。如"麈"之为"助"、"费"之谐"非"，"贾"之为"假"，皆以见其"无是公""子虚乌有"。可见其剧中之人物情事，皆作者苦心孤诣所设想结撰的，但由于才情短绌，无论人物情节，牵强矛盾者几于不烦枚举。所幸关目布置以谈麈（生）、贾巫云（旦）、魏轻烟（贴）为主轴三线，并行交错，辅以反面支线卫三台（净）、正面支线奚奴（外）交相运作，济以"赠书"之照映绾合，而能条理自然。其曲白虽亦自炫词采掌故，未尽顾及明人"文士化"传奇之习染，韵协亦齐微偶杂鱼模，先天、寒山相混，真文、庚青通押，支思、齐微出入，不免之南戏遗病，也难怪祁氏《曲品》仅列其为"能品"，晚明以后论者更不稍顾及。

2022 年 5 月 9 日 17 时 20 分

二十三、周履靖《锦笺记》

《锦笺记》作者周履靖，字逸之，号梅墟、梅颠道人、梅坞居士、抱真、螺冠子等,浙江嘉兴城南槜李人。生平事迹见李日华《梅墟先生别录序》及"序"后之"名公跋语",日华谓周履靖为其"外从父"。另有明郑琰之《梅墟先生别录》卷下、清康熙《嘉兴府志》卷十四《隐逸》及康熙《秀水县志》卷六《隐逸》等。其中李日华、郑琰二家所记生平为人、书法及性格交游等最为详审。今录《秀水县志》所记如下:

> 明周履靖,字逸之,少羸,弃经生业,废箸千金庋古今典籍。编茅引流,杂植梅竹,啸傲于其中。自号梅癫居士。妻桑氏贞白,相与偕隐倡酬,时比梁孟。云及老,家植益落,意泊如也。刘凤作《贫士传》遗之。所著诗盈百卷,手书金石古篆隶晋魏行楷及画史称是。①

可知他是位笑傲江湖隐逸清高的人士。李日华说他二十岁时父亲去世,他因持家而弃举子业。他除多才多艺于书法绘画之外,还"尝按南北调为招隐怀仙之曲,而有神泉石之趣者,辑之为'鹤背清吟',令侍童辈缓讴以佐客,先生意到,辄击髀以节之,客为之洒洒曰:'一闻',清歌辄唤奈何,独子野钟情耶?"②则制曲唱曲同样是他生活的雅好。而他的剧作所知者仅《锦笺记》一种。

周履靖的生卒年,徐朔方《晚明曲家年谱》已考定为:生于

---

① [清]任之鼎修,[清]范正辂纂:康熙《秀水县志》卷六,清康熙二十四年刻本,第25页。
② [明]李日华、郑琰撰:《梅墟先生别录》卷上,《四库全书存目丛书》史部第85册,齐鲁书社1997年据涵芬楼影印明万历刻夷门广牍本影印,第488页。

嘉靖二十一年（1542），卒于崇祯五年（1632），享年九十一岁。

《锦笺记》本事虽无考，但以其写梅玉、柳淑娘爱情之波折悲欢离合而终得皇帝赐婚成为美眷，其绾合全剧情节之"梭"，亦经由"题笺""遗笺""拾笺""寻笺""分笺""合笺"而串连全剧主要人物与情节，至多只在师法传奇士女恋爱剧之成规，作者毫无创意可言。纵使作者一再倡言其创作"旨趣"，于剧末【尾声】说："风情节义难兼擅，女戒分明在此编，寄语梨园仔细传。"又于最后"下场诗"强调"鸣凤楼中天上人，彩笺芳翰两情深；千淘万洗虽辛苦，吹尽狂沙始见金。"[①]但像这样的"女诚"所要表彰的"风情节义"实为"司空见惯"，何须辛苦"吹沙"才能见"真金"？

吕天成《曲品》列《锦笺记》"中之上"，云：

> 《锦笺》，此记炼局遣词，机锋甚迅，巧警会心。向云经诸名士而成，今而知螺冠独擅其美。[②]

吕氏对《锦笺记》以"炼局遣词，机锋甚迅，巧警会心"誉之，虽不无溢美之嫌，例如《尼奸》（第二十出）中对于梅玉（生）、柳淑娘（旦）、芳春（小旦）关系的处理就不尽得当。且其本事单薄而演为四十出之长篇，亦不免自我纠缠繁缛，但其曲白语言

---

① 黄竹三主编，王廷信评注：《六十种曲评注》第17册《锦笺记评注》，第436页。
② ［明］吕天成：《曲品》卷下，《中国古典戏曲论著集成》第6册，第238页。

能人物脚色各予合适之腔口,加上其内涵为庶民百姓所喜闻乐见,所以此剧写成之万历三十八年(1610)前后,即有万历金陵继志斋、万历金陵文林阁、李卓吾与明末汤显祖玉茗堂、《六十种曲》等刊本行世,显示此剧之"雅俗同赏"。至其韵协尚不能免于鱼齐、真庚侵、先寒类韵混押之现象。

另有万历戊申刊本《锦笺记》,明陈大来"序"云:

> 《锦笺记》者,记梅柳伉俪之终始也,岂谈风月资谳笑而已哉?抱真先生愤世破情,特为是以垂闺范耳。其曰世谊亲昵,惩结义也;曰词笺召衅,禁工文也;曰慕真耀感乞儿,谓内言外言毋出人也。游观当戒,何论僧尼?寺庵即家园,难免窥觇。眼色易牵宁独淫僧狂客?即性女亦自垂情,兼以三姑六婆,奸诡万状。捷如姚江,严如帅府,且为笼络透漏,况其他乎?若夫励操全盟,割爱忘妒,捐躯代选,安分辞荣,节义两全,讵不称美?而自炫自售之媖,徒取杀身辱名,观者莫不惕然哉?此先生作记意也。而论者唯曰:"喜堪绝倒,悲足断肠。是记是已。"予谓不然。语有之:"不关风化,纵好徒然。"先生得之,予重校而梓焉。万历戊申端午前一日,白门陈大来书于吉祥小山处。①

《锦笺记》作者自己也一再说过他撰作此剧是以"女诫"为出发

---

① 黄竹三主编,王廷信评注:《六十种曲评注》第17册《锦笺记评注》,第487页。

点，要透过"风情"以见妇女"节义"。陈大来这篇"序"的"风化观"，真是苦心孤诣地穿凿发挥作者潜在字里行间的"讽世"之意，在明人思想大解放的阳明左派理学、李卓吾、公安三袁影响潮流之下，仍有周履靖、陈大来这样"顽固"的守旧壁垒，也不妨教人"叹为观止"矣！

2022 年 5 月 10 日 10 时 30 分

二十四、单本《蕉帕记》

《蕉帕记》作者单本，生平只能从祁、吕二氏《曲品》和其《蕉帕记》剧中得知一鳞半爪，以揣摩其性情为人和戏曲创作主张。吕天成《曲品》卷上云：

> 槎仙慧黠陈言，巧抒新识。淳于饮一石而后醉，靖郭闻三言而见奇。诙谐可以佐欢，警敏尤能排难。[①]

祁彪佳《远山堂曲品》云：

> 槎仙生而不好学，故词无腐病；生而不事家人产，故曲无俗情；且又时以衣冠优孟，为按拍周郎，故无局不新，无词不合。龙骧、弱妹诸人，以毫锋吹削之，遂令活脱生动。

---

① [明]吕天成：《曲品》卷上，《中国古典戏曲论著集成》第 6 册，第 257 页。

图 15 《绣像传奇十种》之《新刻五闹蕉帕记》插图

此君于词曲,洵有天才。①

又《蕉帕记》首出《开场》【满庭芳】云:

> 净洗铅华,单填本色,从来曲有他肠。作诗容易,此道久荒唐。屈指当今海内,论词手几个周郎。笑他行,非伤绮语,便落腐儒乡。　　不才嗟落魄,胸中无字,一味疏狂。但酒间花畔,长听商量。也学邯郸脚步,胡诌弄几曲登场。知音客,休言鲍老,不会舞郎当。②

此剧末出《揭果》【尾声】云:

> 戏编《蕉帕》成绝唱,那个词人不鉴赏。都道笔底生花不姓江。

又其"下场诗"云:

> 若耶溪畔单槎仙,懵懂闲忙五十年。四十九年都是梦,醒编《蕉帕》付梨园。③

---

① [明]祁彪佳:《远山堂曲品》,《中国古典戏曲论著集成》第6册,第12—13页。

② 黄竹三主编,池万兴评注:《六十种曲评注》第17册《蕉帕记评注》,第515页。

③ 同上书,第743页。

由末出尾声可知单本家住"若耶溪畔",是浙江会稽人。作《蕉帕记》时他五十岁,他视"人生如梦",而醒觉于《蕉帕记》的创作,他信心满满地自认此剧"妙笔生花"而成"绝唱"。因为他在酒间花畔,常与知音观摩商量,自己又主张传奇要"洗尽铅华,单填本色",反对绮语丽藻的"顾曲周郎,环顾当代词坛,无人能比"。可见他对戏曲的明确主张和对自己作品的肯定和自我揄扬。但他的生平际遇,自嗟"不才落魄",他勇于豪饮,言语机锋,又不从俗流,以科场进取为学问,又不屑经营谋生,以治产业为能事。他反而于若耶溪畔赏花品酒,以制曲编剧为能事。若此焉能不自我"诙谐"以佐欢,自我笑傲以自放?

对于《蕉帕记》的成就,祁氏《曲品》上文所引,已谓之"无局不新,无词不合","以毫锋吹削,遂令活脱生动"。

吕氏《曲品》卷下又云:

> 《蕉帕》传龙生遇狐事。此系撰出,而情节局段能于旧处翻新,板处作活,真擅巧思而新人耳目者。演行甚广,予尝作序褒美之。[1]

可见《蕉帕记》本事系属杜撰,无所本,以其故事情节"能新人耳目"而广为流传。吴梅《蕉帕记》"题跋"云:

> 明单本撰。本字槎仙,会稽人。此记以长春子作主。长

---

[1] [明]吕天成:《曲品》卷下,《中国古典戏曲论著集成》第6册,第259页。

春子者,狐女也。龙生早孤,为父执胡招讨抚养。招讨有女字弱妹,美而才,生颇属意。长春子炼汞有年,欲取元阳成丹,因假托弱妹,与龙生私焉。所谓"蕉帕",盖长春子初见龙生时,将蕉叶变帕,题诗其上,以赠龙生者。及龙生遣媒说合,花烛之夕,话及前事,弱妹茫然,以为有意诬蔑。生方知前所遇者,非弱妹矣。长春子既登仙箓,感龙生恩,为之营科名,成眷属,又赠天书,得立功边隅,戮巨寇刘豫,合家封赠,享尽富贵之乐。传中大概如此。槎仙事实无考,据此记末折下场诗有"若耶溪畔单槎仙,懵懂闲忙五十年"之句,知为会稽人而已。尚有《露绶》一种,今不可求矣。此记词颇精警,用本色处至多。又摹写招讨公子胡连,憨状可掬。明人作剧,辄不长于科诨。此记犹可发粲,胜禹金、赤水多矣。独诸折尾声,喜增多一句,作尾双声,破旧格十二板之例,实不可为法,知音者不应尔许也。①

可见吴梅不只赏其情节之杜撰新奇,而且同意其以狐仙长春子以"小旦"蹴胡弱妹之"旦"反成女主脚之结撰法。而其于单槎仙揄扬"词颇精警,用本色处甚多,科诨可灿"。

又明凌濛初《谭曲杂札》云:

> 吕勤之序彼中《蕉帕记》有云:"词隐先生之条令,清远道人之才情。"又云:"词隐取程于古词,故示法严,清远翻抽

---

① 黄竹三主编,池万兴评注:《六十种曲评注》第17册《蕉帕记评注》,第793页。

于元剧,故遣调俊。"又云:"词忌组练而晦,白忌堆积骈偶而宽。其语良当。①

则凌濛初与吕天成皆认为单槎仙《蕉帕记》既能守吴川沈璟之律法,亦能具临川汤显祖之才情。

而单槎仙《蕉帕记》之所以能如此,主要因为他勇于以狐仙长春子为女主脚,突破人间对妇女种种束缚之礼法,而肆意地驰骋其浪漫报恩知遇之爱情,这与作者本人之性情为人、戏曲文学艺术之观点亦可"相得益彰"。于是此剧以"新"取胜剧坛而广为流传。又此剧严于曲律,韵守《中原》,联套与关目排场相辉映,于《下湖》用【北寄生草】【南排歌】子母合套,于《赴任》用【北朝天子】【南普天乐】子母合套,于《脱化》用【北双调新水令】套,《打围》用【双调新水令】合套,《揭果》用【仙吕点绛唇】合套,三十六出中,五用南北合套或北套,亦显见其"北曲化"已深,作曲亦擅于元人菁华。

2022 年 5 月 10 日 22 时 37 分

二十五、郑若庸《玉玦记》

郑若庸生平见明詹玄象《蛣蜣集·蛣蜣生传》,又见钱谦益

---

① [明]凌濛初:《谭曲杂札》,《中国古典戏曲论著集成》第 4 册,第 259—260 页。

《列朝诗集小传》丁集《郑山人若庸》、朱彝尊《明诗综》卷十四《郑若庸》、乾隆《苏州府志》卷五十三。录《府志》小传以见其生平概略：

> 郑若庸，字仲伯。年十六为诸生，三试皆首。连入棘闱不售，隐支硎山，殚精古文词。赵康王闻其名，三聘乃起，礼以上宾。邺人士征属文者无虚日。学士程敏政以纁帛迎至都下。严嵩父子闻其至，请见，不往。又以镪币招，幡然辞行，仍如邺。为王著书，采掇古文奇事，累千卷名《类隽》。康王薨，去赵居清源。年八十余卒。生平所著记、志、传序，下至乐府，稗官小说、虫鱼、传奇等书甚多。止刊布其一，名《蛣蜣》。①

可知若庸蹭蹬科场，隐居支硎山，潜心读书撰著，学养品格为世所重。钱谦益还说赵康王"为庀供张，予宫女及女乐数辈"，"康王薨，去赵居清源，年八十余始卒。诗名《蛣蜣集》。又善度曲，有《玉玦传奇》行世，或曰，荥阳生，其自寓也。"②

《玉玦记》全名《王商忠节癸灵庙玉玦记》，演王商、秦庆娘夫妻悲欢离合事，本事不能确考，当为作者摭拾传奇所常见之关目凑合而成，如剧中李娟奴与鸨母之"金蝉脱壳"计，仿自白行

---

① ［清］雅尔哈善等修，［清］习寯等纂：《苏州府志》卷五十三，清乾隆十三年刻本，第20页。

② ［清］钱谦益：《列朝诗集小传》册下，丁集中《郑山人若庸》，上海古籍出版社2008年版，第498页。

简《李娃传》,王商与李娟奴盟誓癸灵庙为"王魁焦桂英"翻版,王商之妻秦庆娘,实有《琵琶》赵五娘之影子,《拜月亭》之时代乱离亦移作《玉玦》之抗金立功。作者借此结撰,似有所自喻,并有劝世教化之目的。其首出《标题》有云:"英雄袖手,阻风云,困圭窦",是他隐居支硎山以"蛣蜣生"自号的写照,而剧中的辛弃疾正是他渴慕的"英雄"。"和璧悲瑕垢,恨红殒啼花,翠眉颦柳。扬州梦觉,最非一笑何有?从来敏德多畦径,为看盘铭在否?这优孟讽谏君听取,谩嘲悠谬。"看样子若庸如同剧中王商一般,曾经踏入青楼"畦径",自惭"和璧瑕垢",所以借此《玉玦记》假优孟搬演,予世人有所"讽谏",免得发妻"恨红殒啼花,翠眉颦柳"。因此,他在首出最后标出:"戒烟花倾家殒命,表贞烈截发毁容。临安郡书生雪耻,癸灵庙玉玦重逢。"[①]可见"义夫节妇"更是作者所要表彰的。而作者以《李娃传》的"荥阳生"郑元和自喻和悔过的迹象也宛然可睹。

只是郑若庸杂凑这样"寻常关目",表达其教化思想,不只情事难以动人,也略予人省视之思。

明清曲论家几乎不论他假优孟以讽谏之意,大抵都从其所呈现的曲白语言批评。如王世贞《曲藻》云:"吾吴中以南曲名者:祝京兆希哲、唐解元伯虎、郑山人若庸……郑所作《玉玦记》最佳,它未称是。"[②]臧晋叔《元曲选序》云:"大抵元曲妙在不工而

[①] 黄竹三主编,黄仕忠评注:《六十种曲评注》第19册《玉玦记评注》,第15页。

[②] [明]王世贞:《曲藻》,《中国古典戏曲论著集成》第4册,第37页。

图16　北京大学图书馆藏明金陵富春堂刊本郑若庸《玉玦记》插图

工……至郑若庸《玉玦》始用类书为之，而张伯起之徒，转相祖述。"①王骥德《曲律·论家数第十四》云：

  曲之始，止本色一家，观元剧及《琵琶》、《拜月》二记可见。自《香囊记》以儒门手脚为之，遂滥觞而有文词家一体。近郑若庸《玉玦记》作，而益工修词，质几尽掩。②

又《论用事第二十一》谓"《玉玦》句句用事，如盛书柜子，翻使人厌恶"。又《论宾白第三十四》谓"《玉玦》诸白，洁净文雅，又不深晦，与曲不同，只稍欠波澜"。又《杂论第三十九》谓"（徐天池）先生好谈词曲，每右本色。……独不喜《玉玦》，目为'板汉'"。③沈德符《顾曲杂言·填词名手》谓之"使事稳帖，用韵亦谐"。④徐复祚《曲论》说他"见其所作《玉玦记》手笔，凡用僻事，往往自为拈出……独其好填塞故事，未免开钉铠之门，辟堆垛之境"。⑤吕天成《曲品》列《玉玦》于"上中"品：

  《玉玦》典雅工丽，可咏可歌，开后人骈绮之派。每折一调，每调一韵，尤为先获我心。⑥

---

① ［明］臧晋叔编：《元曲选》序，中华书局1958年版，第1页。
② ［明］王骥德：《曲律》，《中国古典戏曲论著集成》第4册，第121—122页。
③ 同上书，第127、141、168页。
④ ［明］沈德符：《顾曲杂言》，《中国古典戏曲论著集成》第4册，第206页。
⑤ ［明］徐复祚：《曲论》，《中国古典戏曲论著集成》第4册，第237页。
⑥ ［明］吕天成：《曲品》卷下，《中国古典戏曲论著集成》第6册，第232页。

祁彪佳《远山堂曲品》亦谓《玉玦》"以工丽见长"。"此记每折一调，每调一韵，五色管经百炼而成，如此工丽，亦岂易哉。"①

由以上所列举诸家，可见明人对于并世邵灿《香囊》、辰鱼《浣纱》、鼎祚《玉合》、若庸《玉玦》之喜以骈语入科介、曲文雕绘满眼，或斥之"板汉"，远离本色，而或称之以"工丽"，视为"骈绮一派"之开山，而珍若"璠巧"。平心而论，文学一入文人雅士之手，焉有不"文士化"而产生质变者。明初北剧沉寂五十年，至宁周二王而稍渐起色，南戏至元末而高则诚始从民间"本色"而稍见文彩。至成化而诸落魄文人乃勇于参加创作行列，使粗鄙无文之民间戏文大为"文士化"而跻入士大夫共认之"文学"，提高戏曲之地位，则其讲求文采学问之"骈绮"化就非可以挡住之趋势。如此就"守旧"之戏曲传统"本色派"，就形成了分明之壁垒，这其间没有谁是谁非的问题，而是自古以来文学艺术文化"雅俗并行、互补有无"的现象。这种现象，纵使今日，仍旧会持续"推演"下去。

但就戏曲文学艺术思想而论，其思想旨趣如前文所论，是以"王商自喻"而劝人"或烟花殒命"，而借重癸灵庙如同王魁誓言，以鬼神果报来警惕世人"因果不爽"，借此也彰显妇女必须守贞守节。因而它对少不更事偶坠烟花的士子之自悔而进取，予以功成名就之肯定。这样的理念不只充满全剧，而且于《标题》与《团圆》之【余文】与"下场诗"一再点明，并不忘自许"闲将五色

---

① ［明］祁彪佳：《远山堂曲品》，《中国古典戏曲论著集成》第6册，第20页。

胸中线，杂组悬河辩口"、"彩凤朝衔五色书"，[①] 如汉相如名满天下的文彩。虽然这"文彩"是由他苦心经营、炫才以示博学于遣词造句，运用藻丽掌故所堆积而成的。但其描摹人物，因其深恨老鸨故写其奸险入木三分，写少年英气风发、擒凶报国之辛弃疾亦栩栩如生。盖以其或为心中典型，或为平生所厌恶，故均能真切宛在目前。惜其他人物情节，大抵杂凑前贤模式，自然难以出色而趋于"类型化"之"扁平人物"、"寻常关目"，鲜见"活色"。本剧标题"玉玦"，而"玉玦"却未能发挥"以对象为梭"穿插绾合之作。倒是"癸灵庙之誓言"成神鬼报应之主轴，所费篇幅多得多。其曲律已能恪守《中原音韵》，无一般南戏邻韵混押之弊，北曲《侵南》（第二十七出）用【双调新水令】套，显示其"北曲化"未深。

就曲白而言，白偶露机趣，曲则纵使歌场所乐于传唱《赏花》（第十二出）之写西湖景色、《观潮》（第二十出）之写钱塘浩荡，俱为若庸所经历之乡里胜事，亦为其剧中得意之笔，为论者所称述，但不分生旦净末丑各具唱腔，一味骈雅典丽，反成"辞贼"而非曲文了。

明人卓珂月《〈百宝箱〉传奇引》、清无名氏《传奇汇考》等均言《玉玦》因亟写青楼险恶，而致使秦淮风月门庭冷落之事，就此剧所揭橥之旨趣来看，颇具可信性。

2022年5月12日7时20分

[①] 黄竹三主编，黄仕忠评注：《六十种曲评注》第19册《玉玦记评注》，第15、236页。

二十六、张凤翼《灌园记》

张凤翼生平，已见拙著《戏曲演进史·明清传奇编》，这里仅录钱谦益《列朝诗集小传》丁集中《张举人凤翼》以见其概略：

> 凤翼，字伯起，长洲人。与其弟献翼幼于、燕翼叔贻，……皆举乡荐。幼于困国学，叔贻蚤死，而伯起老于公车，年八十余乃终。伯起善书，晚年不事干请，鬻书以自给。好度曲，为新声，所著《红拂记》，梨园子弟皆歌之。①

又徐复祚《花当阁丛谈》卷四《三张》谓"伯起善度曲，自晨至夕，口呜呜不已。吴中旧曲师太仓魏良辅，伯起出而一变之，至今宗焉。常与仲郎演《琵琶记》，父为中郎，子赵氏，观者填门，夷然不屑意也。"②可见他弃绝举子业，以戏曲声歌为生活寄托的情况。

《灌园记》本《史记》之《田敬仲完世家》《乐毅列传》《田单列传》及《战国策·齐策》等敷演，除稍加虚构点染外，大抵依据史实，对于元刊之平话小说《乐毅图齐七国春秋后集》不稍涉入，为名副其实颇为讲究之"历史剧"。剧中男女主脚齐襄王与君王后、后父太史敫，忠臣王蠋，燕将乐毅、骑劫、楚将淖齿、齐安平君田单等之事迹俱斑斑可考。

---

① [清]钱谦益：《列朝诗集小传》册下，丁集中《张举人凤翼》，第483页。
② [明]徐复祚：《曲论》，《中国古典戏曲论著集成》第4册，第246页。

《灌园记》创作的源起，徐朔方《张凤翼年谱·引论》由此剧首出《开场家门》"华屋珠帘，寿山福海，别是风烟"[1]嗅出当为伯起晚岁受某功成名就之武臣重金而创作之祝寿剧。现在将首出开场曲【东风齐着力】引录如下，再进一步推测伯起创作之目的和手法：

华屋珠帘，寿山福海，别是风烟。玉觥满泛，正好醉琼筵。多少赏心乐事，笙歌沸似听钧天。新声奏，一翻金缕，不改青编。　往事演齐燕，叹忠臣慷慨，孝子迍邅。窜身灌溉，潜地结良缘。幸有宗英为将，出奇计、坤转乾旋。摧强敌，一时匡复，千载名传。[2]

从此曲开头七句可知此剧演于富贵人家之寿庆酒筵。"新声奏"三句，表明剧情皆据史实，其后叙所演故实为战国燕齐征战事，用以表彰忠臣慷慨、孝子落魄隐于灌园之待时，良将之摧敌匡复之事。其所指"良将宗英"，盖用以比拟寿星。则此剧为特别目的而作。彼时伯起穷愁隐居，一方面借此赚取生活，另一方面借他人酒杯浇自家块垒，都不算为过。而此剧所以用"灌园"命题，固因齐襄王法章迍邅之时，曾于敫太史家作灌园，与太史女发生私情，终于由田单复国而齐襄王为明智果决之君王后，又隐含楚于

---

[1] 黄竹三主编，车文明评注：《六十种曲评注》第19册《灌园记评注》，第276页。

[2] 同上。

图 17　北京图书馆藏明金陵富春堂刊本张凤翼《灌园记》插图

陵子偕妻逃避楚王征聘为相之高人行径的意图。作者盖以此"两灌",一则肯定寿星寒微时可能之委屈待时,一则揄扬其功成身退之操守。这其间自然也有作者本人之身影。

在这样的背景和寄寓的旨趣之下,作者主写王蠋之忠谨,田单之谋筹破燕,以齐襄王田法章与齐太史女因灌园而私会而被立为齐王,被封君王后为始终贯穿之主轴,来影写寿星之忠勇建功与功成身退之清操。其剪裁运用点染史实,要言不烦。每出之建构不用长篇大曲,曲套韵协仍多具南戏传统。尤其韵协邻韵通押之现象,不下于高则诚《琵琶记》。以至吴江诸子如徐复祚《花当阁丛谈》卷四《三张》谓王世贞但赞"红拂"而未许伯起《红拂》,感叹"知音之难"。沈德符《顾曲杂言·张伯起传奇》谓曾问伯起何以随意用韵以便俗唱。答曰:"子见高则诚《琵琶记》否?余用此例,奈何讶之!"[①]为此王骥德《曲律·论韵》、臧懋循《元曲选·序》大为挞伐,冯梦龙改本《灌园记》除出目章节外,亦一一改正其韵协。其实曲韵恪遵《中原音韵》自沈璟倡言后,乃为吴江诸子所在行,在《浣纱》以前的"旧传奇"(南戏)尚多用吴音随口取谐。也因此这只能说伯起不赶潮流,而不能说是他传奇的"大病"。吕天成《曲品》谓"灌园,有风致而不蔓,节侠俱在。上虞赵武作《溉园》,远不逮也。"[②]能不计韵协,而赏其风致,是较公允的。

2022年5月13日18时10分

---

① [明]沈德符:《顾曲杂言》,《中国古典戏曲论著集成》第4册,第208页。
② [明]吕天成:《曲品》卷下,《中国古典戏曲论著集成》第6册,第232页。

二十七、汪廷讷《种玉记》

汪廷讷生平履历已见拙著《戏曲演进史·明清传奇编》。撮其大略如下：

汪廷讷生于明穆宗隆庆三年（1569），卒年不详，至思宗崇祯间犹存。字去泰，又字昌期，安徽休宁人。为盐商义子，孝行著乡里，亦商亦儒亦官亦隐，儒释道兼具而以道为官。曾捐赀入国子监，任官盐课提举司。在故乡松萝山营造庄园，设书局，有各异景观大小百余处，广交名士大儒。著作甚丰，有传奇十五种，佚其八，存七种：《三祝记》《义烈记》《种玉记》《投桃记》《彩舟记》《狮吼记》《天书记》。

《种玉记》演汉武帝时，霍去病、霍光之生父霍仲孺与平阳侯曹寿府侍女卫少儿俞氏之婚恋事，其本事之轮廓据《汉书·霍光传》及《史记·卫将军骠骑列传》《汉书·卫青霍去病传》，但其出入史实，甚至过分背离原型而高度美化以肆作者旨趣者不少。如霍仲孺非有大志才学以建功立业之人，对卫少儿更是寡情绝义，历史上之卫青乃卫子夫、卫少儿之弟，乃易之为兄。汉武伐匈奴出诸坚决之国策，绝无和战廷议之犹疑。再如其将公孙敖之战功"彪炳化"，缘其为卫青之至交，实则每每兵败亡卒或失期之事。可见《种玉记》不过借历史人物及其行事，以遂作者为欲为之旨趣而已。其旨趣见于首出《开宗》【汉宫春】，谓以此剧之"弟兄将相，会三星筵祝希龄，羡当年蓝田曾种，夫妻父子完

图 18　姑苏王千之绘明崇祯年间刊本《玉茗堂批评种玉记》插图

成。"[1] 所谓"三星种玉",指剧中福禄寿三星昭示霍仲孺有双妻贵子之荣,并赐予玉绦环、玉拂尘、紫玉杖以证其实。此为作者假以表达其对人生美满之期望,思想庸俗,但为群众所接受。本剧就在此理念背景下,被作者所呈现之历史人事虚构点染,使一般读者观众误以为人世间曾有霍家这样"美事"。

本剧三十出,作者大抵能依据所建构史实之时空布关置目,故剧情之发展见其条理,人物声口切合脚色。剧中唯开首即以三星昭示,无乃自暴强以自家迷信示人,且预揭剧情,顿失去引人之胜。其又节外生枝将远在其后百年之"昭君和番"强作深宫悲怨,无头无绪,不嫌"蛇足",于剧末两妻相会之后,方写其"互嫉",亦觉"为时已晚",徒增不自然。至其曲白之藻俪,自是"骈绮"之派。然其诙谐机趣则超出时流。

2022 年 5 月 14 日 9 时 50 分

二十八、张四维《双烈记》

《双烈记》作者或云无名氏,或云"张四维"。张一平评注《六十种曲》此记,于其张四维与《双烈记》比较《山西通志》卷一四八、《稷山县志》卷三、《畿府县志》卷二二二引《顺德府志》《明史张四维传》所记载之"张四维"事迹,由其籍贯之差异居然有"五说",经由比对推测,认为受张居正提拔权倾一时,见诸

---

[1] 黄竹三主编,赫崇政评注:《六十种曲评注》第 19 册《种玉记评注》,第 502 页。

《明史本传》之"张四维"与著《双烈记》之"张四维"为同一时代之人，其有感嘉万间之时局而形诸传奇的名臣"张四维"最具可能性。若此，《明史》本传称：张四维，字子维，号凤磬，蒲州（山西永济）人。倜傥有才智，习知时事，懂边务、善谈兵。嘉靖三十二年癸丑（1553）进士。其父为巨商，既入仕，为翰林庶吉士，授编修。万历间张居正举为礼部尚书，东阁大学士，入赞机务。万历十年，张居正死后，为时望所归。可见他仕途腾达，知兵、关怀时局。其《双烈记》以宋室南迁，反映明廷内忧外患，乃用以表彰忠节义烈之旨趣。

《双烈记》写宋金交战南渡，韩世忠、梁红玉之相识相欣于贫贱之时，建功立业于国事举步维艰之际，以寄忧国励士之心。

《双烈记》本事大抵据《宋史·韩世忠传》与《女侠传》敷演，其关目情节出入正史者固亦不少，但均非大谬不经之事，除亦不免套用老鸨丑妓之贪利坑人、阻碍良缘之窠臼外，均能循序开展以叙世忠、红玉夫妻同心同力之建功立业。而于成就之际，感慨权相把持，乃急流勇退，逍遥五湖。则见作者之声望与操守。

本剧四十四出，于明清传奇中已属长篇，所叙情节不免有三累赘：其一为老鸨之窠臼，其二为争战事功之过于繁复，其三为受赏褒封之叠床架屋。其酌加斟节删削，可更为明净。开场以道人二十八字口诀预示世忠平生与功业，亦嫌庸俗。

其曲白典雅，净丑语言尚具滑稽谈谐。曲文几于不加衬。韵协除偶混先、寒外，均守《中原》，为传奇规格，唯不用北曲耳。

2022年5月14日10时45分

二十九、屠隆《昙花记》

屠隆生平已见拙著《戏曲演进史》，这里录《明史·文苑传》：

> 屠隆者，字长卿，明臣同邑人也。生有异才，尝学诗于明臣，落笔数千言立就，族人大山、里人张时彻方为贵官，共相延誉，名大噪。举万历五年进士，除颍上知县，调繁青浦。时招名士饮酒赋诗，游九峰三泖，以仙令自许。然于吏事不废，士民皆爱戴之。迁礼部主事。西宁侯宋世恩兄事隆，宴游甚欢。刑部主事俞显卿者，险人也。尝为隆所诋，心恨之。讦隆与世恩淫纵，词连礼部尚书陈经邦。隆等上疏自理，并列显卿挟仇诬陷状。所司乃两黜之，而停世恩俸半岁。隆归，道青浦。父老为敛田千亩，请徙居，隆不许，欢饮三日谢去。归益纵情诗酒，好宾客。卖文为活。……咄嗟之间，二章并就。又与人对奕，口诵诗文，命人书之，书不逮诵也。①

其生平又见历朝府县志小传。有关显卿挟怨诬告长卿与西宁侯事，沈德符《万历野获编》更记载西宁夫人"有才色，工音律。屠亦能新声，颇以自炫，每剧场，辄阑入群优中作技。夫人从帘箔中

---

① ［清］张廷玉等撰：《明史》卷二八八，中华书局1974年版，第7388—7389页。

图 19　屠隆画像

图 20　屠隆像（出自《四明人鉴》，清代画家虞琴绘）

图 21　屠隆著，臧懋循评点《昙花记》，明末朱墨套印

图 22　明万历年间金陵继志斋刊本屠隆《昙花记》插图

见之，或劳以香茗，因以外传"。① 盖隆与西宁本有通家之好，但不免被有心者绘声绘影，诋传"有私"。后隆于万历二十六年（1598）五十六岁时完成《昙花记》，又相继写成《彩毫记》《修文记》合为《凤仪阁乐府》，蜚声剧坛。其《昙花记》著成，曾邀友人名士观赏，沈德符问同座之国子祭酒冯开之："屠年伯此记出何典故？"② 冯开之乃从剧中人物之姓名采谐音省文之法，谓之为屠龙补过之作。此种说法为当时及后世之文坛话题，为多数论者所肯定。

但《昙花记》中之木清泰其人其事均属作者虚构，用以表现其个人对佛道思想信仰之深，与善恶果报之不疑，可谓迂腐已极。但对于所涉及之历史人物，卢杞、颜真卿、李白，以及曹操、许真君、关真君等历史人物，则大抵据本传和稗官敷演其忠奸善恶之果报，较为可观。但也因此人物剧情庞杂而凌乱，甚至脱离剧情主轴而游离在外。剧中更由于作者未敢完全违背"生旦排场"，乃教妻妾女儿皆居家修行，以便其全家终成正果、成仙了道之宿愿，但于得佛法旨之余，亦不忘怀皇帝封赏。以致其混杂之情节由"昙花"开启，但为剧情始终照映，主角木清泰之作用亦沦为贯穿剧情之"针线人物"，作者并未多用笔墨予以描摹呈现，较之所着力呈现之历史人物，反而"喧宾夺主"。

2022 年 5 月 16 日 5 时 45 分

---

① ［明］沈德符:《万历野获编》中册，卷二十五，新兴书局 1976 年版，第 645 页。

② 同上。

三十、杨珽《龙膏记》

《龙膏记》始见吕天成《曲品》著录,于作者生平但云"杨珽,夷白,钱塘人",[①]列入"下之上",生平不详。吕氏并谓杨珽见其所著《金合记》,不满其事涉"怪异",乃重新创作《龙膏记》。则杨珽此记之著作年代当与吕氏同时,约在其创作传奇与写作《曲品》之万历二十九年(1601)至四十一年(1613)之间。

《龙膏记》本事见唐人裴铏《传奇》,又被收录于《太平广记》卷三一〇之"张无颇"条,冯梦龙《情史》《古今小说》并录之。"龙膏"一词则出自王嘉《拾遗记·方丈山》,言"龙膏"为龙遇其蜕骨之时相斗而膏血如流,可以为灯而光耀百里,但未言及其有治病之功能。其事多神仙怪异道化之情节,杨珽乃将男女主角改为落魄士子与相府千金之恋爱悲欢离合,使之由神仙道化剧而为士女风情剧,以贴合现世人情。因之与原本之题材已大异其趣。但剧中所叙及的元载、王缙、郭子仪则颇具历史真实性。作者对于所塑造的人物,如风流倜傥之张无颇、娴淑又才情之元湘英、侠肝义胆之冰夷、仁厚博大之郭子仪、老谋深算之元载、凶狠刻毒之王缙、炫财耀势之鱼朝恩等,都赋予类型性或鲜明之个性,使之各具面目嘴脸,而使读者和观众印象深刻,各尽其分,各享其果。

然而在曲白语言方面,却犯了"骈绮派"的通病,无论王公

---

① [明]吕天成:《曲品》卷上,《中国古典戏曲论著集成》第6册,第218页。

贵人或贩夫走卒，一律出口成章，雅丽藻饰，掌故联翩，骈四俪六，不一而足。无脚色人物口吻之分野，更无生旦、净丑之各具声口。加上作者思想宿命之胶着狭隘，也使此剧减色，难跻佳作之林。祁彪佳《远山堂曲品》列入"能品"，并谓"艳异远逊吕作，而色泽亦自不减"。① 所云："色泽"盖谓其"词采"之华美。

2022 年 5 月 16 日 15 时 50 分

三十一、张景《飞丸记》

《飞丸记》，庄一拂《古典戏曲存目汇考》谓"张景，一作景岩，号秋郊子。字里未详，生平亦无考。"② 其本事纯出虚构，演易弘器与严世蕃女严玉英恋爱、忠奸斗争、才子佳人悲欢团圆之寻常模式。易弘器之名已见《鸣凤记》，作者此记盖由此生发，予以通俗化而成。作者在首出《梨园鼓吹》【西江月】谓"肩撑四大顶三纲"，盖欲以"严世蕃挟仇坑士，易弘器报德谐姻。严玉英守贞霜烈，叩郡实结义兰馨"之行事教化世人。剧末下场诗生末分念"年过半百不称意，坐看南山改旧诗"，③ 似为作者"夫子自道"口吻。

由于《飞丸记》只是寻常关目，自难有高潮起伏，人物但为"类型化"，自鲜可人之韵致。曲白亦属"骈雅"，平淡无奇。

---

① ［明］祁彪佳：《远山堂曲品》，《中国古典戏曲论著集成》第6册，第53页。
② 庄一拂：《古典戏曲存目汇考》中册，上海古籍出版社1982年版，第1029页。
③ 黄竹三主编，梁归智、尚丽新评注：《六十种曲评注》第23册《飞丸记评注》，第407、571页。

此记已见祁彪佳《远山堂曲品》当为明末作品,谓"曲能以骈丽胜,但宾白不当家,遂有如里老骂座,村巫降神者"。①

2022年5月16日9时45分

三十二、无名氏《四贤记》

《四贤记》作者不可考。本剧所叙写之主要人物"乌古孙泽",《元史》卷一六三有传。剧中所叙人物情事自为一般"历史剧"之现象,与史实出入不相合。其末出《具庆》下场诗云:

> 须信人生贵弄璋,更难妻妾并贤良。编成风世新奇记,前渡乌公后狄郎。②

可看出作者是师法乌公和狄郎之旧闻,编写此"新奇记",强调以子嗣、贤良妻妾来"风世",思想观念为一般世人所期许,并无特殊"教化"旨趣。最多只加上臣忠、子孝、友义而已。《曲海总目提要》认为是"元人手笔"。③庄一拂《古典戏曲存目汇考》认为是"明初人手笔"。④此剧应是明人改本南戏或明人"新南戏"。此

---

① [明]祁彪佳:《远山堂曲品》,《中国古典戏曲论著集成》第6册,第75页。
② 黄竹三主编,刘崇德评注:《六十种曲评注》第25册《四贤记评注》,第499页。
③ 见[清]黄文旸著,董康辑《曲海总目提要》卷四,第199页。
④ 庄一拂:《古典戏曲存目汇考》上册,第117页。

剧重心在描写乌古孙泽妻杜氏与妻王氏,《元史·乌古孙泽本传》中亦言及。其写景写小人物颇有可观,曲白通俗切合口吻,未至骈雅。

2022 年 5 月 17 日 12 时 48 分

三十三、许三阶原著、许自昌改订《节侠记》

《节侠记》作者许三阶生平里居皆不详。庄一拂《古本戏曲存目汇考》谓"约明万历中前后在世",① 祁彪佳《曲品》首先收录,列为"能品"。

此剧为"历史剧",其中人物武则天、武承嗣、李秦授、骆宾王、徐敬业等人物皆斑斑可考,其本事首见唐人牛肃《纪闻》,篇名《裴伷先》,收入《太平广记》卷一四七,亦见《新唐书》列传四二《裴炎传》后附裴仲先事迹,及《资治通鉴》则天后光宅元年记述裴炎被杀、裴炎上书等史实。用以表现裴伷先之节侠,而兼以其一家夫妻之流放塞北岭南分分合合之悲欢以撼塞剧情,从而成就传奇之"生旦排场"。也因此不免有失剪裁,情节复沓之嫌。其曲白亦堕入"骈绮"之弊,充斥藻俪艳词、诗词雅言不切合脚色人物之声口。而《梅花墅改订玉茗堂批评本〈节侠记〉总评》云:

无一处疏漏,无一处懈缓,次第之妙,落笔之神;学富

---

① 庄一拂:《古典戏曲存目汇考》中册,第 952 页。

五车，才超千古。曲词炼而机流，白意深而语简，《鸣凤》不独擅美于前矣。①

并在各出评语中致以揄扬，如非有意识以"骈绮"为不二法门，何以致此！

2022 年 5 月 17 日 9 时 45 分

---

① 黄竹三主编，安国梁、张秀华评注：《六十种曲评注》第 24 册《节侠记评注》，第 661 页。

黄仕忠主编《明清孤本稀见戏曲汇刊》剧目简评

引言

正在由台北三民书局陆续出版的八册《戏曲演进史》堪称"庞然大物",其中虽然《明清传奇编》占两册,但我最感匮乏而疏漏最多最大的就在此编。原因无他,只为明清传奇作家众多,作品浩如烟海,吾友郭英德教授,其《明清传奇综录》和《明清传奇史》就涉猎六七百部超过三十出的长篇剧本,已教我佩服得五体投地。门下许子汉也阅读两百多部剧作来完成其博士论文《明传奇排场三要素发展历程之研究》,同样令我倍感欣慰。而反观自己所论之明清传奇作家作品,见于《戏曲演进史》者,纵使有别出之见解,多为学者所曾经论述之名家名作而已。亦即我实未能从其浩如繁星之家数中,广汲博取,梳理其演进之态势。则我理当补其罅漏,并建构其发展之脉络,才能尽到"戏曲演进史"应给读者负的责任。为此乃有《戏曲演进史·明清传奇编补论》的构思,我打算从阅读述评剧本着手,积年累月,再将所得见解来弥补不足。我知道这是"旷日费时"的事,并非短浅岁月所能企及,但除了这样的"笨功夫",也没有什么"新奇的办法"可想。

忽然记起友人黄仕忠教授《明清孤本稀见戏曲汇刊》,收录明清杂剧20种、传奇11种,于2014年3月,由广西师范大学出版社出版发行。此31种杂剧、传奇得来不易,又属"孤本稀见",出版时日尚未久远,以之研究的人,应当亦属"稀见"。也因此去年十月初,我趁新冠瘟疫肆虐,因心脏开刀养病辟居斗室芸窗之际,边阅读边述评。述评以本人所主张之"评骘戏曲之态度与方法"为准则,尤其重在其关目情节之布置,排场处理得失,以及曲律韵协、曲文造语之是否得当。因为其主题思想、人物塑造、科诨宾白多平庸无奇,难见所长,而所见作家作品皆属晚明清朝,已非杂剧传奇之"盛世",巨制鸿编固然无觅,固其佳作亦难多得。但就《戏曲演进史》而言,这仍是值得注意的现象。

总观这31剧,首先要提出"汇刊"编辑上的小错误,即将李雯《四更破梦鹃》,从作者之自称"传奇"径置下编"传奇"之中。其实此剧除开首提纲《春婆说梦》,末尾大结《西山樵梦》外,其中包含第一更《破黑鹃丸金梦》十出、第二更《破白鹃寻柳梦》两出、第三更《破青鹃化女梦》四出、第四更《破赤鹃改弁梦》十二出,总计四剧二十八出。而其首尾之《春婆说梦》与《西山樵梦》,实际上是独立的两出"短剧",所以此三十出实质上含有六本"杂剧"。此为明杂剧新兴"组剧"之体例,是由四本南杂剧加首尾,实为六剧,使之看起来如一体的"杂剧群",并不能等同于"传奇"关目布置之首尾一贯。若此"汇刊"所收杂剧、传奇，就应当有杂剧26种，传奇10种，总数为36种。

仕忠和他的及门弟子，辛勤而积年累月地从日本内阁文库、东京大学东洋文化研究所、大谷大学图书馆、天理图书馆以及中国国家图书馆等所藏曲籍中，费心费力地搜罗，并予以整理校注。这使我们可以轻易地获得这举世孤本或稀见的明清杂剧、传奇来阅读，其学术功德是多么的令人感佩，是何等地崇高无量！

我从这36种杂剧、传奇，发现其中10种较为奇特，它们是：

其一，如上文所云之《破梦鹃》，为外在结构较周延缜密之明清南杂剧"组剧"形式。

其二，许潮《卫将军元宵会僚友》单出短剧之重用净脚，集繁重之唱做于一身，且出诸四六骈文口白，实为杂剧、传奇所罕见。

其三，屠本畯《饮中八仙记》单出短剧，仅为其七十初度而作，以供寿筵庆赏而已。

其四，吴奕《燕市悲歌》单出短剧，末曲用【收江南】，以末、生对口嗷唱达三十二句，或叠韵、短柱韵，虽不免有一二凑韵之嫌，但已足见其才情之纵横矣。

其五，来集之《秃碧纱》四折北曲杂剧与《女红纱》《秋风三叠》单出四短剧，均于歌哭笑骂中抒发胸中不平之气。而黄周星《试官述怀》单出短剧，以试官之自嘲自弄，见其忍俊不禁，而科场腐败自见其中。

其六，有情痴《花萼楼》传奇，服膺芝庵《唱论》之"宫调声情说"与周德清《中原音韵》之"务头说"，而且实践于剧本之中。

其七，顾太清有南杂剧《桃园记》四折、《梅花引》六出，为清嘉道间难得一见之杂剧作家。

其八，和邦额年仅十九岁之时，即撰成《一江风传奇》，其文采斐然，盖值乾隆间，杂剧、传奇尚有余势，而和氏才情焕发，有以致之。

其九，清乾嘉间，仪亭氏《鸾铃记》二十四出，自称二十三出仿自《琵琶记》，末出仿自《邯郸记》，且列举其对应之"出目"。又其剧中人名，俱寓见其人物类型及其人格之属性。

其十，无名氏《育婴堂新剧》，为揄扬并纪念明末清初柴世盛创办"育婴堂"之善举而作之传奇，虽托诸仙道，结构、排场、曲文、宾白俱不足取，但以其"现世说法"，事实俱在，自易达成其教人感人之功能。

此外，就此36剧之主题思想而言，除作者借以发泄牢骚，如吴奕、来集之者尚可动人外，其他皆平庸无奇，可供吾人省思。就其文学之曲辞宾白而言，见其戏曲"文士化"曲文之藻丽、雅丽者自为主流，如许潮、屠本畯、胡汝嘉、来集之、李嵩、有情痴等莫不然。而若能出诸清雅流丽，如胡汝嘉之藻丽清刚、汪廷讷之潇洒奔放、李雯之清雅流畅、顾太清之俊逸有致，则较为出类拔萃。至若不论脚色行当之为末净丑，也一味地使用诗词，甚至满口四六宾白如许潮、李嵩、释灰木等，则皆堕入明人戏曲"骈绮化"之恶道。

再就此36剧之关目布置与排场处理而言，其单出短剧不免因塞入过多情节，以致排场转折繁复，其长篇传奇虽留意到生旦主线与其衬托支线之穿插、净丑反面线之对映、时空背景线之关联，但亦陷落于生旦之不对等，而捉襟见肘，能像朱佐朝《夺秋魁》之主线与正反之支线交织明晰者，已极难得，而若兼就其排场之配搭而论，则其疏密与轻重之间未称允当。也就是说，明清人纵使知有所谓"排场"，亦以此论戏曲，但似未重视其于戏曲艺术是何等重要。也因此"科诨"调剂自非其所长，偶一为之，机趣固有之，但沦为"恶道"者反多。

至其韵协，拘守吴江之主张以《中原音韵》为准者虽颇见其人，但以吴语方言口白入剧，以致混韵通转者，亦不乏其人。而讲究宫调、曲牌联套规律者亦虽自见其斤斤三尺于剧作之中，但何尝不也有逾规舛矩，视格律如无物，而肆意联套与移宫转调更转韵。凡此皆较为琐碎，已在各剧"简评"中指出，这里就不更赘了。

由以上可见，这 36 种明清戏曲剧本，所以成为"孤本"与"稀见"，最根本原因，在于成书成剧之初，就不是被看好的好作品。它们在舞台上没有吸引观众的"本事"，在案头上也列不上清供，作为文人讽咏的"佳作"，无形中，只好"躲入"暗藏，作"稀世孤本"了。然而无论如何，有黄仕忠的"慧眼"，使之重见天日，我们何其有幸，能从中探究明清戏曲的某些现象，也可以从中披沙拣金地看到其可人的地方。

2022 年 1 月 6 日 17 时 30 分

一、许潮《泰和记》之《汉相如》《陶处士》《卫将军》

许潮（约 1619 年前后在世），字时泉，靖州（今湖南靖县）人，明嘉靖十三年（1534）举人，二十年（1541）任新安知县。

为人好学，所著有《易解》《史学续貂》《山石笔乘》等。亦擅戏曲，撰有《泰（一作太）和记》，按二十四节气分演二十四古人风雅事。余于《明杂剧概论》第四章《中期杂剧》第四节《李开先及其他短剧作家》，特以《许潮〈太和记〉及其作者问题》述评沈泰（生卒年不详）《盛明杂剧》所收八种杂剧，并考订《泰和记》为许潮所撰者为可信。今又得其他三种，述评如下：

《汉相如昼锦归西蜀》，演汉武帝时司马相如（约前179—前117）因献赋得官，奉命晓谕巴蜀，衣锦还乡，因王吉之劝，与卓王孙言归于好。其事见《史记·司马相如列传》，《西京杂记》卷三等。所叙与《醉翁谈录》甲集卷一《卓文君》及《清平山堂话本·风月瑞仙亭》相似，或据此改编。

此剧由旦扮卓文君（约前175—前121）、贴扮妾蜀锦，各念引子【破齐阵】与各唱过曲南【二犯江儿水】，表思念赴京谒选之夫君司马相如，引子协鱼模、过曲协尤侯，又由净扮驿官、丑扮相如贴身小厮向文君、蜀锦报以相如衣锦荣归，各唱一支南【黄莺儿】表欣喜之情，协先天韵。其间凡二转折，用为"引场"。其后韵协仍用先天，而转入"主场"，以引子【生查子】二支分由生扮之相如与其妻妾分念，导引外、净所扮之卓王孙夫妻合唱【窣地锦裆】，末扮临邛县令王吉唱【哭岐婆】协东钟，叙拜访与翁婿和解。排场又转为贺祝饮宴，由末、外净、生、旦轮唱叠腔南【山桃红】各一曲，协萧豪韵。宾客告辞后，再转入生旦家宴，各叠唱腔南【八声甘州带解三酲】与【解三酲】各一支，而旦唱【尾声】协庚青。生旦分念七言四句下场。

综观一折中，排场一引二转折，主场三转移宫换调转韵，颇称分明。但实无高低起伏之可言。其所讲究者，只在文词雅丽，其运用词调与诗之律绝，为明人习气，固不待言，而丑脚之以对偶工整之四六文叙相如谒选情景，则岂止声口不切身分而已，实已坠入传奇骈绮之恶习。至其贴旦蜀锦一脚，见于前而无故消失于后，亦不能不谓系作者照顾之不周。

《陶处士栗里致交游》，演东晋陶潜（365—427）辞官归隐栗里，躬耕自适，与颜延之（384—456）、檀道济（？—436）、惠远（当作慧远）（334—416）等宴饮事。本《南史·陶潜传》与《世说新语》《晋书》相关记载。

此剧以陶潜为核心，首叙辞官归隐，重阳与妻采菊东篱，抚琴无酒，江州太守遗使馈赠之事。次叙镇东将军檀道济、始安太守同来探访，葛巾漉酒，与谈田园之乐。三叙周续之、刘遗民、王太守邀渊明会于惠远禅房饮宴，各抒怀抱。排场转折皆移宫换头，变更韵协。手法如同《司马相如》，曲文造语与间用之诗词，亦典雅整饬，宾白未至雕镂，文雅晓畅而已。惟关目极尽风雅，于案头清供则可，非场上之曲也。

又剧本有两小缺失需指出。其一，旦扮陶妻，首场之后忽然不见，未有下落。其二，次场生扮颜延之、外扮檀道济，各唱一支引子【高阳台】协车遮韵，又与末扮之陶渊明轮唱过曲【高阳台序】六支协鱼模韵。刊本【高阳台序】俱作【前腔】，则以之为引子【高阳台】矣。

最后用【二郎神】全套，由贴生、副末、外、生、净、末轮唱、同唱、合唱，为完整排场，甚合传奇调法。但此等曲家惯用之调法，实难收排场起伏跌宕之致。

《卫将军元宵会僚友》演汉卫青（？—前106）于元宵夜宴请董大夫、汲长孺（？—前112）、霍去病（前140—前117）等人事前排演歌舞，因觉淫声而罢之，乃于筵宴中改以说平话者侑觞，尽兴而罢。卫青《史记》《汉书》皆有传，但均无元宵饮宴事，当为许潮应节令所杜撰，何况"以平话佐觞"，岂能见诸汉代。

此剧关目排场非一般短剧所习见：

其一，重用净脚，既扮堂候官上场有引子【粉蝶儿】又念词调【满庭芳】，唱北中吕【粉蝶儿】带【耍孩儿】七煞共十四曲协皆来韵以大肆铺排元宵设筵、张灯、奏乐、舞妓、歌童、院本、戏文、杂技之描写，并听院子以四六文叙说长安元宵街景，其后又充任平话人演说佐觞。集繁重之唱做于一身，为传奇与南杂剧中净脚所仅见。

其二，末扮卫青上场后，所用【破阵子】套曲，【破阵子】末唱协尤侯，净唱【水仙花】协江阳，歌童二人唱【黄莺儿】【又（前腔）】协庚青，旦、贴扮二舞妓，唱【字字金】【又（前腔）】协庚青。其下排场转移，董、汲、霍来访，生唱【普天乐】协萧豪外、众分唱【小排歌】协真文、庚青、萧豪于一曲。其间排场未转而用韵变易如此，亦为传奇、南杂剧所鲜见。

其三，末场为主，用叠腔南【锦堂月】四支与【醉翁子】二支、【侥侥令】二支加尾声成套协萧豪韵，分由末、贴生、外、生轮唱，合乎调法，为许潮节令庆赏剧惯用技法。

总观此三剧之利弊长短，实与拙著《明杂剧概论》之论《盛明杂剧二集》所收之八剧如出一辙。那就是由于题材的限制和写作目的在于应节令应景物欢赏，在关目排场上就犯了如沈德符所指出的"曼衍"之弊。其移宫换调往往四五次之多，如果分开来就可以成为几折，而硬塞于一折之中，怎不令人感到曼衍冗烦？关目亦每有轻重繁简错置之失，盖作者重视的是曲词宾白之"典雅工丽"，其清新隽逸之酒筵歌韵虽或得其所宜，但造作无生气，无法登上氍毹，则是其难以挽回的结果。

2021年10月2日20时25分

二、屠本畯《饮中八仙记》南曲单出短剧

屠本畯（1542—1622），一作屠畯，字田叔，又字豳叔，号汉陂，晚号憨先生、憨憎居士、乖龙丈人、无盖庵头陀等，浙江鄞县人。系屠隆（1542—1605）侄孙，而年岁同年。以任子授刑部检校，迁太常典簿。出为两淮运使、福建运使。万历二十七年（1599）为辰州太守，二十九年（1601）被陷罢官，家居二十余年，结林泉雅会，诗酒以娱。著述甚富，今存《山林经济籍》二十四卷，含《五子谐策》五卷、《艾子外语》三卷、《憨子杂俎》五卷，每一诙谐，令人绝倒。亦能戏曲，有《崔氏春秋补》，补《北西厢》《出阁》《催妆》《迎奁》《归宁》四折，已佚。今存《饮中八仙记》南杂剧一折短剧。

《饮中八仙记》演太憨生隐居洗墨溪畔，值七十寿诞，杜甫（712—770）、王维（692—761）、高适（704—765）三人，以麻姑酒一樽、《八仙图》一帧为贺，杜甫为诵《饮中八仙歌》，欢饮而别。盖本杜甫诗敷演。《甬上屠氏宗谱》卷三十六《逸事》收录

图 23　屠本畯像（出自《四明人鉴》，清代画家虞琴绘）

此剧，谓："辰州公七十生辰，自填《洗墨溪太憨生庆寿词》，诙谐滑稽，一时传诵之。拟公为东方曼倩一流人物，词名《饮中八仙记杂剧》。"则此剧为屠氏七十寿庆自娱之作。

　　此剧不过是本人《戏曲演进史·导论》所云，古人戏曲创作动机目的之最不起眼的"赏心乐事"，以见一己之风雅。而屠畯又借杜甫、王维、高适三大诗人，以杜甫《饮中八仙歌》为蓝本，在自己七秩初度之庆，往自家脸上贴金。剧中之两贴用助歌曲之生旦外声口变化，二丑用之插科打诨，调剂场面。但是诸曲用为檃栝"酒中八仙"外，俱为献寿之词，丽则丽矣，雅则雅矣，但了无思想意趣可言。似此剧作，于屠氏七十诞辰一奏，宾主应酬风雅一番过后，有何再搬演之意义可言，纵使案头清览，恐亦教人兴会乏然。而其借二丑大演"鞋杯行酒"，将明代文人恶癖写入戏中，其不得体等同借二丑以言"男色"，未知屠畯何以亦坠入此恶道，乃不惜篇幅，于剧末特将二丑"吊场"以对白敷演邪？

三、胡汝嘉《红线金盒记》北杂剧

　　胡汝嘉（1529—1578），字懋礼，一字懋中（懋亦作茂），号秋宇，一号白下山人，金陵（今南京）人。嘉靖三十二年（1553）进士，选庶吉士，授编修。隆庆初，以言事忤执政，出为藩参。辗转河北、广西、浙江、四川、河南，抑郁以终。工画，诗词遒上，有《沁南稿》《蒱园集》。北曲杂剧有《红线金盒记》，四折，体制规律守元人矩矱。

《红线》北剧本事出唐人传奇,见袁郊(生卒年不详)《甘泽谣》,演红线女夜至田承嗣(705—779)寝内盗取金盒,迫使退兵潞州事。明顾起元(1565—1628)《客座赘语》卷八《秋宇先生著述》云:

> (胡汝嘉)文雅风流,不操常律,所著小说书数种,多奇艳。……其《红线》杂剧,大胜梁辰鱼。①

明周晖(生卒年不详)《金陵琐事》:

> 胡懋礼,有《红线》杂剧最妙。同时,吴中梁辰鱼亦有《红线》杂剧,脍炙人口。较之于懋礼者,当退三舍。②

明祁彪佳(1603—1645)《远山堂剧品》著录此剧,题为《暗掌销兵》,列于"艳品",谓:

> 词华充赡,亏透露得俊爽之气,否则一腐草堆矣。传红线之侠,不让梁伯龙,但彼之摆脱稍胜之。③

明朱国桢(1558—1632)《涌幢小品》谓胡氏《红线》较梁氏在

---

① [明]顾起元:《客座赘语》卷八,上海古籍出版社2012年版,第173页。
② [明]周晖:《金陵琐事》,《南京稀见文献丛刊》第二辑,南京出版社2007年版,第82页。
③ [明]祁彪佳:《远山堂剧品》,《中国古典戏曲论著集成》第6册,第178页。

前，且"更胜于梁"。看来明人对胡、梁两家均属北曲杂剧的《红线女》，一面倒地认为胡胜于梁。对于梁氏《红线》，著者在《明杂剧概论》中已详为析论。但这里要强调和比较说明的是：

如单就文词而论，则梁氏清雅中有莽爽之气，胡氏藻丽里不失清刚之韵。明人于戏曲重"文士化"，故偏袒胡氏。而若就戏曲文学与艺术总体而言，则梁氏之成就有诸多过于胡氏者。其一，两剧皆以红线所为有其前因，梁氏之结尾江上峰青，余韵袅然，较诸胡氏大张旗鼓接返仙班，潇洒许多。其二，梁氏首折写红线居安思危，与众妓薛嵩狎游映衬，以见其为奇女子。次折先写田承嗣兵势壮盛、再写薛嵩忧心，于是红线为主解愁，束装出发，关目层次分明而自然。三折先写一座幕府刁斗森严，红线尚有闲情作弄熟睡宫女，极显其神奇，如入无人之地，而使田承嗣汗流浃背之际，已不见其身影。胡氏则首折但以红线对老姥姥论剑；次折仅写红线向薛嵩夸说自家武技，可以代为解忧分劳；三折写盗盒途中沿途所见，田承嗣幕府森严，事成向薛嵩说明；四折薛嵩饯别，红线重返天庭。其首二折关目几于停顿，问答自表之内容，颇有凑足"套数"之嫌，实为袭取元剧之恶例。三折以中吕宫接般涉【耍孩儿】分前后两排场，后者用以补写入寝"盗盒"之情境，则颇见新意。四折亦以【太平令】分两场，惜敷演仙乐仙班过于繁缛，有失"豹尾"之致。且梁氏全剧重视科白，宾白叙事醒豁，科诨机趣横生，而胡氏却不措意于此。

也因此，胡氏《红线》之成就只于曲文之藻丽清刚，举数曲如下：

【后庭花】轻揎起碧雾绡,双提着紫绶绦。平地里翻成雪,半空中卷作涛。兵和将、一周遭,簇捧定、锦衣花帽。天花惨、阵云高,人闹炒、马咆哮。单展翅、扑天鹏。双飐尾、入云蛟。舞苍鹰风外骄,散流星、月下抛。响琅琅、玉声交,忒楞楞、霜树摇,光闪闪、虹双罩,屹峥峥、冰碎敲。

【叨叨令】那昆仑奴他为着些儿女情背着一个烟花妓,那聂隐娘他就着些风月怀搂着一个狂夫睡,那虬髯客他立一片颠狂心占了半掌鲸波地,那古押衙他贪几贯腌臜财送了几个无辜辈,是那些个英雄也么哥,论英雄须索要体天心、把心灵济。

【耍孩儿】正初更首路兼程往,早行到、漳河那厢。只见参横斗转夜茫茫,猛腾身、蓦入中堂。但见些无徒勇士援枹卧,那有甚暂醉佳人锦瑟傍。说不尽粗豪相,常则是愁云冉冉,杀气洋洋。

【驻马听】绿惨红愁,半世功名双舞袖。车驰马骤,百年身世一浮沤。俺如今独携宝剑访沧洲。不强如高歌金缕陪红友。望蓬莱天际头,金银宫阙还依旧。①

以上四曲分属首次三四折。【后庭花】写红线舞剑豪情,【叨叨令】数剑客行藏,【耍孩儿】叙入寝盗盒,【驻马听】感慨离情。曲曲流丽动听,未至典重缛丽,诚堪讽诵之佳曲。【叨叨令】仿今本《北西厢》句法,衬字多于正字,对偶工整,气势跌宕,可以概见

---

① 黄仕忠编校:《明清孤本稀见戏曲汇刊》上编,第11—12页。

胡汝嘉功力亦自不凡。明人之揄扬，即在于此。

2021 年 10 月 1 日 15 时 50 分

四、汪廷讷《天书记》传奇四十六出

汪廷讷（1573—1619）之生平与剧作，已见拙著《戏曲演进史》之《明清传奇编》（庚上）第四章第五节。这里补述其稀见孤本《天书记》。

《天书记》初刻本原藏荷兰莱顿大学汉学院，凡四十六出，演战国时孙膑（前 382—前 316）与庞涓（前 385—前 342）斗智事。元杂剧有《马陵道》，吕天成（1580—1618）《曲品》之清初钞本评汪廷讷《天书记》云："孙、庞事，原有杂剧，今演之可观。陈荩卿别有重订本，尤佳。"列于陈荩卿名下有《重订天书记》，吕天成评语作："初系新安汪昌期草创，不甚佳。今荩卿重校行之，与初刻全不同，词采斐然矣。"[1] 可见今传世《天书记》有两种，一是稀世孤本初刻《天书记》，一是陈所闻（荩卿）重订之《天书记》，收入《古本戏曲丛刊》二集。

初刻《天书记》确实是不高明的剧作：

其一，全剧关目分生（孙膑）、贴旦（孙妻、孙母）、小生（魏

---

[1] 《中国古典戏曲论著集成》据暖红室刻本《曲品》点校，吴书荫《曲品校注》之校记附上清初抄本，此处转引自［明］吕天成著，吴书荫校注《曲品校注》卷下，中华书局 2006 年版，第 272 页。

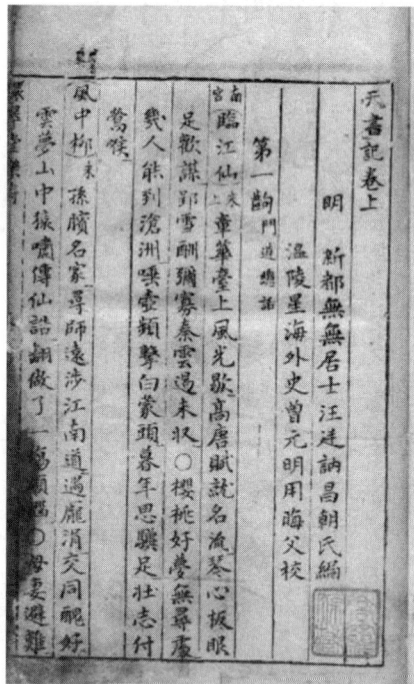

图 24　汪廷讷《天书记》

下大夫徐甲）、末（山寨主袁达）、净（庞涓）等五线索，以生、旦线为正面主轴，净为反面主轴，小生、末为辅线，外所扮之李五为交织其间之针线人物。此六线人物及其事迹之端绪，在前五出中陆续抛出，虽合长篇传奇章法，但手法平铺直叙，如第二出《孙膑祝寿》之落入窠臼，毫无新意。其五线索之"旦贴"线，就传奇体制而言，应与生线"旗鼓相当"，但在本剧其事迹实与孙庞斗智恩仇无多大关连，虽勉强凑合《田氏忆夫》（第九出）、《妇姑避难》（第十一出）、《姑媳入庄》（第十三出）、《田氏寄书》（第十八出）、《姑媳采薇》（第二十九出）、《知夫蒙垢》（第三十三出）、《姑媳上章》（第三十四出）等七出独当之主场曲，但于全剧关目之布置实多为造设之离情别绪与想当然之苦难，并无动人之情景。其他线索之绾合，纵然有埋伏照应，仍以懈沓为嫌，如《齐人闹席》（第四十一出）、《哨报军情》（第四十四出），前者大费笔墨以写与全剧疏离之闹剧，后者用北曲全套模仿元人惯用之"探子报军情"，由一问一答之说唱方式以带出关目，凡此皆可删。又其末数出颇嫌"弩末"，末出尤嫌草率，为传奇所罕见。

汪廷讷用韵亦如同吴江诸家之讲求恪遵《中原音韵》，其寒山与先天，车遮与皆来，偶一混用外，皆无懈可击。尤其《孙膑下山》（第二十出）之协侵寻，《袁达接应》（第四十出）之协监咸，《哨报军情》（第四十四出）之协廉纤，皆用既险且窄之闭口韵，似乎有意逞才显能，虽勉力成篇，实诘屈聱牙，仍以避用为妙。

全剧所可取者，就曲词气脉而言，实以运用北曲如《袁达寇齐》（第十出）、《迷陷入阵》（第二十二出）、《袁达行刺》（第二十三出）、《孙膑佯狂》（第三十一出），分别用北仙吕【点绛唇〉、正宫【端正好】、北南吕【一枝花】、北中吕【粉蝶儿】套式，皆颇有潇洒奔腾之势，掠得元人风华。只是所用者重，所呈现之关目排场如《袁达寇齐》等三出，事实上皆为"过场"性质，彼此间不免有"牛刀杀鸡"，用力过甚之讥。又其曲牌皆注明宫调，颇见其排场转移之声情词情变动，但亦有移宫转调过于频繁之现象。其曲文词境平平而已，但擅于借用诗句、山歌调适排场，别具滋味，只是强入词牌雅言，每属多余。总而言之，汪氏《天书记》实不能与其《狮吼记》相提并论。

五、边三岗《芙蓉屏记》传奇三十六出

《芙蓉屏记》为黄仕忠所见东京大学东洋文化研究所所藏旧钞本。据万历四年（1576）中牟友鹤山人冉梦松序刊本过录。据卷首"引"，知其为明边某撰。作者号三岗，河南杞县人，长于词曲，有《三岗俚歌》二帙，余不详。

明李昌祺（1376—1452）《剪灯余话》卷四《芙蓉屏记》，叙元顺帝至正辛卯（1351），真州崔英赴任温州永嘉尉，道经姑苏，舟人艳其赀财，夜沉英水中，留其妻王氏，欲以为子妇之事。王氏乘间逃离，入庵为尼。岁余，忽有人施画"芙蓉屏"一幅。王氏见之，识为崔英笔，并题《临江仙》于其上。后其画为郭庆春买去，献于致仕御史高纳麟。而崔英幼习水性，得泅脱不死。纳麟延为馆官。英见"芙蓉屏"画泫然，语画为己作，题词为妻笔迹。高廉得其实，请旧属掩捕船夫，复得英之敕牒家财，崔氏夫妻团聚，复赴任永嘉。

此《芙蓉屏记》当为彼时发生之社会实事。离奇曲折，传播人口，故《燕居笔记》、《情史》卷二均据以收录。凌濛初（1580—1644）《初刻拍案惊奇》亦据以改写，收入第二十七卷，题作《顾阿秀喜舍檀那物，崔俊臣巧会芙蓉屏》。其改编为戏曲者亦多，有明嘉靖前之戏文，见《南词叙录》《宝文堂书目》，明张其礼（生卒年不详）有《合屏记》传奇，叶宪祖（1566—1641）有《芙蓉屏》杂剧，惜皆不存。所存者，除黄仕忠所据以校印之明边三岗《芙蓉屏记》外，尚有《古本戏曲丛刊》五集所收录之明江楫（1584前后在世）《芙蓉记》传奇三十出。江楫，字葵南，号百莱主人，湖北荆门人，约万历十二年（1584）前后在世。其剧为其晚年所作，今传康熙刊本，据其曾孙之序，谓"词内所称高御史，盖自况也；所称李夫人，况吾曾祖母也"，尤可见其事之真实，即作者亦写入其中。[①]

边氏此剧，冉梦松（生卒年不详）在《刻〈芙蓉屏记〉引》说：

> 余把玩累曲，其词条畅清婉，曲尽物态，长短舒促，悉合矩度。中间忠孝节义，凛凛耿耿，可以挽颓俗，维世教，非徒为戏具已也。……若彼淫声艳曲，非不能使人倾耳忘倦，然于风化无补，则亦无所取焉耳。[②]

边氏也在剧本开头，借末色开场口吻，说道："戏剧明伦劝世，制

---

① 以上见黄仕忠编校《芙蓉屏记·导言》，《明清孤本稀见戏曲汇刊》上册，第343页。

② ［明］冉梦松：《刻〈芙蓉屏记〉引》，黄仕忠编校：《明清孤本稀见戏曲汇刊》上册，第344页。

成正调真腔。从头扮演做一场，博取知音称赏。"① 可见他们的戏曲创作动机和目的，都是"高台教化"，所以剧中充满忠孝节义的氛围，而其全剧三十六出"长短舒促，悉合矩度"，也颇合乎明人传奇长短体例。至"其词条畅清婉，曲尽物态"，则能脱离过度藻俪化之明人习气，则颇为难得。

此剧关目大抵依据笔记小说情节敷演，只在三主要正面人物：崔英身边增一仆崔义代主死难，在王氏增一妾贞姬死节，对退仕之高御史纳麟加一现任御史薛理助其秉公结案，于反面人物则加一山寨盗匪，以增其恶，并缘此使崔英得建率兵剿匪之功。至于买卖"芙蓉屏"之郭庆春、尼庵老尼、高夫人则用为绾合之边脚针线人物。邻人时样，于剧中则特设以衬托崔英之报恩不计小节之廓然大度情节。可见作者于人物脚色之设计铺排，颇见匠心。因之全剧关目布置发展之线索，亦清晰可睹，全剧师用传奇一般技法，以"芙蓉屏"为关目绾合之"机上梭"。生旦赴任遭难前，两脉并行，其后与反面主脉张纵线、正面副脉高纳麟线交错运行。

只是为生旦劳逸均衡，作者或强为触景相思之辞以塘塞。如为考验义夫节妇之坚贞，而由高御史夫妇试探，说以再醮别娶之辞，则皆为可省可删之曲。又其每出所设计排场，失之短小琐碎者亦多，往往可以移宫转韵合并处理，以致全剧高低潮起伏不明而无致可取。其第二十二出由旦江边祭夫用【新水令】合套而独唱，场面既冷，难于提振剧情之高潮。

---

① ［明］边三岗：《芙蓉屏记》，黄仕忠编校：《明清孤本稀见戏曲汇刊》上册，第345页。

至其押韵，于韵脚介音、元音、韵尾则每不顾及分野，如齐微之混鱼模、支思，真文之混侵寻，先天之混寒山、桓欢、监咸、廉纤，庚青之混东钟。繁编累套，俯拾即是，尤其好用后二者，最为突出。又好更转韵部，好用散漫之引子，脚色上场必使诵之。净丑偶唱山歌，颇能调济声情，但一念引子则雅士不殊，以致其"曲"辞藻，乍看是"条畅清婉"，但碍于韵协错乱，亦教人声情"诘屈聱牙"，不耐卒读。此其大病也。

2021年10月12日10时22分

六、吴奕《空门游戏》《燕市悲歌》短剧二种

吴奕（1564—1619），原名宗奕，行六，字世于，号敬所、观复、艾庵，别署玉局先生。万历二十八年（1600）举人，三十八年（1610）进士，授浙江缙云县知县，补福建漳州府龙溪县知县。著有《观复庵绮集》十二卷、《观复庵续集》四卷、《观复庵续集》四卷，今存。所著短剧《空门游戏》《燕市悲歌》二种，为赵万里所发现，现存中国国家图书馆。

《空门游戏》借真空寺小沙弥、弥勒佛、寒山、拾得之"空门禅语"，来阅历世间人，观照世间事。山水间人"剧引"云："弥勒为禅，不妨呵佛骂祖。""笑杀了咱的他，就是你的俺。"作者玉局先生"剧原"云："世间多可哭可笑之事，少能哭能笑之人。""若阮籍之率意于独驾，迦叶之悟言于一花，是真哭真笑也。"可见作者是愤世嫉俗之人，故将可哭可笑古往今来之人世间事，托诸空间

"呓语"。因之无论杂所扮之小沙弥、外所扮弥勒佛、生所扮之寒山、末所扮之拾得，脚色性质如何，皆一味四言对偶工整，历史掌故纷披杂陈，人物情事联翩齐至，动辄数百千言，教人目不暇接，意未尽理会，置之案头，犹且如此，焉能搬诸场上。

本剧为单折北剧，分两排场：北仙吕【点绛唇】套协江阳韵，由外独唱，下场后，由生、末分唱般涉【耍孩儿】叠腔六曲。曲文虽亦不出"空门禅语"，但语意较明白清畅，警世之旨反而明显。兹录二曲如下：

【六么序么】却笑那幼读文章，便甘些澹泊，只有那吃不尽的藜藿，穿不尽的芒屩，见了些卿相，妄意儿馋嚼，玉佩丁当，金殿趋跄，怎能勾窃响观光。纵有日腾跃：路枭羊肠，梦绕鸳行，宦海名场，瀺灂瞿塘。那些儿是五更勾当，又恐怕忤君王。霎时间祸从天上。敢辞着背井离乡。这头颅突兀应无两，说什么经书道学，活葬了多少儿郎。

【耍孩儿三煞】恋阳城脂粉香，赴高唐云尔忙。这马鞭偏落在平康巷，愁添白发三千丈。兀自的笑拥金钗十二行。这西陵歌舞谁能赏？空羡那鸳鸯在野，谁知道魍魉同床。[①]

由这两支曲子可见，就制曲而言，吴奕可称为能手。
《燕市悲歌》借荆轲（？—前227）、高渐离（生卒年不详）、

---

① ［明］吴奕：《空门游戏》，黄仕忠编校：《明清孤本稀见戏曲汇刊》上册，第158—160页。

狗屠三位见诸战国七雄之燕地人物，饮于燕市酒肆，于古往今世，睥睨咨嗟，潸然涕下。杂扮燕市酒保，丑扮狗屠，生扮荆轲，末扮高渐离。由末独唱北仙吕【点绛唇】套协江阳韵。其末曲【收江南】后半增句嚷唱，"末起生接，一人一句"。为清眉目，分录如下：

末：我笑他假妆、革囊。

生：我哭他打箱、散场。

末：我笑他到北邙、卸赃。

生：我哭他在东床、纳降。

末：我笑他羝羊、触藩。

生：我哭他河鲂、跳梁。

末：我笑他凤凰、高冈。

生：我哭他豺狼、道傍。

末：我笑他蜩螗、翅张。

生：我哭他螳螂、臂当。

末：我笑那霸王、帝皇，费多少低昂、抑扬。

生：我哭那虞唐、夏商，费多少文章、纪纲。

末：我笑那千仓、万箱，费多少簸扬、斗量。

生：我哭那牵黄、臂苍，费多少拌糖、捣姜。

末：殉名的粪筐、觅香。

生：殉利的火坑、歇凉。

末：殉人的冰山、筑墙。

生：殉身的油缸、负光。

末：好姻缘鸳鸯、颉颃。

生：巧言辞鸹鸽、弄吭。

末：真爱惜鸨桑、乃堂。

生：会抚摩蛞蟥、令郎。

末：好胡涂虎伥、执亡。

生：大英雄马殇、卷娘。

末：假神仙云庄、月窗。

生：苦头陀柴扛、碓房。

末：善知识刀枪、斗铓。

生：钝根苗膏粱、眯糠。

末：我笑这千忙、万忙，跳不出玄黄、两裆。

生：我哭得千行、万行，揾不尽浪沧、两眶。

末：呀！且趁着眼！

生：矓！寻个黑甜玄壤。①

即此可见此剧之基调尽在睥睨人世，认为可笑可哭。尤其在"酒后肝胆易倾"之际。上录【收江南】光末、生之对口嚷唱即达三十二句，或叠韵或短柱韵，虽不无少数凑韵之嫌，但已足见其才情之纵横矣。至于以杂、丑出口宾白典雅，不惜四六对仗，盖为明人骈绮之积习，已司空见惯矣。

2021年10月3日18时

---

① ［明］吴奕：《燕市悲歌》，黄仕忠编校：《明清孤本稀见戏曲汇刊》上册，第167—168页。

七、范文若《花眉旦》传奇三十出

范文若(1590？—1637？)，初名景文，字更生，又字香令，别署吴侬荀鸭、吴侬檀郎等，江苏松江（今上海市）人。万历三十四年（1606）举于乡，以文采出众闻名。万历四十七年（1619）成进士。历任山东汶上、浙江秀水、湖北光化知县，迁南京兵部主事，以得罪考功，左迁大理寺评事，以父丧去官。里居时，纳凉书室，为家人刺死。年甫四十八。

文若美姿容，工谈笑，雅慕晋人风度，好为乐府词章。所著传奇有《花筵赚》《梦花酣》《鸳鸯棒》，合称《博山堂三种》，《古本戏曲丛刊》二集据其崇祯间本影印。沈自晋（1583—1665）《重定南词全谱·凡例续纪》云：

> 因忆乙酉（顺治二年，1645）春，予承子犹（冯梦龙）委托，而从弟君善实怂恿也。知云间荀鸭多佳词，访其两公子于金阊旅舍。以倾盖交，得出其尊人遗稿相示。其刻本为《花筵赚》《鸳鸯棒》《梦花酣》，录本为《勘皮靴》《生死夫妻》，稿本为《花眉旦》《雌雄旦》《金明池》《欢喜冤家》。及阅其目录，尚有《闹樊楼》《金凤钗》《晚香亭》《绿衣人》等记，数种未见。乃悉简诸稿，得曲样新奇者，誊及百余阕，珍重而归。[1]

---

[1] [明]沈自晋编：《南词新谱》，《词曲总目》，《善本戏曲丛刊》第29册（台北）学生书局1984年据清顺治乙未刊本影印，第43—44页。

可见范文若传奇著作之富，达16种。其中稿本《花眉旦》藏安徽芜湖市图书馆阿英藏书室，黄仕忠与其女弟子曹碧云据以校理出版。

《花眉旦》演宋岳阳府学教授陈诜（生卒年不详）与名姬江柳相恋之故事。本事见宋章瑞义（生卒年不详）《贵耳集》卷下，主事者为杨万里（1127—1206），未标主人公名姓，其后元人蒋子正（约1279前后在世）《山房随笔》据以改写，添入陈诜、江柳等名，主事者改为孟之经。明末孟称舜（1599—1684）据蒋氏之作撰为四折杂剧《陈教授泣赋眼儿媚》，范文若复将之扩展为三十出之传奇《花眉旦》。在此剧开场《开宗话柄》檃括本事之【满庭芳】后，四句下场诗云：

陈教授泣赋眼儿媚，江勻卿刺损眉儿翠。孟子若旧填北四支，香令君重谱花眉记。①

更明显可见范文若有意继孟氏杂剧而敷演为传奇。

就此剧之情节关目之布置敷演观之，由四折之北剧增衍至三十出之传奇，实属拖沓冗长。主要缘故是旨趣只于士子与歌妓因诗唱和而引发之风月情怀，其间并无真情至爱百屈不折之奋斗可言，而其终至团圆，又蹈入元人"先蒙骗以激励，后大白以感恩"之窠臼，而且不厌其烦地以郡守吴梦窗、元帅耿仲拿、歌妓三人三种方

---

① ［明］范文若：《花眉旦》，黄仕忠编校：《明清孤本稀见戏曲汇刊》上册，第504页。

式达成，无乃过于复沓累赘，且又因其人物而强入陈友谅（1316—1363）与徐达（1332—1385）之争战，尤其《湖捷》（第二十三出）一出以北黄钟【醉花阴】套由净所扮之陈友谅独唱，几于"喧宾夺主"。《推毂》（第二十七出）由徐达遣使榜求大儒陈诜，为使之"否极泰来"，"移书劝降"，功成名就，好能喜庆团圆。为写陈诜之迷恋歌妓江匀卿而为斯文所不容，用了《狂踏》（第九出）、《凿壁》（第十出）、《慢祀》（第十三出）、《蜂谋》（第十四出）、《群评》（第十五出）、《跳院》（第十六出）、《处囊》（第十七出）等七出，都不自然而难以引人入胜。至其所叙写之人物，如富商霍儿不见后文犹可，但老旦所扮之江妈与小旦所扮饰之姨娘苏住住，于女主角固为至亲，于男主角亦纠葛不少，而俱"中途失踪"，亦有违剧中人物前后照应交待之道。

本剧曲文平凡无奇，用韵虽守《中原音韵》，但韵协成句成曲，铿锵可诵者几稀。文若作剧多达16种，即此一剧观之，其余盖亦可见其非妙手矣！其剧末【情未断煞】云：

风流实甫词中圣，一字字西厢是云雨经。可不羞煞当年老汉卿。[①]

又其下场诗云：

前无作者后无双，独占风流荀令香。一曲霓裳天上奏，

[①] ［明］范文若：《花眉旦》，黄仕忠编校：《明清孤本稀见戏曲汇刊》上册，第588页。

可容貂续顾周郎。[1]

作者居然以王实甫自居，且自诩其作为旷绝古今，无乃一无自知之明如此。

2021 年 10 月 20 日 20 时

八、来集之《女红纱》北曲单折短剧、《秃碧纱》四出北曲杂剧、《秋风三叠》单折短剧

来集之（1604—1682），初名伟才，又名镕，字元成，号倘湖，又号樵道人。浙江萧山人。明末大学士来宗道（1571—1638）之子。明崇祯十三年（1640）进士。十五年（1642）任安徽安庆府推官。官至太常寺少卿、兵科左给事中。入清后，隐居故里，读书作文，与毛奇龄为同乡好友。因隐居傍倘湖，时人称为"倘湖先生"。康熙间荐举博学鸿词科，未赴。著作宏富，有《倘湖诗》《倘湖文案》《樵书初二编》《南行偶笔》《南行载笔》等。戏曲集合称《红纱》《碧纱》之《两纱》杂剧与附刊于《两纱》之后的《挑灯》单折杂剧。

《女红纱》全称《女红纱涂抹试官》，写两仙女奉天帝命，以红纱干扰试官阅卷，决定去取。而此试官既受贿又受关说，致使

---

[1] ［明］范文若：《花眉旦》，黄仕忠编校：《明清孤本稀见戏曲汇刊》上册，第 588 页。

庸才上榜，贤士落第。仙女乃红纱书状，惩治试官与庸才。来集之兄来道成（生卒年不详）《红纱碧纱》题词云：

> 元成二十年来，腕舌之余，更无长物，姓字之外，略无荣名，较之儋耳夜郎，穷且十倍，岂非才人愈当困阨，愈不冷淡寂寥。彼造物不厌征奇，自顾不得元成许多消受耳。……虽然，金榜无名，罗江东不为人识，划迩来面孔眼睛，若个不胡涂势利，何须单榜却纱帽毗卢也！[1]

集之《红纱自序》云：

> 生斯世也，语必棘喉，行则蹞步，草草劳劳，恍惚疑梦，如予者，抑莫可控说矣。……若曰与其得罪贵人，毋宁得罪天帝，盖以贵人多不怜才，而怜才惟天帝，或少原予云尔。[2]

清毛奇龄《来元成墓志铭》云：

> 君以崇祯己巳赴童试，县斥之，粘其文于门。庚午再试，再斥之。然而府试拔第一。年二十七，始附学。于是作《两纱》剧：一《红纱》，谓以纱幛目眯五色也；一《碧纱》，谓

---

[1] ［明］来道成：《红纱碧纱》题词，黄仕忠编校：《明清孤本稀见戏曲汇刊》上册，第183页。
[2] ［明］来集之：《红纱自序》，黄仕忠编校：《明清孤本稀见戏曲汇刊》上册，第185页。

纱蒙其旧所为诗，贵与贱易观也。夫通塞之难凭如此！①

由以上三段资料可见：其一，元成早年科场不得意，愤懑满怀，作此二剧以抒不平。其二，此二剧也必在其二十七岁前后所作。

元成发泄胸中块垒的笔法是，先以净扮试官自我数落如何得不学庸碌、贪赃枉法，再由生、小生、中净扮三种身份不同之秀才文运、臭铜、白丁，以身世调侃。作者自居"文运"，字中盛，又字中衰，谓"假饶臭铜儿闻者掩鼻，和那白公子见者攒眉，这时节我便取青紫如拾芥，夺官袍如探囊，这不是我文运中盛了"？反之，自是文运中衰了。而在此"楔子"由生、小生、中净合唱仙吕【赏花时】【么篇】协东钟之后，由旦、小旦所扮二仙女所演"主场"，则先以大段宾白用旁观世相之口吻，以应元成所云"惟天帝怜才"，反衬上文"惟贵人铜臭是务"，用北仙吕【点绛唇】全套，由二旦同唱，由净映衬搬演，以为排场转折，生、小生、中净、杂、丑点缀其间，以生发设色，而套末余韵点题，以试官打入"阿鼻地狱"，臭铜、白丁坠于"钻刺地狱"，"方才饱快人心"。而奇拔之士，无论运数如何，均应予以出头，方显上帝怜才之意。

举其两曲以见其文词与旨趣：

【后庭花】他冷甘甘虀和粥，似苦行僧耐着晨昏昼。受满了

---

① [清]毛奇龄：《来元成墓志铭》，[清]焦循：《剧说》卷五，《中国古典戏曲论著集成》第8册，中国戏剧出版社1959年版，第184页。

冰雪三冬苦，投至得风涛万里秋。他如今呵，爱财赇、蝇营狗苟，怎便忘了夜半灯窗读燥喉。他也为官计、为家谋，金满籯、书盈袖。又不比个酸秀才，要公明、怎能够。

【寄生草】金马门、将身困，长安陌、见花羞。怎教那苏秦归当得个妻僛僛。可怜的王章泪染得个牛衣透。几曾见翟公门还有个相知友。也信道来时富贵陛非难，怎禁这眼前奚落躱受。①

【后庭花】虽惋惜试官读书中举为官之前后行为判若霄壤，其实也普遍地呈现士子的一般现象，【寄生草】虽然写举子落第之悲，其实更道尽自己的真感实受。曲中拉拢许多古人来证古今、写怀抱，所用尚非僻典，其雅化而文采自见。

《碧纱》全称《秃碧纱炎凉秀士》，事本《唐摭言》所载王播（759—830）事。南戏《破窑记》、传奇《彩楼记》所叙吕蒙正（946—1011）受辱僧人，亦取材于此。作者"碧纱"自序云：

人才如面，人面如冰，稍稍向之，辄使人冷眼欲裂，热肠几枯。嗟乎！亦安能以昂藏肮脏之骨，而讦贩市侩之为伍乎！②

可以揣想元成困顿未达之时，必亦受人冷落，故以王播自喻以发

---

① ［明］来集之:《女红纱涂抹试官》，黄仕忠编校:《明清孤本稀见戏曲汇刊》上册，第200、201页。
② ［明］来集之:《碧纱自序》，黄仕忠编校:《明清孤本稀见戏曲汇刊》上册，第205页。

图 25　明天启七年武林刊本来集之《秃碧纱》插图

抒其"即境写境，我苦我知"之情绪与不可遏抑之牢骚。

全剧分四出，首出生扮王播，先以长白自嘲为"十无先生"，自嘘为"十有先生"，并对木兰花惺惺相惜。由生独唱北中吕【粉蝶儿】套，其韵协先天、寒山、桓欢、廉纤、监咸混押。楔子由上座僧数落王播坐斋惠照寺，设"斋后钟"之计，唱【一半儿】四支分协萧豪、家麻、东钟、家麻，以白描见机趣。次折生唱北【端正好】套协歌戈，演王播与上座僧因"饭后钟"而论辩佛门与书生之是非罪过，王播愤而壁上题诗两句，即被逐出山门。三出旦扮木兰花神，独唱北越调【斗鹌鹑】套，协江阳与二旦扮之菊花神、桃花神、末扮之松神，各就陶潜（365—427）采菊东篱、刘禹锡（772—842）玄都桃花与始皇封松五大夫之掌故生发赋咏，以送木兰仙去，呼应首出王播对木兰之感应。四出演二十年后，上座僧老迈、木兰花枯萎，而王播身居宰相节制江淮，重来惠照寺，见碧纱笼壁，补题二句成诗："上堂已了各西东，惭愧阇黎饭后钟。二十年来尘扑面，而今方显碧纱笼。"其收尾由僧唱【清江引】叠四支，协尤侯。其四出皆有出目：《木兰花发院新修》《惭愧阇黎饭后钟》《树老无花僧白头》《而今方显碧纱笼》。

《两纱例》对《红纱》所用【赏花时】、【鹊踏枝】后【寄生草】、【么篇】、【清江引】之叠用四支、【上马娇】，以及《碧纱》之【醉春风】、【一半儿】之叠用四支、【麻郎儿么篇】等之曲律不合常规，均有所说明。可见作者并非不知律，而是有意突破拘限，如同四折北曲杂剧而分生唱首二四共三出，旦唱第三出，又由僧唱插曲【清江引】【一半儿】各四支，以接近传奇排场。至其

"僧"不书脚色，用生分之"中净"而不用习见之副净，亦似有别出之心裁。但首出之混押邻韵，不辨开闭口，虽是南戏所不能免，但明人至晚叶则以《中原音韵》为尚矣。

至其曲文虽有逞才饰奇，奋力强凑一本四出之嫌，但大抵可讽可诵，如：

【耍孩儿】生生跳入了名缰锁，眼巴巴丹池紫阁。却怎地笔笔神通字字魔。尽昏昏旦旦销磨。遥遥叩不得文昌帝，亲亲叫不到孔方哥。击碎了壶中唾，闲时抱膝，忙里悲歌。

【一半儿】整顿了偏衫束定了腰，把佛面儿怀揣把经叶儿挑。畅道是出家人、最安好。倘清官司着地的敲，将腿上也怎供招？俺们呵！一半儿平民，一半儿盗。①

其【耍孩儿】见次出王播为寺僧"饭后钟"所逐，羞愤之际所唱，【一半儿】为楔子住持僧、行脚僧、禅僧、应僧所同唱，皆能称合人物情境声口，而文字雅俗趣味贴切有别。

其《挑灯》南曲单折短剧，全称《小青娘挑灯闲看牡丹亭》。有关小青其人其事之有无，在拙著《明杂剧概论》，已有详细之考述，结论是在有无之间，无须深究，或为汤显祖所称娄江女子俞氏所生发引申之人物。以小青故事为题材之剧作颇多，余亦于拙著中有所提示与讨论，见该书《后期杂剧》章第五节《孟称舜及

---

① ［明］来集之：《秀碧纱炎凉秀士》，黄仕忠编校：《明清孤本稀见戏曲汇刊》上册，第218、212页。

其他北杂剧诸家》第三小节《徐士俊〈春波影〉》。

元成《挑灯》剧末，其弟元启评云：

> 道心佛骨，尘境俱空，小青可以死矣。山水空蒙，呼之或出，小青殊未死也。死于情，生于文，文与情相与轮回，而小青因之。①

即此可见此剧旨趣言"情"超越生死，而实由文、情之交相轮回与辉映，作者单用一折借小青之口白以表自家之"情观"，又借南曲叠用【山坡羊】、【解酲带甘州】各二支协萧豪，以感伤己身之遭逢庸官俗子科举不第，如同小青之误入劣夫妒妇百般凄苦，而以集十二曲之犯调【十二红】，写出主题"挑灯闲看《牡丹亭》"，将剧中杜丽娘相提并论，以见自家遭遇之自怜自艾。排场虽已转移、情感更且深入，但韵协不易，全剧即亦只于憾恨幽渺之余韵中，充分展现南杂剧单折短剧之文学与艺术质性。

> 商调【山坡羊】梦惺忪、镜台春晓，眼迷矣、灯檠夜悄。镜台前、云丝渐凋，灯檠下、影儿越瘦削。问天高、芳名谁注销？则咱命薄天难祷。把自古的红颜来解嘲。兰膏，向梅花树下烧。香醪，向林逋墓上浇。②

---

① ［明］来元启：《评小青娘挑灯闲看牡丹亭》，黄仕忠编校：《明清孤本稀见戏曲汇刊》上册，第239页。

② ［明］来集之：《小青娘挑灯闲看牡丹亭》，黄仕忠编校：《明清孤本稀见戏曲汇刊》上册，第237页。

上曲是小青悲叹知音不遇，好事多磨，日夜孤寂，百无聊赖。而这种心境正是才女无可奈何的悲苦，其所遇非人，自是无时无地啃噬她的心灵。

其《秋风三叠》署"元成子填词二刻"，含三短剧：其一《冷眼》全称《蓝采和长安闹剧》，其二《英雄泪》全称《阮步兵邻廦啼红》，其三《侠女新声》全称《铁氏女花院全贞》。此《秋风三叠》与上述《两纱记》实为明人南杂剧中之"组剧"，如拙著《明杂剧概论》所论及之许潮（约1619年前后在世）《泰和记》、徐渭（1521—1593）《四声猿》、汪道昆（1525—1593）《大雅堂四种》、沈璟（1553—1610）《博笑记》、叶宪祖（1566—1641）《四艳记》、傅一臣（生卒年不详）《苏门啸》等。

元成《秋风三叠》各一折，首为《冷眼》演蓝采和故事，本《南唐书·陈陶传》。次为《英雄泪》，演阮籍（210—263）吊邻女故事，本《世说新语》。三为《侠女新声》，演明铁铉（1366—1402）两女守贞故事，本《明史》与野史丛谈。毛万龄（生卒年不详）"叙"其《秋风三叠》云：

> 来子以肮脏之怀，抉剔中骇，尔乃嬉笑怒骂，悲歌哭泣，取古人之或笑或骂、或歌或泣者，而笑之骂之，歌之泣之，而健捷，而激袅，而凄怆，而懭悢，或有得于清商之遗，则其中之焚轮戟角，徽捷而变，诚有不得已于此焉。①

---

① ［明］毛万龄：《秋风三叠叙》，黄仕忠编校：《明清孤本稀见戏曲汇刊》上册，第243—244页。

可见元成《秋风三叠》和上述《两纱》《挑灯》的创作动机都是一致的，借歌哭笑骂来发抒他愤懑的襟怀。

其《蓝采和长安闹剧》，即借长安市上社酒演傀儡戏场，陈陶（约812—约885）即八仙之游戏人间之蓝采和，以历来史上之掌故，呈现人间百态之傀儡演出，"冷眼"以观照人世之感慨，有：

其一，"羊质虎皮，见草而悦，见狼而战"，以感慨"如今假风流、假道学、假文章，一片是假，到底是雪狮向火、金佛渡炉，经不得认真起来"。

其二，"中山狼恩将仇报"，以感慨"大恩不酬，大德不复，虽则施之者无希望之心，难道受之者有反噬之毒？世情之险，一至于此"！

其三，"昏夜乞哀，白日骄人"，感慨"难道你屈着一双踝膝，受得些龌龊之赀，便好放出一副脸皮，亏负了贫寒之士"？

其四，"雪中送炭"，感慨"河是深的，偏要掘他；山是高的，偏要填他。白屋里雨雪淋浸，纯窗棂何人丢眼？黄榜上风云赫奕，便铁门限大家踏穿"。

其五，"守钱虏"，嘲弄"为这几个腥臭铜钱，迷混了心窍，没了廉耻，没有礼义"。

其六，"欺善怕恶"，感慨"是这一班人填塞了世界，地狱所以不空也"。

其七，"揠苗助长"，感慨"古人道破世情，只'溺爱不明、贪得无厌'八个字。每遇人家庭、父子之间，财利交接之地，想着这八个字，使人冷然欲笑"。

其八，"赵礼让肥"，赞叹"生死之际，是一个大大关头，到此放出至性，才是有学问的人"。

其九，"契君臣羊裘钓泽、足加帝腹"，赞叹严子陵"一领敝裘，半竿烟水，夷万乘于贫贱之交，历千秋无富贵之相"，实属难得。

其十，"夫妻馈至如宾"，认为"夫妻之间，寻常吃饭穿衣，相对依然，便有妙处"。

其十一，"范张鸡黍"，感慨"朋友一途，如今越险了。杯盘刎颈，酒干便噬如恶虎；孔方知契，财尽则散似扬鹰。三年订盟，千里命驾，此道弃如土矣"！

本剧即用此十一故事为主轴，呈现傀儡搬演，而以社客俗见，社长点题、蓝采和发解世态人情，而以独唱北仙吕【点绛唇】套曲每事一曲协皆来韵，加首尾，以感叹呼应，分明也是作者愤世嫉俗之作。

以下举其《守钱虏》，以见其曲文之感叹呼应：

【寄生草】你寻思向白玉堆中睡，黄金穴里埋。做人身倒欠下了驴牛债，做爷娘倒欠下儿孙债，做主翁倒欠下奴僮债。直弄到黑洞洞地不翻身，方信道纸铜钱收不入腰间袋。[1]

曲文平实，足以警策世人。

《秋风三叠》之二叠《阮步兵邻廨啼红》，以身处危疑之竹林七贤阮籍，无端无故，倾其"英雄泪"，哭祭非亲非故夭折而绮年

---

[1] ［明］来集之：《秋风三叠》，黄仕忠编校：《明清孤本稀见戏曲汇刊》上册，第249页。

玉貌之邻女，极尽才子佳人、儿女柔情。说穿了也应当是阮步兵大醉六十日，玩世不恭以避祸的处世"伎俩"，这自然也是作者借古人酒杯以浇自家块垒的无奈。剧中借奚童之慧诘与阮籍之回应，生发各种怜香惜玉之情，虽场面冷清，但语言俊逸，多亏作者纵笔入微之功夫。举一曲如下：

> 【滚绣球】是多情便可怜，是多才合做才人眷。况同尘比屋，定不是相逢偶然。我悲秋，他也挨不得夜如年。他伤春，我也逗不得愁如线。又何须水漾鲛绡，漏出猩猩茜。寸心田便是蓝田。我只种三生石上同根玉，万劫轮中并蒂莲。到底相牵。[①]

如此言语，便把阮籍和邻女的关系拉得很近了。我们实不能不佩服作者无中生有的才情，并怜惜他隐喻才学俊杰之士，英年被埋没的悲凉。

其《铁氏女花院全真》写明成祖"靖难之变"。铁布政死节，其两女没入教坊，守贞守节，拒绝鸨母之诱迫，幸得礼部点勘官之救解，脱离乐籍。本剧以两女之坚执操守，有如侠士之持正不阿，迥非寻常女子所能流露之心声，故以"侠女新声"为简题彰显旨趣。全剧单出，分两排场：前场以鸨姥与铁氏两女对话，而由两女分充旦、小旦唱南曲协家麻应对，后场用【新水令】合套由点勘官与铁氏两女对话，旦唱北曲、小旦唱南曲。点勘官唱

---

① ［明］来集之：《秋风三叠》，黄仕忠编校：《明清孤本稀见戏曲汇刊》上册，第257—258页。

【清江引】收尾。排场分明、章法有秩，但语句虽殊，而旨趣雷同，实无情节变化之可言。

纵观来氏诸剧，无不写怀写志，即此《侠女新声》虽非如同前举诸作之哭歌笑骂，亦自以贞女之守操比喻士夫人格之不为名利所移。

至其语言，无论出诸任何脚色扮饰何等人物，一皆雅言雅语，虽或不至用长篇骈体宾白，但大量使用词调、集唐，已可概见其文士化之深，只能作案头观矣！

2021 年 10 月 6 日中午 12 时 30 分

九、李嵩《八仙过海》单折短剧附未成稿《四圣试禅》

李嵩，字号生卒年不详。山西平阳荣河人。万历三十二年（1604）进士，天启七年（1627）授南京户部右侍郎。《明史》记载，天启七年（1627）三月，时李嵩为登抚，曾上疏言"朝鲜叛臣韩润等引敌入安州"事。著有《醒园文略》二十卷、《杂咏》一卷、《疏草》一卷。其《醒园文略》卷十七收录《八仙过海》《四圣试禅》两种。前者为一折南曲短剧，卷首标示"病中作"，后者亦标示"因病大渐未成"，但只有【念奴娇】【玉芙蓉】【前腔】三曲。

从《醒园文略》，可知李嵩早年汲汲于功名仕途，其间曾因病退隐。此二剧即写于病中，以仙佛度脱与论禅自遣。其《四圣试禅》为残稿，亦收录文集之中，可见李嵩不以戏曲为"不登大雅"之作。

《八仙过海》由汉钟离引出吕洞宾等其他七仙诵诗自表身份，龙王率鼋将军、鼍宰官与八仙唱北正宫【朝天子】，自唱南正宫【普天乐】各三曲交相运作之合套以描述群仙鸟瞰与龙王所居龙宫景象。北曲协东钟，南曲协寨山混先天。至龙王迎宴八仙后，排场转移，叠用南曲【黄莺儿】四支加【尾声】分由八仙与龙王对口轮唱协东钟韵。章法分明，但此剧旨在纠正俗传"八仙过海斗龙王"为无根之谈，实亦无关宏旨。曲文宾白亦落入骈绮，亦但能平铺直叙，了无生鲜活色可言。

《四圣试禅》由残稿，可知系指黎山老母、观音菩萨、文殊菩萨、普贤菩萨而言。

2021年10月3日20时35分

十、黄周星《试官述怀》短剧南一折、《惜花报》南四折

黄周星（1611—1680），明末清初上元（今南京）人，字景虞，号九烟，又号圃庵、而庵、笑苍子、笑苍道人。本为江右信丰黄氏子，自幼养于湖南湘潭周氏家，取名周星。崇祯十三年（1640）进士，官户部主事，又复姓黄氏，因名黄周星。明亡后，弃官，改名黄人，隐居浙江乌程县南浔镇。往来吴越江淮间，以授徒为生，曾刻"性刚骨傲肠热心慈"印以自况。康熙十九年（1680）五月初五，效屈原，投水自尽。

黄周星工诗文，通音律，擅戏曲。著有诗文集《夏为堂集》

图 26　黄周星肖像

《夏为堂别集》《圃庵诗集》等，后人辑有《黄九烟先生遗集》。曾与汪象旭（约1644前后在世）合作，修订评点《西游记》，为《西游记证道书》。所著戏曲有传奇《人天乐》、杂剧《惜花报》《试官述怀》，另有《制曲枝语》十条，略窥其曲学见解。

其《人天乐》传奇卷首所附《制曲枝语》说："忽忽至六旬，始思作传奇……将来尚欲续成数种。"可见周星在六十岁（1671）康熙十年以后始从事戏曲剧本之创作。

《试官述怀》南曲一折，借乡试考官净扮之口与杂扮之科场属员口白，自我揭露科场唯贿赂金钱是务，言语机趣横生，令人忍俊不禁，而科举之不公不义、黑天昏地自见其中，教人痛心疾首。

【黄莺儿】那怕犯天条，那青天高又高，从来善恶都无报。屈倒英豪，便宜草包，那管他麒麟哭杀村牛笑。且风骚，女娼男盗，一任后人嘲。

【清江引】（净）干功名只用真元宝，文字何须道。地哑并天聋，大锭的魁星跳。算世上无如银子好。（杂）笑寒儒枉自夸才料，怎及松纹钞。任你好文章，试官全不要。算世上无如银子好。（合）孔方兄弄得人颠颠倒，恶业何时了。主考为他昏，举子为他恼，算世上无如银子好。①

像这样肆无忌惮地自我"述怀"，可见作者极尽赤裸裸得深恶痛绝

---

① ［明］黄周星:《试官述怀》，黄仕忠编校:《明清孤本稀见戏曲汇刊》上册，第274页。

之能事了。而数百年后读此《试官述怀》，也使我们历历如见当年之科场，纵使康熙盛世，亦腐败若此！

其《惜花报》南曲四折，分别注明：第一折仙吕羽调江阳韵，第二折双调东钟韵，第三折中吕真文韵，第四折商调萧豪韵。可见其以《中原音韵》为准则讲究韵协。剧叙南岳衡山之主魏夫人（老旦），以花比美人，荣悴有时，得知下界书生王晫作《戒折花文》，爱花惜花如命，因遣仙女黄令征（旦）迎王晫入仙宫。途中观四季花，一时并茂，有梅花之梅妃，炀帝之迎辇花，花太医之太师府等，入魏夫人之仙宫又复观赏群仙奏乐歌舞，群仙者皆历史上美人如太真（小旦）、绿珠（小旦）、阿纪（丑）、念奴（净）、丽娟（旦），观赏后，又令黄令征送返。然后花太师宋仲儒（外）、花淫小史张籍（小生）、苏直（净）、郭橐驼（小丑）诸春工花仙奉魏夫人命，以"护花使者"迎王晫登仙界。

就其关目观之，实为文士赏春、怜春、伤春之作，化为群仙歌舞、净丑调济排场，以逞自家笔墨而为佐宴之资。以王晫之"惜花"而获观赏春花之乐，登入仙界，故云《惜花报》。其他实无宏旨可言，但为文人游赏之作而已。

2021年10月9日4时40分

十一、李雯《四更破梦鹃》
南杂剧组剧四剧二十八出

李雯（生卒年不详），字童伯，号濯花居士，四川人，约生于明天启末，卒于清康熙初。幼称神童，长博经史。清顺治八年辛卯（1652）举人。举业之暇，喜为词曲。

所撰戏曲有南杂剧组剧《四更破梦鹃》，每更一梦，含开首提纲《春婆说梦》、末尾大结《西山樵梦》，其中：

第一更《破黑鹃丸金梦》，十出。

第二更《破白鹃寻柳梦》，两出。

第三更《破青鹃化女梦》，四出。

第四更《破赤鹃改弁梦》，十二出。

总计二十八出。据作者灌花居士自序及其年家眷弟拙庵徐芳（生卒年不详）序，此剧成于崇祯壬午（十五年，1642）秋日。

此剧之所以取名"破梦鹃"，据其《春婆说梦》云：

> 合眼醒时开眼梦，梦醒关节总朦胧。惟余夜半啼鹃血，茜却醒人一枕红。①

可见作者认为只有夜半泣血的啼鹃凄切声，才能将梦中人破除而苏醒过来。很明显他写这部戏曲是有他要破除世人执迷如梦的用意。他在自序中说：

> 今传奇，一里谣巷语耳。使观场者，知金玉为溲渤，则黑心之垒破；知无学之不如朽木，则白面之垒破；知托身贤

---

① ［明］李雯：《四更破梦鹃》，黄仕忠编校：《明清孤本稀见戏曲汇刊》下册，第598页。

哲之林而帼可改也，则青目之垒破；知雛在君父之际而弁可改者，则赤忱之垒破。①

其中所说的"四破"之垒：黑心、白面、青目、赤忱，正是他要"假优孟之滑稽，代圣贤之庄语"，如夜半啼鹃那样来醒破世人之迷梦，这也正是他用四更四梦的内涵和旨趣。对于这样的旨趣，清康熙辛卯（1711）其弟青抡序说：

若《抟金》一梦，是欲人之轻财而重义，非积而能散之意耶？若《寻柳》一梦，是欲人之务学以求实，非诚意毋欺之志耶？若《变女》一梦，《改弁》一梦，是欲人之慕德而求贤，忠君而立节，非高山景行，王臣蹇蹇之思耶？②

对于此剧之用意更进一步做了说明。

《四更破梦鹃》除了以《春婆说梦》起，以《西山樵梦》结外，其四更四梦，诚如青抡序所云："以牧童为起股，以柳精为腹股，以莲郎为后股，以锦伞为结股。"所用人物为牧童、贪吝之妻，柳宗元（773—819）、柳精、嵇康、莲郎、锦伞夫人、花蕊夫人。其事则至多借古人之名凭空杜撰，以传达讽世之旨。其以牧童因偷得"粪金牛"，抟牛粪以为金丸。以王昌龄藏书枯柳树

---

① ［明］李雯：《破梦鹃自序》，黄仕忠编校：《明清孤本稀见戏曲汇刊》下册，第595页。

② ［明］李青抡：《破梦鹃序》，黄仕忠编校：《明清孤本稀见戏曲汇刊》下册，第596页。

中为柳树精,而自诩学养之博洽,然尚因无《易经》而自谦。二剧皆出诸滑稽言语举止以见机趣横生。但"莲郎变女"与"锦伞变男",如果拿今日所谓"性别意识"或"同性婚姻"而言,实为"先驱者"。因为其所叙写的是"男男"与"女女"的实质婚姻。以此传达其欲破除"青目"与"赤忱"之块垒,或"慕德而求贤"与"忠君而立节"之言外意涵。因为这样的旨趣意涵,置之晚明,是难以教大众体会的。

《四更破梦鹃》为清稿本,黄仕忠导言引路朝銮跋谓:

> 是书作者鉴于明季人心陷溺,世道沦胥,欲藉剧情,唤醒痴梦。自序谓作于崇祯壬午。维时海宇糜沸,劫运已成,闯献披猖,生灵涂炭,曾不二年而明社以屋,虽有哓声屠唪,何补于危亡,吁可感慨已![1]

所言实亦令吾人心有戚戚焉。任讷跋云:

> 体裁似在传奇与杂剧之间,颇得自由创作之趣……《丸金》一剧,最为荒唐可喜,取譬愈近讽谕愈切。可以入戏曲选本,方之名篇,诚无多愧。考川中剧作家寥寥可数,升庵《太和》以后,几成绝响,乃觉此篇为可宝矣。[2]

---

[1] 《破梦鹃导言》,黄仕忠编校:《明清孤本稀见戏曲汇刊》下册,第591页。
[2] 任讷:《破梦鹃跋》,黄仕忠编校:《明清孤本稀见戏曲汇刊》下册,第591页。

易忠录（生卒年不详）跋亦云：

> 此剧结构盖仿明杨升庵《太和记》法，故于各折之外，前有《提纲》之《春婆说梦》，后有《西山樵梦》，是一时一地，流风相衔，初不必以制艺为绳概也。至全剧从北套，唯《破赤鹛》中《仙渡》《兵拒》用南北合套，自是元人家法，非传奇体制。作者举于清初，而书先成于明季，盖少日文章，遂有此葱笼气象耳。①

任讷和易忠录这两段跋，任氏亟赏《丸金》一剧，所见极是。至于二氏皆谓此剧体例仿自杨慎（1488—1559）《太和记》，则皆是误认，因为《太和记》为明人许潮所著，体例为明人杂剧新兴之"组剧"，是南杂剧之一种体例，虽然作者自称"传奇"，但就"体制剧种"之分野，应称之"南杂剧"为宜。至于易氏谓此剧为用北曲套数结撰，则显然失察。因为其用曲南北套数均有之，南北合腔、合套亦然，为"南杂剧"习见之体制现象，只要阅读时稍事留意，即可容易看出，无须在此一一举例。对此请参见拙著《明杂剧概论》。

而其最可注意的是"用韵"，严守遵循《中原音韵》，用邻韵之例极少。而且每剧皆一韵到底，如《丸金梦》十出俱用"鱼模"，《寻柳梦》之两出俱用"皆来"，《化女梦》四出俱用"尤侯"，《改

---

① ［明］易忠录：《破梦鹛跋》，黄仕忠编校：《明清孤本稀见戏曲汇刊》下册，第 592 页。

弁梦》十二出俱用"东钟"。但也由于一剧拘限一韵，就很难避开"险窄"之韵字入曲，以致词彩别扭不张，犯了逞才好奇之过。

其次所用脚色人物，生旦未必正面忠正善良，如《丸金》之生旦扮牧童夫妇。如《寻柳梦》生扮能汝石不主唱，反以丑所扮之柳精与末所扮之柳宗元当场。而《化女梦》之小旦所扮仙女许飞琼、《改弁梦》于第四折《仙渡》外所扮之仙人阳羡书生，既为易女变男之关键人物，而值此际却无一句唱词，只以宾白数语草草带过。

至其关目亦有可简省可删并者，如《改弁梦》之《输饷》《回生》《疑书》《兵拒》连用四出以写锦伞与花蕊因音断变性所产生之误会疑惑，则节奏趋于松散冗沓，其《各配》一出已至圆满高潮，却又增出边脚人物由夫（老旦）所扮饰仗义疏财之四川寡妇皈依阳羡书生之"仙点"才结束，不免有强弩之末、狗尾续貂之憾。

此剧首尾以梦婆春梦始，以老樵午梦结，互相照映，在体例上较诸其他南杂剧更具巧思。春梦婆老旦扮饰，以宾白带出全篇旨趣，再以北曲双调【新水令】套，发挥虚笼其大意，又以南曲南吕【懒画眉】四支分别檃括其四剧之本事。结尾则是以外扮老樵夫唱南曲双调引子【夜行船】与南曲南吕过曲【香遍满】所构成之短套，叙樵夫自在闲适之生活。其后之梦境演伯夷（生）、叔齐（小生）、齐景公（净）与姜太公（末）之重现人间隐逸、权势、功名、饮宴、歌舞之景象，而以南曲商调【梧桐树】十六曲之长套应之，于【隔尾】一曲分前后两排场，前半为夷齐与景公之往日情怀，后半为姜太公所设之歌舞饮宴。最后以集曲【滴金

犯】【意不尽】二曲,由外所扮之樵夫梦醒收场。则此剧末尾之《西山樵梦》实可视为单折之独立短剧。举其开首四曲如下:

南双调【夜行船】晓起南山何处也?眼朦胧、月影霜华。一担春烟,两肩寒雨,不换汉阳金价。

南吕过曲【香遍满】山泉清泻,一勺澄澄冷漱霞。空留下、千秋叩马,余歌绕落花。孤云片石遮,几拳新蕨瓜,拿住了、神农虞夏。

【懒画眉】商周满地乱如麻,八十渔翁驾战车。只留得首阳山干净石头斜,若早见山云横帽倾欹也。他两个也望望然去矣,走得那两个穷神四眼花。

【前腔】虽则是凄凄楚楚草烟斜,到不换赫赫炎炎帝子家。也没甚么大奇处,只是一个哥哥一个爷,换得来姓名日月天边挂,说甚么千驷齐侯没一些。①

像这样的文字是清雅流畅的,而作者推崇伯夷、叔齐高洁的人格,和向往老樵夫悠游山林烟水的生活,也都流露在篇章之中。

2021 年 10 月 22 日 16 时

十二、有情痴《花萼楼》传奇三十六出

《花萼楼》传奇之作者,其"自叙"末署"顺治癸巳重阳之

---

① [明]李雯:《四更破梦鹃》,黄仕忠编校:《明清孤本稀见戏曲汇刊》下册,第 659—660 页。

夕姑射醉月主人题于鸠兹之得闲处"，知此剧成于清顺治十年（1653）。作者为姑射（今山西临汾）人，号"醉月主人"。但其剧开头又署"昭亭有情痴填词，姑射醉月主人阅"，则作者当属"有情痴"，而"醉月主人"当为此剧之校阅人。其"自叙"云：

> 历山韩氏，家世簪缨，起自高曾，流光积厚。笃生伯仲之芝兰，兄弟共炊而不析。恪感神祇，同登甲第。其始也，梦子瞻伯仲携秦少游而飘飘降室，因而连举三麟；其继也，奉大士、关帝共吕祖而念念。①

又此剧剧末下场八句云：

> 遗编本事非虚谬，豪侠才情世罕俦。创句奇词咸世态，批宣快事泻情由。因掀悲奋敲枯泪，恐失宫商嚼碎讴。三凤齐鸣今又见，骊歌一曲播千秋。②

既然此剧本事所演"非虚谬"，而醉月主人又特别表彰历山韩氏之家世，则所演事迹必与韩氏有密切关系，即作者可能就是韩氏族人，所以他才能在剧本中再现昆仲三人登第之"三凤齐鸣"，写出自己的豪侠才情，批宣发抒快事情由和掀翻敲击悲愤枯寂。

---

① ［清］有情痴：《花萼楼自叙》，黄仕忠编校：《明清孤本稀见戏曲汇刊》下册，第670—671页。
② ［清］有情痴：《花萼楼》，黄仕忠编校：《明清孤本稀见戏曲汇刊》下册，第753页。

黄仕忠对此剧"导言"谓:"作者特别强调万历壬辰进士兄弟同榜,显是事出有因。查《四库全书》所收之《山西通志》卷六十九,万历二十年(1592)壬辰科翁正春榜,有景明、景昉,均为安邑人……万历四年(1576)丙子科乡试,有景明,安邑人,东生三子,进士。景昉,安邑人,东生次子,进士。可知景昉、景明确为兄弟,昉为兄,明为弟。故此剧实以景明之子的故事为蓝本而撰写,甚且寓有作者本人之身世。"①

再从剧本开头所署"昭亭有情痴填词,姑射醉月主人阅"来看,表面上如前文所云应是两人,但此剧"自叙"却署"姑射醉月主人",则"醉月主人当为其作者",若此则"昭亭有情痴"也好,"姑射醉月主人"也好,事实上是同一人故作的狡狯语,其实都是作者的别号。

再从自署的"姑射","自叙"所云剧中所写之历山韩氏之"历山",结合《山西通志》之景昉、景明兄弟为"安邑"人来观察,则三地名皆属明清时山西平阳府(今临汾),安邑属平阳府之解州。剧中所叙故事情节,当如黄仕忠所云"寓有作者本人之身世"。而如果我们再结合上引剧本"下场诗",则更可以进一步断言作者盖自写其身世。此作者亦当为景明之子,此子在剧中即指此剧主人公韩世臣,字弱侯,一字无倚,别号石岱,本贯姑射历山人氏。其父名韩梦兰,字畹生,号馥庵,举万历壬辰进士,官至太守,与胞兄梦芝同榜。剧中之韩世臣即为此剧作者本人,剧

---

① 《花萼楼》导言,黄仕忠编校:《明清孤本稀见戏曲汇刊》下册,第669—670页。

中之韩梦兰即为《山西通志》所记之景明,韩梦芝即为景昉。

再从此剧卷首《花萼楼》"凡例"观之,有以下话语值得注意:

> 一编次,据情倚传,实有奇缘。而人情险陷,天理昭然。真可公之为天下劝。至于豪侠风流,痴迷肮脏,又其余者,另有□翻眼界,不得与杜撰宣淫者并观。①

揣摩其所以"编次"创作此剧,目的是"天理昭然,为天下劝"。而其所凭叙之本事,则皆为"据情倚传,实有奇缘"。可见剧中韩世臣之与二青楼佳丽吉伯姬(旦)、宣月香(小旦)一见钟情盟定姻缘及与表妹申小姐成婚,都呼应了其所谓之"奇缘",而"豪侠风流"也落实在《还妾》(第二十二出)、《全婚》(第三十二出),用以表彰韩世臣遣妾还其父与济助贫贱而鬻妻之夫妻团圆之事迹。至其所谓"人情险陷",则以剧中反面人物西自流(净)、牛水心(丑)为主轴,此之为其为非作歹反应。而剧中韩世臣之高尚品格,则于《契晤》(第三十一出)以秦镜(小生)、谈高(外)二志同道合之高士衬托其"痴迷肮脏"。也就是此剧剧情,可以看作是剧作家自我呈现在案头乃至场上的"传记"。

其"凡例"又云:

> 一摛词,不滥袭他人唾余,按景题情。视其调之务头,

---

① [清]有情痴:《花萼楼》凡例,黄仕忠编校:《明清孤本稀见戏曲汇刊》下册,第671页。

方加奇俊语。如嫌文饰，何异于俚歌。①

由此可见，他信服周德清（1277—1365）的"务头说"，即讲究曲文声情词情的相得益彰，而他是偏向文人雅丽的品味，重视情景交融映发的笔法，而造语要求清新，不落入前人的陈言烂语。有关这一方面的文学讲求，他的剧本是可以当之无愧的。

其"凡例"又云：

> 一择调。视其悲欢，如悲伤则用南吕，凄怆则用商调，雄壮如正宫，闪赚如中吕。作者审音辨律，俱宗南谱。其中少有不叶，又从乎时。其弋阳东流，不可混演。②

可见剧作者服膺芝庵（生卒年不详）《唱论》的十七调"声情说"，所以《寇狷》（第五出）用北曲双调残套由李自成（1606—1645）（净）独唱以"健捷激袅"之声口，《残容》（第九出）由旦扮饰吉伯姬主唱凄怆怨慕之南曲商调【二郎神】套与生扮韩世臣《投崖》（第二十四出）所唱之南商调【山坡羊】叠二支成套。但宫调声情，有时与曲情并未必一致，如越调"陶写冷笑"，但其叠用【祝英台近】四支成套者，如《庵思》（第二十八出）、《情露》（第三十四出），俱用为抒情怀思。也因此"宫调声情说"，一直为学

---

① ［清］有情痴:《花萼楼》凡例，黄仕忠编校：《明清孤本稀见戏曲汇刊》下册，第671页。

② 同上。

者争论不休。而此剧作者坚持魏良辅（生卒年不详）昆山水磨调之幽雅柔远，拒斥弋阳腔之俚俗高亢则是显而易见的。

其"凡例"又云：

> 是编出，实所以鼓励人心，相归于正，可以化民俗而奏庙堂也。倘宫徵乖误，不能被诸管弦，而谐声依永之义，予则不知矣。继此有《骊珠钏》《柳叶笺》《亦园杂剧》等出，或灾梨枣，予罪何辞。词坛君子，请按板以教。①

由此又可见，剧作者对此剧强调目的在"鼓励人心，相归于正"。认为深具教化作用，而且自信可以"化民俗而奏庙堂"。他也自信所作音乐上是"依腔合律"，可以"被诸管弦"的。而所著戏曲，继《花萼楼》之后，尚有《骊珠钏》《柳叶笺》《亦园杂剧》，惜未见传世，亦未见著录。

至于此剧之所以命之为《花萼楼》，乃因韩氏所居与奉祀关帝、观音、吕祖与最后团圆之所皆在"花萼楼"之故。

总结以上信息，对于此剧作者虽不能确考其名，但可得以下之"生平轮廓"：

作者姓景，名、字不详，号亦园、有情痴，又号醉月主人，山西省平阳府安邑（今临汾）人。明末由监生而恩贡而为进士榜眼。豪侠风流，痴迷肮脏，济人于贫困艰难，亦为小人险陷，愤

---

① ［清］有情痴:《花萼楼》凡例，黄仕忠编校:《明清孤本稀见戏曲汇刊》下册，第671页。

不欲生，而笃信所奉祀之关帝、观音、吕祖，认为天理昭彰，报应不爽。邂逅青楼佳丽，一见倾心，但阻于闯贼扰攘、仕途奔波，悲欢离合，相思不渝，终至名就而团圆。平生举业之外，亦创作杂剧传奇。杂剧有《亦园杂剧》，已佚，传奇有《花萼楼》《骊珠钏》《柳叶笺》三种，仅存《花萼楼》一种。戏曲创作在"化民俗""为天下劝"。曲文讲究"声情词情"相得益彰，音律注重宫调曲牌的严谨。因之其《花萼楼》为不失文人男女风情、雅丽整饬之作。其所用韵部亦能遵守《中原》，虽寒山、桓欢或偶相混或稍杂先天，庚青、真文或略失之不纯，有如其自言"其中少有不叶，又从乎时"。其实无伤大雅也。

但也因为此剧自写身世，其实无大可惊可愕可感可恨可铭可镂之事可写。作者将寻常生活遭遇付诸三十六出之传奇，情节发展固然守生（韩世臣）、旦（吉伯姬）线为并行主轴，又将旦线别出小旦（宣月香）一派，生线别出小生（长兄韩世侯）、外老旦（韩世臣父梦兰、母）两条支线与辅线。反面人物除净（西自流）、丑（牛水心）为主脉外，又加入净（李自成）、副净（李闯之将汉东白）为支脉而牵入末（商未储）之《侠敌》（第十出），以致线索纠葛，生出零碎之关目与排场，显得全剧拖沓冗长，乏高潮起伏醒人眼目之致。

至其写男女之情，有违相欣相赏、相激相励、相顾相成之传统，由感染而契合之历程，教人讶异来时如此轻易，一别焉能为之"毁容""守庵"而不渝？则其动人也自是难深。而其笃信佛道，再三以关帝、观音、吕祖当场预言祸福，救苦救难于韩世臣被诬杀、被凌辱收押而投崖自殉之际。对于恶人西自流、牛水心之惩治，既绳诸人间律法以毙其命，更以《判冤》（第三十五出）

假阎王治之于阴司，教西自流变作厕中蛆、牛水心为母狗而后快，无乃"画蛇"，多此一举。难道这是作者所以用为"化民俗""为天下劝"的"笔法"吗？

且举两支曲子以尝一脔而知全鼎：

南商调【二郎神慢】花辜负，惜寂寞秋阶无数。乍月满楼台宾雁舞。天如水、霜鬓空渡。应是姻缘期尚阻，恨撒散、干戈分处。伤心候园林寂寂，掩静梨花门户。

【前腔换头】吞吐，须知铁马送愁无数。我始信分离情更苦，抬粉面、泪痕如注。无计空将罗带束，算他在、何方孤独。见梧叶飘零，检得将来，书愁吹去。①

二曲见《双泣》（第十四出）分由旦（吉伯姬）、小旦（宣月香）司唱，抒写想念韩世臣（生）之情。词语颇称雅丽，亦能情景交融。

又此剧每一脚色人物上场，俱注明服饰穿关，也可见颇重视舞台美术之"扮相"。也能在人物语言声口，使之恰如其分。

2021 年 10 月 24 日 17 时

十三、朱英《闹乌江》传奇四十出存上卷二十出

朱英，明末清初松江（今上海）人，一名寄林，亦作季林，

---

① ［清］有情痴：《花萼楼》，黄仕忠编校：《明清孤本稀见戏曲汇刊》下册，第 703 页。

字树声。著传奇五种,存《麟阁待》,另《闹乌江》存上册二十出。

《闹乌江》首出《大略》【满庭芳】云:

> 柳士鸣长,闻名起慕,暗中逗出情肠。莲生优妓,一梦、想如狂。两痴对偶成胶,恨缘悭,蓦地他方。遭兵执,一天星散,死去到成双。　情魂游地府,含恨唏嘘,泪洒乌江。判送原神交割,两得还阳。捷报拟姻成误,答良朋,加利洞房。再重逢,团头聚面,即景播辞扬。①

可以据此见其本事梗概。按《传奇汇考标目》于朱寄林名下列有《醉扬州》《闹乌江》《倒鸳鸯》三剧,②《曲海总目提要》朱寄林名下则列有《彩霞幡》,云:"近时人作,演柳春与歌妓李莲生事,与《闹乌江》相仿佛。而关目用九天玄女以彩霞幡导生旦还魂,故以为名。《闹乌江》则言西楚霸王之神为之判断也。"③可见《彩霞幡》与《闹乌江》当为前后改作之异本,只是未知孰先孰后。而据此剧上卷,其男女主角姓名情节多有模仿《牡丹亭》者,其所叙离乱情节,亦仿自《拜月亭》。

---

① [清]朱英:《闹乌江》,黄仕忠编校:《明清孤本稀见戏曲汇刊》,第837页。

② [清]无名氏:《中国古典戏曲论著集成》第7册,中国戏剧出版社1959年版,第230页。

③ [清]黄文旸:《曲海总目提要》卷三十,人民文学出版社1959年版,第1441页。

十四、朱佐朝《夺秋魁》传奇三十二出

朱佐朝，字良卿，吴县（今苏州）人。据《曲海总目提要》卷十八《未央天》条所载，佐朝与朱素臣为兄弟，并与李玉、毕万后、叶稚斐、张大复等志同道合，过从甚密。平生以戏曲创作为志业，曾与李玉、朱素臣等人合撰传奇，为所谓"苏州派"之重要作家，著作之多，无人可及。姚燮称其为"乐府作手"，[1]《新传奇品》评其剧作为"八音铗鸣，时见节奏"。[2]

《夺秋魁》《古本戏曲丛刊三集》据清钞本影印，仅二十二出。黄仕忠于日本天理图书馆访得另一清钞本，为三十二出，文字亦较善，当为此剧之完本。

《夺秋魁》演岳飞平洞庭杨么、败金兀术事。此剧篇首《开旨》云：

> 宋室南迁，叹蒙尘二帝，忠义空悬。武选秋场比艺，豪贵独专权。金兰情重，行乞士雪夜逢缘。 单于怒、磨碧南使，义士尽颠连。留守相逢法市，谈兵哀社稷，举荐御烽烟。秦桧通金虏国，仇陷婵娟。英雄同举义，相逢处、答报衔环。

---

[1] ［清］姚燮：《复庄今乐府选》《牡丹图》末题识："朱君为乐府作手，其所著有……等约三十种，惜无传本。"徐永明：《姚燮与〈复庄今乐府选〉》，《中国文哲研究通讯》第11卷第2期。

[2] ［清］高奕：《新传奇品》，《中国古典戏曲论著集成》第6册，中国戏剧出版社1959年版，第273页。

恩荣赐、尽忠报国，侠气永流传。①

由此《开旨》，可分析出此剧所叙写之人物与关目。背景为宋金和战，人物有岳飞及其金兰牛皋、王贵，使岳飞成就事功之正面人物有留守宗泽、理刑张世麟，反面人物小梁王柴贵、洞庭湖贼帅杨么、金四太子兀术。作者所欲表彰之贞士节臣为崔纵，其正面衬托人物为洪浩，反面者为秦桧。而以岳母（老旦）、张世麟女岳妻（旦）、崔纵女、牛皋妻莲姑（占）三旦与岳飞之"生"脚取得传奇"生旦排场"之平衡。因之其关目布置之线索为：

1. 主线为岳飞、牛皋、王贵，见其第二、四、五、六、七、八、十八、二十、二十七、二十九、三十、三十一等12出。

2. 正面衬托之支线：

① 崔纵、莲姑线，见第三、八、十一、十七、十九等5出。

② 张世麟、张氏线，见第九、十二、二十一、二十七、二十八等5出。

③ 宗泽线，见第二十三、二十五、三十一等3出。

3. 反面衬托之支线，见第十、十六、二十六、三十等4出。

其中主线之岳飞自第二十出至第二十七出间有六出未出场，稍嫌疏离。秦桧固然可恶，但于本剧所叙，尚未关涉岳飞成败，而只为表彰崔纵之忠贞，教他出场使奸，使之两相映衬。又本剧"庶民性"相当浓厚，可见诸以下之现象：

其一，每出俱简短，多不过四五曲，短只一二曲。一场一出戏，

---

① ［清］朱佐朝：《夺秋魁》，《开旨》，黄仕忠编校：《明清孤本稀见戏曲汇刊》，第894页。

虽偶于剧末由"众"群唱转韵支曲，但未见正场以移宫换调转移排场之技法，故不见传奇文士化后所构建之引场、主场、收场之章法。

其二，净丑宾白中时露吴语方言，可知其演出之对象为苏州当地观众。

其三，曲辞、宾白多朴质无文，宾白为清楚表达，每有拖沓烦琐，但或较适合场上用语。

其四，在思想上既未有能感人之省思，却掺入张氏（旦）闺中占卜，其父信之，而衍生岳飞与张氏命运煞克，牛皋于迎亲之时冲轿犯冲以化解之可笑排场。

其五，发展完成之传奇整体结构，照例分上下本，上本次折生脚以大场开场，下本末折亦以大场结尾，一般为团圆之"群战大场"。本剧虽粗具生脚开场与团圆收场之成规，但未臻大场之致，且末后三场颇嫌草草。

其六，传奇韵协，自明梁辰鱼、沈璟后，多拘守《中原音韵》，此剧于庚青、真文、侵寻，于支思、齐微，于鱼模、歌戈，于先天、寒山之间，每见混用，亦可见其以吴语方音作剧，为迎合庶民之声口。

再就本剧之关目布置、排场处理之整体结构，颇有拖沓冗繁之处，如牛皋之劫、之饮，皆无费此多笔墨之必要。又且殊无可观可赏之高潮起伏，亦无耐人咀嚼之佳曲妙调。因为其迎合群众剧场搬演之庶民口味，尽有其庶民性，但却未见其机趣鲜活。可能是作者未能真正以俗文学之手法做完全之创作，所以两面皆未能讨好。

2021 年 12 月 10 日午时

十五、释灰木《节义仙记》传奇二十七出

《节义仙记》卷首总题《毗陵驿节义仙记》，署"楚僧灰木撰、晋陵钝斋订"，有清康熙间刻本，上海图书馆藏。

对于此剧之研究，有友人郭英德《海烈妇传奇作者、本事与序跋辑考》[①]、黄仕忠弟子董强之硕士学位论文（2012年6月）、黄义枢《稀见传奇〈毗陵驿节义仙记〉述考》[②]。黄仕忠在此剧"导言"撮董强论文之大要，谓：

> 此剧写徐州女子海氏死节，原为清康熙六年（1667）发生之实事，当时颇有同题材之小说戏曲问世。此剧当作于康熙七年至九年（1668—1670）之间。

此剧作者既题"楚僧"，当为籍隶湖北之和尚。经董强、黄义枢考证，知为黄光业（生卒年不详）。清丁宿章（生卒年不详）《湖北诗征传略》卷三十二载：

> 黄光业，字序其，号云庵，贡生，光业少受业于徐侍御养心，极器重之。崇祯己卯、庚辰间汇其诗为《杞吟》，感时忧愤，居然《离骚》之遗。顺治初，官常州经历，旋罢归。工填

[①] 郭英德：《海烈妇传奇作者、本事与序跋辑考》，《文献》2012年第1期。
[②] 黄义枢：《稀见传奇〈毗陵驿节义仙记〉述考》，《中国戏曲学院学报》第33卷第4期。

词，有《白楼子》《赤脂剑》《海烈妇》等传奇。梨园子弟称为"曲子相公"。诗为《黄云庵集》，悲凉激楚，不忍卒读。①

可见黄光业身为易代薄宦，犹存满怀故国之思，所以所作悲愤激楚，有《离骚》之遗意。

董以宁（1629—1669）《正谊堂诗文集》有《陈烈妇祠记》，谓海氏案情大白以后，黄光业为海氏作传，"于是摄令黄公序其为作传以传，而常之人无论能与不能，争为诗歌、赞颂、祭文、哀诔以志其事，里巷小说家又编次为盲词以歌之，见者闻者，无不感叹愤扼，如见其生。谋建祠范像于运河之畔，一时往来者悉相与捐金乐助，不数月而祠成"。②

又署名"花村看行侍者"所作《花村谈往》，记海烈妇死节之事，亦谓"江陵黄光业立传"。③

又江苏华亭人董含（1624—1697）《三冈识略》卷五记海烈妇事，末云："毘陵令王（黄）光业作文为之记"。④

则其事发生时，黄光业正在毘陵驿代理县令，他曾为烈妇作传，其事广为人知。而黄光业戏曲著作中，既有《海烈妇》传

---

① ［明］丁宿章：《湖北诗征传略》卷三十二，《续修四库全书》集部第1707册，上海古籍出版社2002年版，第637页。
② ［清］董以宁：《正谊堂文集》，《四库未收书丛辑刊》第7辑第24册，国家图书馆出版社2000年版，第437页。
③ ［清］花村看行侍者：《海氏死节》，《花村谈往》，台北艺文印书馆，出版年月不详，据民国适园丛书本影印，第19页。
④ ［清］董含：《三冈识略》卷五，《四库未收书辑刊》第4辑第29册，第692页。

奇，则此《毘陵驿节义仙记》，当即为黄光业《海烈妇》传奇之别名，亦即《海烈妇》为《毘陵驿节义仙记》之原题或简称，也就是说作者当为当过代理毘陵驿县令的黄光业。他做官的时间很短就"罢归"，刊刻此剧的康熙九年之后，已经削发为僧，他又是湖北人，故自署"楚僧"，灰木自是他的法号。

《节义仙记》演徐州陈再益与妻海氏，因涝灾往依毘陵驿侄亲海永朝，适永朝营垒驻地他调而沦落驿中旅舍的故事。店主杨二觊觎海氏美色，思欲染指，为海氏峻斥，乃怂恿粮船伍长林显瑞，并代设计，将陈再益与海氏骗上粮船，支遣陈再益到苏州办事，乘间染指海氏，被拒，乃乘夜入海氏寝，海氏已密缝身上衣裳以防备，终不堪其扰而以白绫自缢。林显瑞藏尸于粮仓之中，又命其管家蓝九往苏州杀害陈再益以绝后患。蓝九不齿其主所为，状告江左转运使张之问衙门，乃派转运参军穆昌治其事，审得其实，虽林显瑞幼弟为其兄"鸣冤"于节度使，亦察知其假借口实而治其罪。于是案中主从罪犯皆依律判刑，林显瑞处死，杨二因与陈再益结盟有若负心，"被乱拳打死"之语，亦被众愤所惩而死。于是驿人感海氏之贞节，争为立祠而予致祭。

像这样的本事，情节不算曲折复杂，作者布置之线索脉络，也只依循其进展而铺叙，其"铺叙"又几于琐碎靡遗，因不见其间高低潮起伏之致，自难免拖沓散缓。大抵说来：其前三出《避荒》《晤别》《泊艘》写陈氏夫妻避荒投亲，《奸窥》《谩盟》《唾奸》三出叙杨二心存不良，《计赚》《赴艘》《舟别》《觏黩》《抵金》《尽节》六出叙林显瑞以各种计谋手段图奸海氏，终致海氏自经之历程；《投密》《智擒》《初勘》《哭柩》《覆谳》《瘐困》《牍允》七出详述官府审案判案之经过;《祠祭》为海氏侄海永朝以林显瑞人头奠祭其姑海氏于新建之贞节祠,毘陵文人诗客亦以诗词哀挽烈妇。

可见其情节之发展分由以上之四大段落一小结。其官府审案,可能与作者署理毘陵驿令有关,取为关目入为剧中,故"不厌其烦而失之复沓"。

又此剧副末开场唱南正宫【锦缠道】虚拢大意,而生旦小生合唱北双调【沽美酒带太平令】,又分唱叠四支为套之南正宫【玉芙蓉】。于开场之体制较为特殊,尤其以生为玉京童子、旦为绛雪贞姑、末为桃李叟、小生为少室山伯,由仙人而下凡为陈再益、海氏、蓝九、穆昌,至末出又经"饵丹"而归返天界。其"伎俩"为清传奇所习见,其间又以《神鉴》《皈真》《遇真》出诸关帝、龙王等神祇敷演,尤为坠入清人传奇之"烂套",但作者之为"楚僧",有此关目应是不足为奇。其《觋黩》(第十三出)为群戏大场,可以概见彼时"迎神赛会"之实际情况。

作者用韵遵《中原》,造语力求藻丽,众色一口,有失"生旦有生旦之曲,净丑有净丑之腔"基本修为之道。

黄仕忠在此剧"导言"最后说:"一大批清初的文人争相为一个守节而死的妇人作传赋曲题咏,或许并非只是节烈动人而已,令人不禁联想到朝代更迭之际士大夫之所为。这是此剧中还可以读到的另一层意思。"[①] 黄仕忠所体会联想的"另一层意思",是极其可能的,因为当时甘心变节以事新朝异族的士大夫,真是"指

[①] 《节仪仙记》导言,黄仕忠编校:《明清孤本稀见戏曲汇刊》下册,第759页。

不胜屈",剧作者用此表达"微言大义",乃至"指桑骂槐"也是极可能的事。但那是剧本创作的动机和目的,与剧本文学艺术成就的高低,没有绝对的关系。

2021 年 10 月 26 日 12 时 20 分

十六、和邦额《一江风》传奇十八出

和邦额,字睦州,号愉斋、闌斋,又号蛾术斋主人,霁园主人。满洲镶黄旗人。所著《夜谭随录》自序称"予今年四十有四矣"。[①] 序作于乾隆己亥(1779),因知其生年为乾隆元年(1736)。又清铁保编《熙朝雅颂集》,选录和邦额诗九首,多于其辗转各地途中所作。《熙朝雅颂集》成书于嘉庆六年(1801),收录过世诗人之作,则和邦额的卒年应在嘉庆六年之前。

和邦额祖父和明,号诚斋,曾游宦甘肃、陕西、青海等省,邦额少年时随祖父辗转西北,得开眼界,在他 15 岁时,其父和明转任福建,不久病故,邦额扶灵入京,入咸安宫官学。乾隆甲午(1774)中举人,曾出任山西乐平县令。

所著有文言短篇小说集《夜谭随录》,今存。另撰传奇《湘山月》《一江风》两种,前者佚,后者存。[②]

---

① [清]和邦额:《夜谭随录》,《丛书集成三编》第 66 册,新文丰出版公司 1996 年版,第 35 页。

② 以上见黄仕忠编校《明清孤本稀见戏曲汇刊》下册,《一江风导言》,第 973 页。

《一江风》传奇分上下两卷三十六出，据郭焌《一江风》序作于乾隆十九年（1754），可知此剧作于和邦额十九岁之时。又据宋弼《一江风》序："弱冠之年为之"，[①]亦可证据《一江风》作于和邦额十九岁之时。

《一江风》黄仕忠率其弟子校阅而为善本，收录于《明清孤本稀见戏曲汇刊》之中。

此剧演士子郑梓、闺秀高静女，因所乘官船阻于江风而并泊，得会面，一见钟情，私订鸳盟，因兵灾而两家历经悲欢离合，终得团圆事。因其姻缘关键，实阻于"一江风"，故以之为名。此等题材本事，传奇所习见，此剧背景但假借明清鼎革之际以敷衍而已。此剧首出《提纲》【凤凰台上忆吹箫】叙其关目大要云：

> 郑子才郎，高家贞女，二人生小江南。各随亲赴任，相遇江潭。一路联舟共济，怎禁他儿女痴憨。私盟订，郎心妾意，各自相谙。　难堪。兵荒马乱，又骨肉分离，折二为三。叹一肩重担，节义分担。同向天涯流落，良缘巧，相会尼庵。功名遂，各完心愿，苦味回甘。[②]

也因为这样的本事，所以关目布置分廉州太守郑樾千（外）、夫人邹氏（老旦）、公子郑梓（生）一家与南安太守高秉（小生）、夫

[①] ［清］宋弼：《一江风》序，黄仕忠编校：《明清孤本稀见戏曲汇刊》下册，第976页。

[②] ［清］和邦额：《一江风》提纲，黄仕忠编校：《明清孤本稀见戏曲汇刊》下册，第977—978页。

人萧氏（小旦）、闺秀高静女（旦）两家为并行之主要情节线，其导致乱离之支线，由左良玉、左梦庚、郑芝龙分任穿插，此外又施以恶徒贪吏如渔家母子、官府小竖之横施非为，或济以良人善士如任妈、普尼救解照拂，使二小线之发展，趋于郑父与母子各散一方，高氏夫妻幸得相会而却有失落闺女之悲。但也因此，在事理可信为巧合，或假托夜叉、封姨之神助，而使"离散"逐次会合，其会合则郑氏母子先与高女，而后郑梓与高秉、郑氏父子，由郑氏一家"小聚"而高氏一家亦"重逢"。此后郑梓之拜官、高秉之再仕都为《遣嫁》《成婚》设色添彩，最后郑、高两家与报恩报德饮宴之《大聚》，更在皇恩浩荡之加官晋爵下喜庆圆满结束。

作者在"凡例"里，特别强调"团圆"，甚至认为《西厢》《琵琶》之剧末"团圆""不佳"。此剧虽用心铺设排场，但其实并无新意。可是这样的"结尾"，却可以使庶民观众"皆大欢喜"。

在"凡例"里，作者又提到他在剧中重视"地理"与涉及"史事"不敢舛错分毫，他确实做到了。至于对"诨语"，他希望演员"临场应变"。但从他在剧中卷下第十二、十六两出的贴、副净、丑之"插科打诨"，可见并未超脱剧场男女恶谑之习染。

虽然此剧未见动人悬疑跌宕以引人入胜之"新奇"，但可以看出作者已经用心在结撰，所以关目之发展顺理成章，能使观众循序渐进。其协韵严守《中原音韵》，其卷下第三出《煎药》用闭口监咸韵，一点不含糊。对于套数建构亦能遵守法度，采集曲、北曲以提升声情、变化腔口，可以体会其于歌乐之建构颇为用心。其用北曲见于卷上第五出《义旗》，由小生扮左良玉独唱仙吕【点绛唇】套，第十四出《权怒》由净扮郑芝龙独唱越调【斗鹌鹑】

套,卷下第四出《闻赦》,由外扮郑櫆千独唱小石角【青杏儿】套曲,第七出《山庙》,亦由外扮郑櫆千独唱北【新水令】合套之北曲。其由净外之腔口实较由小生歌唱为佳。而"小生"之扮饰左良玉如应工者为"雉尾生",则自能别具韵味。此外,如排场转移,作者亦颇留意于移宫换羽。

叶河《一江风》后序云:

> 若乃有语都超,无思不曲,字争奇艳,体尚温柔。能独擅夫专家,必兼综夫众美,有如吾友和愉斋者,其人似玉,应事如珠。昔也垂髫,学已深于马帐;今兹弱冠,名遂噪乎鸡林。和雅温恭,精明浑厚。书超孟頫,得正法于钟王;画拟元章,接真传于董巨。振家声于韬略,没心志于诗书。时而水调低翻,谱金筌于柳七;或者江东高唱,按铁板于苏髯。偶因弦诵余闲,戏及填词韵事。缠绵婉丽,托柔情于铁拨银筝;顿挫淋漓,发劲响于金笳玉笛。绮语则寓言不少,终非桑濮之音;谑言而诡说论偏多,大得江山之助。……是知响敲金石,唾落珠玑。调极郢中白雪之高,句尽江上青峰之警。既倚声而协律,洵轶后而超前。技至此哉,观真止矣![1]

这段话真是把和邦额的才学"捧上了天",以一位十九岁的青年,就达到如此不世出的成就,简直令人诧异到不敢置信,即就

---

[1] [清]叶河:《一江风》后序,黄仕忠编校:《明清孤本稀见戏曲汇刊》下册,第1078—1079页。

其戏曲成就方面的"恭维",亦到了"无懈可击"的完美地步。而我们只要读其《一江风》传奇,就知道那也是溢美过甚的言辞。然而,平心而论,《一江风》写景颇为流丽,抒情颇为真切感人,整体韵调颇为铿锵浏亮,传奇走入乾隆年间,虽已为强弩之末,但就此剧而言,则尚不失"临去秋波"的可人之作。兹举数曲如下:

【八声甘州换头】望远,轻舟下碧湍。见迟迟双鹢,满挂轻帆。又早烟江日晚,春风料峭增寒。遥天夕照邺树间,远浦渔歌野渡湾。江山,与兴亡、有甚相关。①

此曲见卷上第四出,生扮郑梓在船上看江景所唱。

【商调集曲 巫山十二峰】树苍苍、遥山如黛,水滔滔、澄湖似海。望村墟、千堆碧烟,看风帆万点孤山外。想当日明主兴,汉业亡,元人败,到而今江山可恨,又要把明朝改。三百年来故垒今犹在,依旧是烟波聚开,依旧是风云往来。那里管更朝改代。历尽兴亡,只这岷山一派。②

此曲见卷上第十六出贴扮尼姑普慧舟过鞋山,见故乡风景所唱。

---

① [清]和邦额:《一江风》,《春旅》,黄仕忠编校:《明清孤本稀见戏曲汇刊》下册,第983页。
② [清]和邦额:《一江风》,《遇尼》,黄仕忠编校:《明清孤本稀见戏曲汇刊》下册,第1015页。

南吕集曲【十二阑干】熏风过,湘帘漫卷,故飞飞、乳燕轻穿。听梵呗、倍动愁心。看昙花易感,芳年难遣。遣不开、万恨千愁,静里心、浑如抽茧。万绪千头,怎觅总、酿成悲怨。凄然日午,钟声花外,飘来小篱深院。愁人怕听,忽又小磬,无心敲破茶烟。身转,向莲花座上拜观音,望慈悲、遂奴心愿。早得与、爹娘相见。纵然我、缁衣有分,难道我、乌哺无缘。珠泪零,悲声颤,怎菩萨、嘿嘿无言。茫茫苦海正无边,待渡惟需十丈莲。①

【十二阑干】集十二曲而成,可见作者填写大型集曲的能力,已算到家。这里只录其所集之前四曲,见卷下首出《禅院》,为旦扮高静女寄居尼庵时所唱。

由以上三曲可见其写景如在目前,抒情亦能融景于情,真切感人。语言自然,不参用典故,而觉清雅有致。

又其下场诗除偶用"集唐"外,皆为自作,很能总结该出情境,而且造语清新,亦可见其诗才不凡。

再看卷下第七出《山庙》双调【新水令】合套,由外扮郑樾千所唱之北曲【折桂令】:

走空山、竹树萧萧,倦鸟投林,自惜霜毛。想我十载芸窗,有多少诗书经济,终无补、半壁南朝。自叹龙钟身老,

---

① [清]和邦额:《一江风》,《禅院》,黄仕忠编校:《明清孤本稀见戏曲汇刊》下册,第1025—1026页。

更休提、雁塔名高。泪染绯袍,都只为恩重兴朝。不则魂馁南牢,怎能勾振羽归巢。[①]

此曲虽有悲凉之致,但未能如元人于字里行间流动莽爽之韵。盖此时之传奇而能制北曲,已属不易矣。

总体来看,和邦额于十九岁之龄,即能结构谋篇,布置关目、配搭排场。虽无奇思妙境,亦乏跌宕昭彰,而能顺理铺排,写景写情,历历感人,而宾白亦能叙事畅达,已属不易之作,盖亦可与于氍毹清赏或勾栏搬演矣。

2021 年 12 月 12 日 5 时 35 分于森观

十七、和瑛《草堂瘖》南杂剧四折

和瑛(1750—1821),原名和宁,因避道光皇帝讳改名,字太菴。姓额勒德特氏,蒙古镶黄旗人。乾隆三十六年(1771)进士,授户部主事。五十一年(1786)由户部员外郎任安徽太平府知府。历任四川按察使、布政使、西藏办事大臣。嘉庆五年(1800),召任理藩院侍郎与工、户部侍郎,出为山东巡抚、乌鲁木齐都统。曾任叶尔羌帮办大臣、喀什噶尔参赞大臣、吏部侍郎、陕甘总督、盛京刑部侍郎、热河都统、工部尚书、军机大臣、文

---

① [清]和邦额:《一江风》,《山庙》,黄仕忠编校:《明清孤本稀见戏曲汇刊》下册,第 1043 页。

颖馆总裁等。卒于道光元年（1821），赠太子太保，谥号简勤。

和瑛博学多才，精通汉、蒙、唐古忒等六种民族文字。所著宏富，文史诗赋皆有造诣。有杂剧《草堂寤》一种，藏北京大学图书馆。刻首附有"《草堂寤》填词目录"：第一折《仙降》八洞仙化饮中八仙，第二折《尘游》，饮中八仙各道生平，第三折《感庄》，东方朔化杜子美，第四折《应梦》，卢生引杜子美梦饮中八仙。另有"脚色""间色""曲牌"诸名称，体例为传奇、杂剧所稀见。

此剧脚色、曲牌、韵协之组织颇为奇特，先分析列举如下：

《仙降》：北双调【折桂令】协江阳，蓝采和唱；南双调【月上海棠】协江阳，何仙姑唱；南正宫【普天乐】协先天混寒山、廉纤，贺知章唱；北中吕【快活三】协寒山，混桓欢、先天，张旭（外）唱。

《尘游》：北仙吕【点绛唇】协先天混寒山，贺知章唱；北仙吕【混江龙】先天混寒山，贺知章唱；北仙吕【点绛唇】协皆来，汝阳王琎唱；北双调【得胜令】协皆来，汝阳王琎唱；南仙吕【八声甘州】协江阳，李适之唱；北越调【秃厮儿】协江阳，李适之唱；北仙吕【赏花时】协先天混寒山，崔宗之唱；北中吕【粉蝶儿】协先天混寒山，渔夫（末）唱；南中吕【迎仙客】协家麻，苏晋唱；北仙吕【油葫芦】协家麻，苏晋唱；北双调【新水令】协萧豪，李白唱；北双调【沉醉东风】协萧豪，李白唱；南中吕【石榴花】协东钟，张旭唱；北双调【得胜令】协先天、混寒山，焦遂唱。

《感庄》：北双调【折桂令】协先天混寒山，东方朔唱；南中吕【石榴花】协寒山，东方朔唱；北仙吕【赏花时】协江阳，杜子美唱；北仙吕【混江龙】协江阳，杜子美唱；北仙吕【油葫芦】协先天混寒山，杜子美唱。

《应梦》：北双调【新水令】协萧豪，卢生唱；北中吕【粉蝶儿】协萧豪，卢生唱；北仙吕【点绛唇】协家麻，杜子美唱，南仙吕【八声甘州】协家麻韵，贺知章等八人合唱；南中吕【石榴花】协寒山混监咸，贺知章等八人合唱；北中吕【粉蝶儿】协寒山混桓欢，杜子美唱；北中吕【醉春风】协寒山混先天，杜子美唱。

如此南北曲混用之南杂剧，其曲牌毫无套数章法可言，已到南北曲牌任意取用、韵协随兴转换的程度，其关目更无轻重主从，排场焉能引人入胜。虽以上洞八仙、饮中八仙与东方朔、黄粱卢生、诗圣杜子美侧身其中，而行文如点将录，曲白更无警策之语，似此剧作，而若欲附庸风雅，实亦不可得也！作者尽管官大学问大，但"戏曲小道"终非其"经国大业"所能及。

2021 年 10 月 9 日 16 时 35 分

十八、仪亭氏《鸾铃记》二十四出

据卷首《鸾铃记·自序》署"乾隆岁次丁未仲冬既望姑苏仪亭氏书于梁园三省草堂"，知《鸾铃记》撰于乾隆五十二年（1787），作者为仪亭氏，姑苏人。剧本藏日本天理图书馆，为盐谷温旧藏，黄仕忠据以校录。

黄仕忠在此剧"导言"云：

此剧二十四出，仿元高明《琵琶记》而成，并注明所仿为何出。唯最后一出仿明汤显祖《邯郸梦记》之《仙渡》出。《琵琶记》肯定男女主角的合于礼教的行为，此剧则反其意而用之。以讽刺写法写世俗故事，在明清传奇可谓别树一帜。①

对此，作者在"自序"中已说得很清楚：

丁未小阳，余侨寓梁苑，旅邸无聊，辄取稗官野史之雅驯者，随意翻阅，以破岑寂。一日，读《琵琶传奇》，偶有所感，因仿其大略，戏成二十四出。不过任意撮空，原无成见。自惭愚钝，技之雕虫。至集曲填词，尤属茫然莫解。今涂雅下里，徒贻画虎之讥，旋欲付之丙丁，免污高明之瞩。吾友赵灵圃先生，见斯词而询曰：子非仿《琵琶记》而作邪？余曰：然。灵圃曰：东嘉之作《琵琶记》也，因王四之弃妻再娶百花，故托蔡中郎重婚牛氏而寓讽之。兹子之作，似亦有所寓意焉。方今宦海汪洋，兼收并蓄，磊落之士，铲迹埋名而韬晦其中者，固属不鲜，愚顽无籍之徒，混迹其内者，尤难胜计。熏莸同器，泾渭莫分。每叹英雄失意，弹铗羞歌，恶类操权，嗟来愧食，此中劣况，不可言宣。子非以韩新欲抒所愤乎？余曰：君何所见闻而穷诘若是？灵圃默然含哂，纳于袖而去。越旬日，已装序成帙，并颜其额曰《鸾铃小集》

---

① 黄仕忠编校：《明清孤本稀见戏曲汇刊》下册，第1083页。

云。乾隆岁次丁未仲冬既望姑苏仪亭氏书于梁园三省草堂[1]

他的朋友那么热心地为他出版,必然有缘故。且先看其卷首"参论":

> 韩向平　韩者寒也。向平者,向昔家贫也。
> 冷氏　冷局面也。
> 韩新　何以取新为名?寓弃旧而更新也。
> 巫氏　巫即无也。家居附义村,附义,无义也。村名无义,岂淑媛所居?深明恶妇之来历也。
> 巫奇仁　言本无其人也。
> 贾正经　贾者,假也,非真正人也。
> 尹成　尹即引也。引进韩新,成全其志之义。
> 胡集、邹备文　系传中陪衬,言胡诌集文,备名而已。
> 惠及氏　以惠及民,盛世之贤臣也。
> 钱为命　以钱为命,一时之奸胥也。至领赈之孟大、项楚裔,乃陪衬而已。
> 况婆　况者,谎也。
> 况墙花　墙花路柳,譬誉土妓流娼。
> 赵同、钱升、孙相、李应　以上四人,《犒宴》出之陪衬,取同声相应之义。

---

[1] [清]仪亭氏:《鸾铃记》自序,黄仕忠编校:《明清孤本稀见戏曲汇刊》下册,第1084页。

魏才生	为财生也。为生财而萌恶念，韩新因财而生出祸端，财可生人，亦可祸人。
何妈	和成人事。
阚清真	阚者，看也。人既得道，自然看透世情，清而且真矣。《羞圆》一出，惟阚道及钱为命通名，其他六人以酒色财气与儒释道合成一会，作通本之结局收场。①

再看《鸾铃记》二十四出的出目，与仿自《琵琶记》二十三出与末出仿自《邯郸记》的对应关系②：

表一 《鸾铃记》与《琵琶记》剧目对应关系

《鸾铃记》卷上	仿《琵琶记》	《鸾铃记》卷中	仿《琵琶记》	《鸾铃记》卷下	仿《琵琶记》
第一出家饮	高堂称庆	第九出赘院	强就鸾凤	第十七出议弃	几言谏父
第二出导媒	丞相训女	第十出疗饥	糟糠自厌	第十八出赠铃	散发归林
第三出怨别	椿萱嘱别	第十一出玩月	琴诉荷池	第十九出忆妓	宦邸忧思
第四出驴送	南浦分袂	第十二出稽赈	义仓赈济	第二十出叹负	临妆感叹
第五出途叹	才俊登程	第十三出犒宴	春宴杏月	第二十一出讥询	瞷询衷情
第六出谒阃	文场选士	第十四出图赖	奉旨招婿	第二十二出棚会	两贤相逢
第七出嗟贫	勉食姑嫜	第十五出诳激	激怒当朝	第二十三出诧铃	书馆悲逢
第八出招媾	再报佳期	第十六出请假	丹陛陈情		

---

① ［清］仪亭氏：《鸾铃记》参论，黄仕忠编校：《明清孤本稀见戏曲汇刊》下册，第1085—1086页。

② ［清］仪亭氏：《鸾铃记》，黄仕忠编校：《明清孤本稀见戏曲汇刊》下册，第1086—1087页。

表二　《鸾铃记》与《邯郸记》剧目对应关系

《鸾铃记》卷下	仿《邯郸记》
第二十四出羞圆	仙渡

可见作者是要乘着《琵琶记》的翅膀，或附着《琵琶记》的骥尾而飞翔而致千里的意图是颇为鲜明的。他将剧中脚色人物皆与《琵琶记》反其道而行：不用生、旦而用付、丑为主要脚色，人物尽是官府胥吏、市井小民，而无一达官贵人、英雄豪杰，即使反面人物，亦无一奸恶至罪不可赦。然而其姓名皆谐音见义，若谓其无寄托寓意，亦应不然。盖作者以此等浮世绘之众生相，反讽《琵琶记》之所谓"全忠全孝全节全义"，实非芸芸众生之本然，而若《鸾铃记》所活跃之市井小民，乃真正呈现了"人世间"的真正写照。也因此，韩新（付）妻巫氏（丑）虽不孝养礼敬公婆，但却未起怨妒之心，反能成全丈夫与妓女况墙花之姻缘，贾正经（末）虽非真"正人"，但尚能对韩家济助贫寒。魏钱（净）视钱为命虽强夺韩母冷氏（老旦）二吊钱，尚未忍心伤害。老鸨况氏（老旦），虽于韩新财尽落拓之时有逐韩之意，竟因其女墙花与韩新难分难舍而终助盘缠使韩新得以返乡。即此可见这些心存不良的市井小民，为小恶则能，为大恶则未敢，实为现世中活生生之人物。其他如韩父（外）韩向平之言其贫寒，官府门吏尹成（生）谓其引韩新之入公门，候补县佐惠及氏（外），以其稽赈能施惠及民，道长阚清真（外），以其洞烛世情，清而且真矣。虽皆为正面人物，而亦只活跃于世俗物态之中。剧中官职最尊者，只为县令老爷，而作者却未叫他出场露脸，只像明人戏曲之演帝王，但使"殿头官"传递谕旨，而此剧亦只让司閽者（净）宣示代言。

看来不无以下谕上之用意，但其呈现平民生活所遭所遇，则通观全剧是一致的。也因此，本剧尚谈不上明清人寓教于乐的戏曲中心主张，也没有作者遭世不偶的牢骚，亦非单纯的用于游艺赏心，虽言情而未能别出心裁以主情，倒是如上文所云，有假《琵琶记》之旨趣，反讽其文人造设，非世间人情所能有。而即此，已使本剧自见特色，为浩如瀚海之明清传奇中所绝无仅有。

《鸾铃记》不只关目排场有二十三出全仿《琵琶记》，即明人以发展完成后之"传奇"规律诟病《琵琶记》"韵杂宫乱"的现象，亦"照单全收"，因之韵协之支思、鱼模、齐微、歌戈，歌戈、家麻、寒山、先天、桓欢、监咸、真文、庚青、侵寻，无不随其吴语口谐，随意"通押"，其移宫换调转韵亦失之过于频繁。但对于曲牌之为引子、正曲、尾声，以及集曲所集之宫调曲牌和所属语句则注明清楚。下场诗亦能贴合剧情。

至于剧中宾白，难得的是呈现市井景象与官府习染，只是净丑独白，每至长篇累赘，又掺杂苏白，有时不免叫人不耐卒读，其曲文由于"韵杂宫乱"，也不免令人读来有龃龉之感。但如果韵协取萧豪、尤侯、江阳，一韵到底，不杂不紊，就会有可诵可赏之曲，以见作者并非短于文才者。如第十九出《忆妓》用南吕引子【喜迁莺】与大型集曲【雁鱼锦】五段，以写韩新（付）思念其新欢妓女况墙花（贴）之情，就写得尚称真切感人而情意直流。录【雁鱼锦】第三段：

悲伤，飘泊他乡。遇那青楼怜念相留养。随唱相依，晨昏厮守；夜静星前，共热盟香，心词密讲。嘱吾归去，休撇他平康冷巷。俺只为萧条四壁悲穷况,枉了冷落巫山哭断肠。[1]

本剧以《鸾铃记》为题名,理当如明清传奇一般以物件为凭据作始终交织错落,有如织机之梭纵横绾合,以其出现均为重要关目之所在,而本剧"鸾铃"之出现,晚至第十八出《赠铃》始出现,又只再现于第二十三出《诧铃》,以此作为一夫二妻之团圆的象征。此"鸾铃"未能承当全剧关目始终之作合,其以之为传奇名,不过"从俗"而已。

又其末出《羞圆》演韩新受太虚观掌院道士阚清真导引至观前与邻里众人相会,因口出大言,犹以官府长随,曾经荣华骄人,乃被众人一一羞辱,又受云游和尚禅理点拨,乃幡然省悟,懊悔自卑而获众人认同。盖作者效汤氏《邯郸记》末出之超度众生,而摆脱传奇"大团圆"之俗套。如此一来,固可别开生面,并宣示此剧亦有以富贵功名,了如烟云梦警醒世人的意图。虽亦不失庶民思想旨趣,但已不尽于俗中以见俗矣。

2021 年 12 月 15 日 16 时 35 分

十九、顾太清南杂剧《桃园记》四折、《梅花引》六出

顾太清(1799—1877),名春,字梅仙,号太清,自署西林

---

[1] [清]仪亭氏:《鸾铃记》,《忆妓》,黄仕忠编校:《明清孤本稀见戏曲汇刊》下册,第 1152 页。

图 27　顾太清画像

图 28　顾太清《红楼梦影》

春或太清春,别号云槎外史。擅诗词,工绘画,尤以词称。《晚晴簃诗汇》卷一八八《诗话》谓清代八旗论词,有"男中成容若,女中太清春"之语。著有诗词集《天游阁集》、词集《东海渔歌》、小说《红楼梦影》。杂剧有《桃园记》《梅花引》二种。

顾太清是多罗贝勒奕绘(1799—1838)之侧福晋。奕绘字子章,号太素,别号幻园居士、妙莲居士等,堂号明善。擅诗词,工书画,喜文物,习武备,精通中西之学。嘉庆二十年(1815)袭爵贝勒,官至正白旗汉军都统。道光十五年(1835)免职,三年后病故,年仅四十。著有《写春精舍词》《明善堂文集》《南谷樵唱》等。

顾太清有《〈金缕曲〉题〈桃园记〉传奇》,云:

> 细谱《桃园记》,洒桃花、斑斑点点,染成红泪。欲借东风吹不去,难寄相思两字。[①]

据词作之编年,《桃园记》作于道光十九年(1839)夏,奕绘去世周年之际。而奕绘才去世三个月,太清即被婆母及嫡长子逐出家门,当钗赁室,携子女另居。盖太清原有自传性质,将其情节与奕绘早期诗词作相印证,可以考见两人之情史与坎坷经历。而《桃园记》实是太清以血泪凝成者,既以思念奕绘,亦借以抒写内心之怨苦。[②]

---

① [清]顾太清、奕绘著,张璋编校:《顾太清奕绘诗词合集》,上海古籍出版社1998年版,第260页。

② 黄仕忠:《顾太清的戏曲创作与早年经历》,《文学遗产》2006年第6期。

《桃园记》演西池金母侍女萼绿华与长寿仙侍童白鹤童子相恋，被金母责罚看守桃园，童子亦被遣往南海竹林掘笋的故事。一年之后，观音大士游竹林，童子以真情恳得观音援手，劝说金母同意两人结合。金母遂谓两人情根难断，命"同到世间，择个世族名门，投胎转世，成就良缘，儿女满堂，夫妻谐老"。

从情节看来，是惯见的"金童玉女下凡，以遂尘缘"浑常事，但就太清而言，实是她身命追求的"空中楼阁"。她和奕绘也确实努力促其实践，也达成恋爱结合的期望，奈何坎坷偃蹇、中道生离死别的无奈而终归楼阁忽然倒塌，一场幻影！而太清毕竟是不舍"楼阁"的，她只好在剧中成就了它，寄浩渺于未尽言语之中。

《桃园记》，如果不从顾太清、奕绘曾有的恋爱关照，就戏曲关目布置、排场处置的结构而言，只是一本平板无韵致、词曲清雅、音调律协的案头之作而已。其音调律协，首折《仙宴传情》用商调南套引子【凤凰阁】加过曲【二郎神】【前腔】【集贤宾】【黄莺儿】【琥珀猫儿坠】【尾声】，协萧豪韵。次折《遭遣、访仙》用南商调引子【风马儿】，加过曲【金络索】四支。三折《遇佛、谈因》，用北黄钟【醉花阴】、南【画眉序】、北【喜迁莺】、南【画眉序】、北【出队子】、南【滴溜子】、北【刮地风】、南【滴滴金】、北【四门子】、南【鲍老催】、北【水仙子】、南【双声子】、北【尾声】协江阳韵。四折《投胎、满愿》，用越调过曲【小桃红】【下山虎】【五韵美】【五般宜】【山麻秸】【黑麻令】【江神子】【尾声】，协鱼模韵。

其四折曲牌联套井然有秩，韵协亦恪守《中原音韵》。只是首二折连用商调，三折演为南北合套大场，但未能遵照成规，北曲由一脚独唱、南曲由众色分唱，而皆因缘剧情分唱，已为明清人南杂剧习见之现象。

又从其出目用四字而两题分写，可见其关目主题与排场转移。而其较详于注明舞台布置与场景点染，亦可概见戏曲艺术不专主虚拟象征，已重视观众眼目之娱。

【集贤宾】（生）桃园不用填鹊桥。这意种情苗，看了你两道修蛾柳叶梢，怕小仙童、难为卿描……（同唱）两心同照，莫画出、相思愁稿。休忘了，这踪迹、桃花知道。①

上曲见首折，为萼绿华、白鹤童子于桃园中订盟所唱之曲，堪称雅洁清芬，具闺阁手笔。

其《梅花引》，因男主角章彩作有《江城梅花引》词而为剧名。剧中章彩，实系直接化用顾太清之夫贝勒"奕绘"之名及字：其姓"章"，因奕绘字"字章"，名"后素"者，《论语》曰"绘事后素"。奕绘曾任职御书处与武英殿修书处，故剧中谓章彩本为天宫司书仙吏。剧中所录《江城梅花引》词，今见于奕绘《写春精舍词》，又收录于奕绘《南谷樵唱》卷一，原题《江城梅花引·梅》，顾太清将此词引入剧中，皆可证此剧所叙虽托诸仙凡，但当为实录。②

《梅花引》，南曲六出：首出《梦因》南吕【一剪梅】套协尤侯

---

① ［清］顾太清：《桃园记》，黄仕忠编校：《明清孤本稀见戏曲汇刊》上册，第310页。

② 黄仕忠编校：《梅花引导言》，《明清孤本稀见戏曲汇刊》上册，第321页。

韵，次出《幽会》商调【凤马儿】套协皆来韵。三出《寻芳》仙吕【奉时春】套，协庚青韵。四出《惊晤》双调【秋蕊香】套协萧豪韵。五出《了缘》正宫南【普天乐】、北【朝天子】合套协江阳韵，六出《返真》北黄钟【醉花阴】、南【画眉序】合套协家麻韵。所用曲套，黄钟合套与《桃园记》三折《遇佛、谈因》出相同，二出《幽会》商调【凤马儿】亦与《桃园记》次折《遭谴、访仙》前半雷同。又此剧首出、四出均同协萧豪韵，于南北合套之司唱，亦未守北曲主脚一人独唱之例。凡此亦可见其南杂剧之突破体制规律。

《梅花引》当为顾太清于奕绘去世之后，托之以见其伉俪三生石上，情深意厚、死生眷顾之情。而用六出以铺排，则不免累赘，首出《梦因》、二出《幽会》实可合并，三出《寻芳》何劳友人，实可减免，四出《惊晤》亦可删削，五出《了缘》演为合套，应可强化其两情缱绻之意，六出《返真》亦无须维摩诘如此铺张。所以此剧在关目排场上也不算是成功之作。

但就文学造诣而言，诚如西湖散人"序"此剧所云：

> 剧虽六出，能含离合悲欢，制出一编，不愧清新俊逸。花本美人小影，月为才子前身。玩花韵于午晴，聘妍抽秘；对月明于子夜，换羽移宫。以璇闺之彩笔、奏碧落之新声。[①]

所言虽不无稍过揄扬，但其能以彩笔度新声，而出诸"清新俊逸"之词，堪讽堪涌，自见其才华，亦是不争之事实。举二曲如下：

---

① [清]西湖散人：《梅花引》序，黄仕忠编校：《明清孤本稀见戏曲汇刊》上册，第322页。

【宜春令】光摇海冻合楼，掩鳞峋寒烟半漏。银装玉裹，盈盈含笑因谁秀。窗外玉峰，案头绿萼，好不助人诗兴也。对遥山展放双眸，对冰姿慢斟杯酒。堪爱这琼花冷蕊，雪梅相斗。

【金络索前腔】褰裳悄地来，别有神仙界。小鸟绵蛮，几处垂杨外。问桃花为甚开？傍瑶阶，可是刘郎去后栽。是烟笼芍药愁风败，是两滴梨花剪水裁。人如画，是行云才下楚王台。这丰姿若个安排，旷世应无赛。①

两曲皆为生扮章彩对梅花赏积雪所唱，一为在绿萼华所居见其梳妆所唱。写景写人均清新自然、俊逸有致。

西湖散人为沈善宝之号。善宝（1807—1862），字湘佩，浙江钱塘（今杭州）人，山西朔平府知府安徽武凌云之妻。工诗善画，著有《鸿雪楼诗集》《名媛诗话》，与顾太清交好。当奕绘去世，太清被赶出贝勒府之际，善宝己亥（1839）秋日结秋红吟社，相互唱和，给太清莫大安慰。②

2021 年 10 月 10 日 19 时 15 分

二十、无名氏《育婴堂新剧》

《育婴堂新剧》，黄仕忠据日本大谷大学图书馆藏本校录，其

---

① ［清］顾太清：《梅花引》，黄仕忠编校：《明清孤本稀见戏曲汇刊》上册，第 323—326 页。

② 黄仕忠编校：《梅花引导言》，《明清孤本稀见戏曲汇刊》上册，第 321 页。

"导言"云：

> 此剧以往曲目未见著录，属世间孤本。作者为乾隆间人，生平名号均不详。此剧"凡例"谓"是剧悉载实事"，卷首人物自述"姓柴，双名世盛。浙江山阴人也。历任河间县知县，推升天津卫屯田推官。进京引见，尚未有定期。因爱万柳塘一带幽雅，暂尔寓居于此"，所说不虚。柴世盛实为中国最早开设育婴堂以收养弃儿的"善人"。日本学者夫马进《中国善会善堂史研究》对其开设育婴堂、收埋骨骸等事，有所论及。
>
> 《康熙绍兴府志》（康熙五十八年刊）卷十二《义行·柴世盛传》载其事迹如下：柴世盛，字无相，山阴人。父乾，邑诸生。……以例监授河间丞，巡按韩文铨特荐，破格升河间令。致政归。居京师，寓夕照寺，创建育婴堂，设立乳房，经营二十年，所活婴儿以万计。掩暴骸至五十坑，坑皆一丈余。及棺椁不能葬者，无论久远，皆为之津送。刻有策略数十卷……同时有虞敬道者，父室母唐，每以忠厚诫其子孙，故敬道与世盛同为育婴诸善事，娓娓不倦，而世盛所置越郡育婴田数百亩，则敬道子相与卿主之。
>
> 又《康熙绍兴府志》（康熙十一年刊本）卷十二《风俗》：时柴世盛方居京师，非仅育婴，又兼埋骴舍棺，不惜捐产。积岁累月，所全以数千计。事有未艾，而虞敬道、虞卿父子皆踵行之。
>
> 并见《嘉庆山阴县志》卷十四《乡贤·柴世盛传》：柴

世盛，字襄明，授河间县丞，署阜城县，历升天津屯田推官。值闯变，挂冠归。后以奔兄丧入都，创义冢，凿放生池，募造乳房百间，雇乳妇收养遗孩。

此剧所叙，即是柴世盛在天津、北京设立育婴堂、掩埋暴骸之事。

关于北京育婴堂的开设经过，及其在清初的变迁，清赵吉士《万青阁自订文集》卷二《育婴堂碑记》有详细的说明：世盛于夕照寺西募建育婴堂，要亦发于人心之同然。故金（大学士兼吏部尚书金之俊）、胡（学士胡兆龙）两公乐成其志也。堂之建始于康熙元年。其中规模宏敞，条例委悉。东西各有乳房，中为殿以祀文昌。又有东药坊、西义学及百职事房……世盛又度支用不给，乃请宦都诸绅置一窑，陶埴出器以取直。置兴隆街屋，使人居以取赁。

赵吉士所说的当是诸晋绅出资大规模建设育婴堂之事，时在康熙元年（1662）。但柴世盛之设立育婴堂，实早于此。方观承《养民案记》（乾隆二十四年序刊）记载："（顺天府）育婴堂建于顺治四年郡人柴世盛。"故柴世盛育孤儿、埋骨殖，实是李自成军入京、出京，明亡、清入关之背景下之所为。至康熙初，其名声大著，故诸"宦者诸绅"乐于助成，正式创立育婴堂。"自创建至今，所全活者不下数十万命，而埋骨掩骴不与焉。"（赵吉士《万青阁自订文集》卷二《育婴堂募疏》）

故此剧对于了解清初善会活动史，亦别具意义。

此戏末尾有题识二则。一为"读育婴堂柴善人传奇题后"，署"野鄂研露老人阶"，钤有"崔应阶印""宫保尚书"二印。故此剧也被称为《育婴堂柴善人传奇》。

　　按，研露老人为崔应阶（1699—1780）之号。应阶字吉升，号拙圃，别署研露老人、研露楼主人，湖北江夏人。以父荫授顺天府通判，历官山东巡抚、湖广闽浙总督、刑部尚书，乾隆四十一年（1776）调左都御史，加太子太保。四十五年（1780）解组归，殁于途。著有杂剧《情中幻》《烟花债》，传奇《双仙记》及《拙圃诗草》三集。此处用"宫保尚书"印，则所题当在四十一年后，四十五年前。此抄本的抄录时间亦在此期间，此剧的创作则不晚于此时。

　　研露老人诗后，有"涉园张韶"所步韵之作。涉园张韶，其人待考。①

此剧显然为表彰柴世盛一生行善，创设"育婴堂"抚弃婴葬遗骸之事迹而撰著。因之前半九出以柴世盛为主体叙写，虽然其第四出《众善乐施》与第九出《恩纶叠降》之用以见乐施好善之各界人士争相济施，第九出以朝廷父子皇帝连番褒奖赐与，俱不用曲文，柴世盛亦未出场，又其第六出《拐儿被逮》亦但演市井诱拐婴儿，而此三出背后，仍皆以柴世盛为主体。只是在第八出《白日飞升》，明写柴世盛为神升天，实为叙述柴世盛之死亡，第九出《恩纶叠降》亦旨在恭维其功德。而第十出《公私会议》之以府尹与乡绅主张"育婴堂"公办民营之利弊得失，府尹虽反对公办，

---

① 黄仕忠编校：《明清孤本稀见戏曲汇刊》下册，第1185—1187页。

仍采撷乡绅之坚持。由此而衍生第十一出《贪缘暮夜》，"育婴堂"主其事者牛八贿赂长官吴位而大行贪赃，导致《婴儿失望》，奶娘解散、群婴啼饥夭折。这使得柴世盛"显圣"，示李霖溥将对贪官赃吏有所果报。于是鬼卒拘吴位、牛八现世受其妻妾之报应而于《冥路呼号》。"育婴堂"则因众之化缘，警醒世人而《堂运重兴》。最后由文昌帝君、伏魔大帝据柴世盛所呈之"众善名录"命五路财神赐宝，以成《作善降祥》之结局。则后半八出，柴世盛主场者只《善人显圣》一出。

由于此剧是纯粹教化剧，除托诸果报于鬼神外，其关涉"育婴堂"者，皆据实铺叙，所以就传奇章法而言，便产生以下现象：

一，不用脚色，人物径书其名，而略有所寓意者，如其"凡例"所言："吴位，言无此位，何仁，言不知何人，讳之也。言者无罪，听者足以戒。"①

其二，其人物自以柴世盛为主要，而无对应之女脚，且上半八出中出场六出，无乃过于频繁而显过劳，其后半八出，由于柴世盛已"仙去"，故只能于第十三出"显圣"，第十六出向文昌、伏魔呈本，又显过逸。凡此皆非传奇运用脚色人物之道。

其三，其第四出、第九出之"别具心裁"，"凡例"云：

> 前《赦孤曲》，后《募化曲》，音节皆从内典得来。其故实亦皆引用内典。第九出、第四出皆不敢填词，一因□绅，鼠

---

① ［清］无名氏：《育婴堂新剧·凡例》，黄仕忠编校：《明清孤本稀见戏曲汇刊》下册，第 1187 页。

须不敢续貂；一以众善欢腾，空言无补寔言㤆（实惠）。乳媪之用缝穷，本之育婴缘起。聊藉燕姬铅粉，一长满座精神。①

可见其于第四、第九两出不填词而采用"内典故实"是有其看法的，而他"乳媪之用缝穷"和剧中"聊藉燕姬铅粉"点缀剧中，也是有他用意的。

其四，其"凡例"又云：

北出从无分唱之例，近梨园往往有之。《冥路》《降祥》二折，姑且从俗。然鬼则同为鬼，啾啾夜语，悲哉，谁是谁非？神则同为神，赫赫监观，至矣，无声无臭。要自不必以常例拘也。②

可见他运用北曲已从俗分唱，对于鬼神关目则自有分野，"鬼"之写"悲"，"神"之写"赫"，言外实寓劝惩之意。

而此剧既然以"写实"为尚，又处心积虑以善恶果报为励俗，看似虚实不相能，但却为庶民所认同。譬如此剧末附《读育婴堂柴善人传奇题后》云：

救苦寻声是所因，志人功德萃于斯。育婴堂立仁兼爱，普济生成惠且慈。只解此生为善乐，肯教人唤守钱痴。从今

---

① ［清］无名氏:《育婴堂新剧·凡例》，黄仕忠编校:《明清孤本稀见戏曲汇刊》下册，第1188页。

② 同上。

念彼观音力,大地应无贫夭儿。

野鄂研露老人阶〔崔应阶印〕〔宫保尚书〕

果报从来说冥司,宫商谱出信如斯。抬头便见菩萨座,援手真如父母慈。天上有神增福佑,人间无计唤愚痴。春风和霭邹生笛,吹煖孤寒褪褓儿。

涉园张韶题[①]

所谓"从今念彼观音力,大地应无贫夭儿""果报从来说冥司,宫商谱出信如斯"不难看出"鬼神果报"是普遍被接受的信念。

至其曲文宾白,宾白能流畅自如,韵协守《中原音韵》,曲文亦朴质易解。曲牌视人物口吻而取舍。三套北曲,首出《陆地慈航》用北双调【新水令】套,五出《恤生悯死》为南吕【一枝花】套,十四出《冥路呼号》为正宫【端正好】套,末出《作善降祥》虽亦用南吕【一枝花】,但以三曲成套而夹大型插曲【九转货郎儿】。其北曲未能如元人之莽爽洒落,或清俊趣味,而其有如模仿,颇为显然。如第十四出之【叨叨令】:

为甚么脂儿粉儿腮颊边消消停停的上,又把那花儿屠儿云鬟边从从容容的放。穿换那衫儿袄儿摆漏出风风流流的样。引逗我魂儿魄儿不由的飘飘扬扬的荡。兀的不痛杀人也么哥,兀的不痛杀人也么哥,仔听得言儿语儿又是甚勾勾搭搭的账。[②]

[①] 黄仕忠编校:《明清孤本稀见戏曲汇刊》下册,第1231页。

[②] 〔清〕无名氏:《育婴堂新剧》,《冥路呼号》,黄仕忠编校:《明清孤本稀见戏曲汇刊》下册,第1220页。

此曲衬字之繁复，完全仿自元无名氏《今本西厢记》，①又其第十六出【九转货郎儿】，亦从元无名氏《货郎旦》与清康熙间洪昇《长生殿·弹词》而来。尤其【六转】之用叠字衍声，更见规模之迹：

> 不许你轻轻俏俏千金万贯，不许你戋戋当当仓盈库满，不许你桩桩件件拉拉扯扯暗中钻。不许你思思想想将人算。平平白白勾勾引引，掇掇撺撺前前后后，团团转转，言词更换。你只恁安安静静把这铁钉磨断，拿着你本本分分财，好教你子子孙孙伴。世世代代安安稳稳，家室团圆。享受那朝朝暮暮舒舒展展，衣食饱暖。不用得你狠狠毒毒一例将人骨髓剜。②

即此也可看出作者是颇具才情的。

2021 年 12 月 16 日 16 时

---

① 见曾永义：《今本〈西厢记〉综论——作者问题及其蓝本、艺术、文学之探讨》，《文与哲》2018 年第 33 期。
② ［清］无名氏：《育婴堂新剧》，黄仕忠编校：《明清孤本稀见戏曲汇刊》下册，第 1229 页。

戏曲小语九十二条

平常写散文，对人生有所体悟，就把它浓缩为"小语"，有五六十则，用作我《一位阳春教授的生活》之附录，题为《浮生小语》。某夜寤寐中，居然兴起戏曲也应当有"小语"，附于《戏曲演进史》之后，供读者参考。我研究戏曲五十来年，总有些独到的心得，把它化作"小语"，使人容易掌握，体会大旨，应当也是学术新开的"妙方"。以下不揣谫陋，随兴逐条点缀，略无诠次，求其要言不烦而已。读者如果"英雄所见"，请善加发挥，如果"认知相左"，请赐予纠正。

1."正名"对于戏曲研究，同样极为重要。戏曲研究不过百年，许多关键词名义之考述及其定位，学者颇有异同之说，倘未能具共识，则必如明人对于"当行本色"之各说各话。为此乃撰述《戏曲关键词简述及其定位》，举其名目与相关"族群"二十数条，如"戏剧、戏曲""小戏、大戏"等，揭橥中华戏曲。[①]

2. 戏曲为中国历代诗词歌赋等韵文学之"极致"，从体制、音律、语言、内容、风格比较，即可断言。

---

① 曾永义:《戏曲关键词简述及其定位》,《中华戏曲》2022年第65辑。曾永义:《戏曲关键词简述及其定位（二）》,《中华戏曲》2022年第66辑。

3. 戏曲集表演艺术"唱做念打"为一炉，就其文学而言，亦无不可用之文体与词语。故实为集中国韵文学与表演艺术综合体之大成。其呈现之内涵，更深具浓厚之民族意识、思想情感，故堪称中华文化最具全面性之表征。

4. 纵观戏曲创作之动机与目的，不外讽喻、教化、抒愤、游艺、主情五说，晚清以后，曾沦为"政治工具"，为有良心之学者所不齿。

5. 戏曲传统之美质，在以歌舞乐为基础元素融而为一，在以"虚拟、象征、程式"为表演原理，达成"写意"之境界。戏曲因时易代转，亦有方今视为"劣质"之传统；如说唱文学艺术潜在之影响，而使关目拖沓松缓；如主题思想之陈陈相因，而不耐人省思；如杂技或"喧宾夺主"而使排场板滞；因之应有革新、创新之道。我们对于美质要坚持并发扬，以见民族艺术之特色，于劣质自应祛除求新，但要有"其道"。"其道"为何？请参阅《戏曲在当代因应之道》。①

6. 唐代宫廷小戏"参军戏"之前，可以考出两汉魏晋南北朝《总会仙倡》《乌获扛鼎》《巴渝舞》《古橡曹》《郑叔晋妇》《文康乐》《天台山伎》《慈潜忿争》八个戏剧剧目，另有《东海黄公》《歌剧》《辽东妖妇》三个戏曲小戏。

7. 唐代除一般文学史和戏曲史都会提到的宫廷小戏"参军戏"、乡土小戏《踏谣娘》及傀儡偶戏外，尚可考得《兰陵王》《苏莫遮》《弄孔子》《钵头》《樊哙排君难》五个戏剧剧目，《西凉

---

① 曾永义：《戏曲在当代因应之道》，《艺术百家》2019年第1期。

图 29　参军戏俑

伎》《凤归云》《义阳主》《旱税忤权奸》《麦秀两歧》五个戏曲小戏剧目。唐代未见"戏曲大戏"之迹象。

8. "参军戏"原是宫廷优戏,起于东汉和帝之戏弄赃官,上承汉代角抵遗风,而定名于后赵石勒。入唐而一变为假官戏,用作讽谏与笑乐。中唐以前,主演之参军谓之"参军桩",其后"参军"与"苍鹘"咸淡对比,同时亦流入民间,音乐歌舞等表演艺术亦因之大进。五代以后,演出形式加入"扑击"的动作,而且将北朝以来流行的"弄痴"吸收其中。到了宋代,"参军桩"变成教坊十三部色中的"参军色",职司乐舞戏剧的指挥和导演,参军戏本身变成狭义的宋杂剧中的"正杂剧",夹在乐舞杂技中演出,一场必须两段,而为教坊十三部色中的"正色"。这时的"参军"变成"引戏",亦即"净",职司导演,"苍鹘"变成"末泥",亦即"末",为剧团之团长,而主演者则由他们的副手所谓"副净""副末"去担任。

9. 宋杂剧的演出,每场通常四人或五人,如果五人,不是加上一位扮饰官员的"装孤",就是加上一位装扮妇女的"装旦"。剧团虽然通常也以四五人为准,但有时一团副净三人可以多至八人。宋杂剧在宫廷或官府的演出,纯出笑乐的几乎没有,大抵是寓讽谏于滑稽,而从文献记载与田野考古资料多起印证,可知民间杂剧之盛行,已成日常娱乐。正杂剧二段又先后加入和吸收所谓"艳段"和作为散段的"杂扮"而形成四段各自独立的"小戏群"。

10. 与南北宋对峙的辽金,亦同样有"杂剧"。金杂剧后来改称作"院本",所以"杂剧／院本"其实一也。但金院本有其发展与进步的地方,譬如在演艺方面,副净更讲求散说、道念、筋斗与科汎,而金末更出现所谓"院么",实质上已是元人杂剧之所谓"么末"的前身。宋金杂剧院本到了南戏北剧,院本先与北剧同台先后并演,然后一方面作插入性的演出,一方面逐渐融入其中,作用都在调剂场面。而既融入其中,就成为南戏北剧不可分割的一部分,亦即所谓"插科打诨"。金院本和南戏北剧中的"净、副净"和"末、副末",由于原来"净"引戏吩咐和"末"主张为长的职务和作用逐渐消失,又由于脚色纲目相同,因此"净、副净"和"末、副末"乃每有混称的现象。而在元杂剧里,末既职司主唱全剧,于是原本"打诨"的任务也减至最低限度,此时之"净"虽然负起院本融入后滑稽调笑的大部分责任,但其所扮饰之人物性质,也有向罪恶奸邪发展的趋向。而在宋元南戏里,末、净则保留颇浓厚的院本特质,同时更加上丑脚助阵。但到了明清传奇,滑稽调笑的任务已大部分为"丑"脚所取代。而至清皮黄,末脚几于消失,并入生行之中,"净"亦转变为气度恢宏或性情刚猛之脚色,而将滑稽调笑的任务完全交给"丑"脚去承担了。

11. 纵观"参军戏"的演化史,虽然随代易名,有所转变和发展,但其精神和面貌则依存于历代剧种之中,而且随时随地宛然可睹,甚至于降及晚清更蜕变再生而为所谓曲艺"相声",则可见中华文化一脉相传、深厚广远、生生不息的原动力是多么伟大而永垂不息。

12. 从《踏谣娘》相关资料,可以考得其发展的两个阶段:前一阶段在北齐,是河北的地方戏。特色为男扮女妆,主题在表现醉酒的丈夫和受委屈的太太之间的争执,大约分两场,首场太太"行歌",次场夫妻殴斗,以此引发观众的笑乐。这时的剧名叫《踏谣娘》,男主角叫"郎中"。

后一阶段在盛唐以后或更早的初唐。特色为妇女主演,情节加上"典库",可能指妻子典当沽酒,因此人物也增加一位管理当铺的人,情节增多为三场,可能重在诙谐调笑,甚至涉及淫荡,所以旨趣大异。这时的男主角改称"阿叔子",剧名有的还叫《踏谣娘》,有的则讹变为"踏摇娘",而通行的名称是"谈容娘"。"谈容"可能也是由"踏谣"音转讹变过来的,如果勉强解释的话,那么"谈"指宾白歌唱,"容"指姿态动作,同样是描摹其表演的语词。此时的"谈容娘"不只流行民间,也进入宫廷。

13. 综观"民间小戏",其内容主要在叙写乡土琐事,传达乡土情怀,发抒乡土心声。其间有夫妇淡淡的恩爱和小小的勃谿,也有婆媳间、亲家间的纠纠葛葛,各行各业的甘甘苦苦,乃至形形色色的人物嘴脸和行为,呈现的是目不暇接的"浮世绘"。然而其间更有青春岁月的男男女女,散发永不止息的烂漫,流露相怜相惜的至情,为人间添加了许许多多的生鲜活色。也因此,民间小戏的文学语言,不假造作的"满心而发,肆口而成"是源源不绝的真声,造语虽俚俗白描却机趣横生。而小戏的音乐便也出诸"踏谣",以最自然质朴的歌谣小调配合乡土舞蹈的节奏韵律,将冥然融会的天机,呈现于高山流水之间,洋溢着人人喜闻乐见的艺术氛围和忍俊不禁的滑稽谐谑,使人恍惚在葛天氏的国度。

14. 考述南戏北剧源生、成立、发展之来龙去脉,在文献残缺下,可从其诸多"名称"中逐次探究连锁而成。

15. 在南戏永嘉杂剧之时，在福建应当也有"莆田杂剧""泉州杂剧""漳州杂剧"。

16. 宋元南曲戏文，论其题材出处，有出诸正史、时事、唐传奇、民间传说、宋话本及与宋金杂剧、金元北剧相合者。论其内容类型，有叙述爱情、婚姻、家庭的，有反映战争动乱、社会黑暗的，有表彰忠义斥奸骂谗的，有颂扬忠孝以励俗的，有皈依道佛或至迷信的，有抒愤而发迹变态的。此六类型，以前二者最能反映宋元之时代背景。其中发迹后之负心郎与《祖杰》之戏文，最具写实。

17. 宋元南戏之体制、规律、唱法，与北剧大异其趣，亦无北剧之稳定性。但以其为明清嘉靖后传奇之母体前身，无论在题目、开场、段落，还是宫调、曲牌、套式，甚至独唱、接唱、接合唱、同唱，皆有明显之演进与承传关系。

18. 芝庵《唱论》有"宫调声情说"，即"仙吕宫唱清新绵邈"之类，其说为后世曲论家所依据，见于元人杨朝英《阳春白雪》、周德清《中原音韵·正语作词起例》、陶宗仪《辍耕录》卷二十七《杂剧曲名》，明人署朱权之《太和正音谱·词林须知》、臧懋循《元曲选》、王骥德《曲律·论宫调》、清人黄旛绰《梨园原》等七家，除王骥德稍有疑虑外，其他均无异议。但今之治曲者，持正反两面者，据我所知，正好"旗鼓相当"。古乐渺漠，难辨是非，只好阙疑。

19. 曲牌之"建构"应涵"八律"：正字、正句、长短、音节形式、平仄声调、协韵、对偶、语法，由此而曲调之主腔韵味、板式疏密、音调高低，乃有一定准则。而曲牌适合之声情、词情，亦因此产生相对应之"性格",也因此曲牌不可随便取用。

20. 曲牌联缀成套,各有"套式"。但在"套式"以宫调、管色、曲牌、板眼为基础建构完成以前,其逐渐"聚众成群"的历程为:重头、重头变奏、子母调、带过曲、姑舅兄弟、民歌小调杂缀、联套、合腔、合套、集曲、犯调等十一种方式。如果加上"腔调"与音乐之"载体",则有以下三种类型:

(1) 单一曲体:号子、歌谣、小调、诗赞、曲牌、集曲、犯调。

(2) 曲组:子母调、带过曲、姑舅兄弟。

(3) 联曲体:杂缀、重头、重头变奏、套数、合腔、合套。

即此可见,曲之载体与音乐元素,较诸其他韵文学既富且繁。

21. 海盐腔文献始见南宋宁宗循王家乐,又见元末杨梓父子,皆以唱腔提升海盐腔者。海盐腔清柔婉折,又向官话靠拢,故于明代流行两京。其伴奏但用锣鼓板,至明万历间,但存余响。

22. 余姚腔,文献始见明成化间。虽曾风行皖南、苏北、苏南,但踪迹难考。戴不凡以调腔为余姚腔,可商榷。

23. 弋阳腔流播最广,冠诸腔之上。其故因其特质:锣鼓帮衬,不入管弦,一唱众和,音调高亢,无需曲谱,鄙俚无文,曲牌杂缀少套式,曲中发展滚白滚唱,故最为俚俗,最易入人心。

24. 昆山腔文献始见元末明初,记载中的"顾坚",曾以其唱腔改良过昆山腔,而周寿谊所歌的"月子弯弯照几州",正是以歌谣为载体所呈现昆山土腔的代表剧作,所以明太祖视之为"村老儿",而周寿谊既生于宋代,则可视此"土腔"于宋代即已如此。

昆山腔在明代正德之前,和海盐、余姚、弋阳等腔调一样,都只有打击乐,祝允明甚为不满,由于他是长洲人,所以对昆山腔"度新声"，有所改革，他的改革应当偏向散曲清唱。另外陆采更作《王仙客无双传奇》从戏曲上提升昆山腔的艺术。这时的昆山腔在嘉靖间已经有了笛、管、笙、琶等管弦乐的伴奏，而且在邵璨《香囊记》的影响之下，如沈采、郑若庸、陆采等也附庸而兴起骈俪化的风气来。于是昆山腔在与海盐、余姚、弋阳并列为南戏四大腔调，用昆山腔来演唱的明代"新南戏"剧本，被吕天成改称作"旧传奇"而著录在他所著的《曲品》之中的就有二十七本之多。这时的"昆剧"或"旧传奇"剧本都已趋向优雅化了。到了嘉靖晚叶，魏良辅和梁辰鱼更衣钵相传，作为领导人，他们对昆腔曲剧更进一步的改革起了重要作用，创为"水磨调"，我们现在所谓的"昆曲""昆剧"，其实指的就是"水磨调"的嫡裔。

25.《永乐大典戏文三种》中，《张协状元》当为南宋中叶戏文发展为大戏不久之作品，《宦门子弟错立身》为元代作品已为共识，《小孙屠》最晚，应在元末。《张协》套曲多属杂缀，曲文宾白朴素活泼，关目结构简陋矛盾，充满乡土庶民风味。《宦门子弟》《小孙屠》已见"北曲化"，合腔、合套、北套皆有之，曲文宾白亦露"文士化"之迹象。三剧未经明人改易，为南曲戏文最纯正之剧本与史料。

26. 号称"明初四大传奇"的"荆、刘、拜、杀"，实皆为经明人篡改之元人戏文，作者均无须深究。它们在体制规律上，已因明人手脚而与明初新南戏接近。但无论如何，尚不失戏文朴质自然之"本色"，而明清戏班的"江湖十八本看家戏"，皆以之为首，可见其流行与普及，历久不衰。

27.《香囊记》经黄仕忠考证,①证实为邵璨所著。《曲品》所谓"邵给谏",乃误属于正德三年官给事中之邵天和(1460—1539)。邵璨生于正统四年(1439),卒于弘治三年(1490)。

28. 元明间有四本《南西厢》,徐文长《南词叙录》著录之《张琪西厢记》散佚不存,但对今本无名氏《北西厢记》之"南曲化"可能产生相当大的影响。② 元末明初李景云《崔莺莺西厢记》存曲28支,可见其与今本《北西厢》存有传承或影响之关系,而其对于《张琪西厢》应有所改编。明嘉靖后,流行歌场之李日华《南西厢》,应由其友海盐崔时佩始创,李日华改海盐腔为昆山腔,登诸氍毹。二人皆努力翻转今本《北西厢》,使之能流播南曲歌场,却因此遭受梁辰鱼、祁彪佳和陆粲、陆采兄弟之严厉批评。结果李、崔之《南西厢》与今本《北西厢》并驾齐驱,行于歌场,而陆氏兄弟信心满满所合作之《南西厢》,尽管雕镂满眼,强化宾白,突显次要人物,终究无以望今本《北西厢》之项背,歌场亦不见踪影。

29.《宝剑记》旨在讨伐权奸,表彰忠孝贞节,与作者李开先生平际遇和抱负颇有关联。故事不过为林冲被逼上梁山的过程,而竟演为五十二出,难免分场烦琐,多有累赘。用曲尚不知前后

---

① 黄仕忠:《〈香囊记〉作者、创作年代及其在戏曲史上的影响》,《中山大学学报》,2017年第1期。黄仕忠:《〈香囊记〉作者新考》(未刊稿),初稿于2021年7月31日至8月1日中山大学中国非遗研究中心、中山大学中文系举办之"新史料与新视野:中国传统戏剧前沿问题"国际学术研讨会上宣读。

② 曾永义:《今本〈西厢记〉综论——作者问题及其蓝本、艺术、文学之探讨》,《文与哲》2018年33期。

避重复，如【扑灯蛾】【风入松】【集贤宾】【桂枝香】【玉交枝】【驻马听】【懒画眉】等皆然，排场手法亦每见雷同，关目更鲜大筋大节处。但曲文典雅流丽，净末科诨能调剂氛围，韵协虽先天、寒山混用，而能大抵依循《中原》，实开戏文"向官话靠拢"之前驱，则亦有可取。

30.《鸣凤记》作者，刘致中考定为唐凤仪。[①] 此剧就体制规律而言，可说是经"北曲化"和"文士化"的明人"新南戏"，但用韵未"官话化"，未臻"传奇"之列。其题材取明嘉靖间忠奸斗争，既为"时事剧"亦可称之"历史剧"，突破戏文生旦悲欢离合之窠臼。但由于所叙头绪纷繁，人物众多，难于驾驭，以致关目芜杂、排场失措，又为"教化"而勉强插入"赵氏孤儿"之情节模式。虽有佳曲，但用典过多，骈语累赘。可喜的是净末丑确能发挥寓讽嘲于滑稽诙谐之功能。

31. 北剧主唱之末旦，多由乐户歌妓担任，其兼抱者为"末旦双全"。而演员自古可以男扮女妆，亦可女扮男妆。男扮女妆，文献可据者始见《魏书·齐王芳纪》之《辽东妖妇》，唐崔令钦《教坊记》之《踏谣娘》亦然。明宣德二年（1427）顾佐奏禁官员以歌妓侑酒，因而形成"娈童妆旦"之风气，影响迄清代。女扮男妆，文献始见唐代薛能《吴姬》诗"女儿弦管弄参军"与赵璘《因话录》，言及肃宗宴宫中，命女优为"假官戏"。

32. "元曲四大家"之说，源起周德清《中原音韵·序》"（乐府）其备，则自关、郑、白、马一新制作"之语，其后另有明清

[①] 刘致中：《〈鸣凤记〉作者考辨》，《戏曲学报》2008年第3期。

曲家十二人参与论述，各有人物，各有看法。而明白说出此四人为"元曲四大家"者，只有何良俊、沈德符、王季烈三人，序列仍各有差别。直到王国维《宋元戏曲考·元剧之文章》始论断为"关白马郑"，学者大抵遵从。但个人以为若就其质量而论，兼顾文学与艺术，当作"关马白郑"为宜。

33.《录鬼簿》所著录的王实甫《西厢记》为一本四折，原本已佚。今本《西厢》应为元中叶成宗元贞大德之际，约略与郑光祖同时或为稍晚的无名氏在南戏影响之下的另一部著作。这部著作在明代以后就蜚声剧坛，被称作《崔氏春秋》，广受推崇和喜爱，影响甚为深远。

34. 明清南杂剧作家，就作品内容观之，有三种类型。其一，用以抒发一己之愤懑和为古今鸣不平，如明人陈沂、徐渭、冯惟敏、陈与郊、沈自征，清人徐石麒、尤侗、宋琬、嵇永仁、张韬、叶承宗、廖燕等。其二，书写古代雅人隽事，用以赏心乐事，如明人许潮、汪道昆、徐士俊、郑瑜，清人查继佐、周如璧、堵庭棻、张掌霖、张源、薛旦、南山逸史、碧蕉轩主人、裘琏、洪昇、张雍敬等。其三，身处明末清初易代之际，假历史故实以发麦秀黍离之悲，如吴伟业、王夫之、陆世廉、土室道民等。

35. 以古人韵事为题材之南杂剧一二折"短剧"，大抵皆为辞赋别体，排场枯寂、情感空虚，只宜案头清供。

36. 清乾隆间，杨潮观著短剧三十二种，每种仅一折，合称《吟风阁杂剧》。大抵假借古人而不拘泥史实之作，每出皆有小序，点明旨趣。就叙写之人物划分，则文士剧八种，神怪剧十一种，妇女剧六种，仕宦剧七种。所寄旨趣极富省思而不落俗见，剧如其人，呈现其性情襟抱，不以说理教化为目的，而人自受感化。其于戏曲艺术善于剪裁去取，移宫换羽，驾轻就熟，自然妥帖。三十二剧皆谱上管弦，搬演氍毹，曲白得诸前人英华，自成风格。因之无论质与量，固为明清短剧第一大家，而于元明清杂剧史上，亦堪与元关汉卿、明朱有燉鼎足而立。而若就旨趣之深厚，则朱有燉自不能比肩，即使关汉卿，恐亦不遑多让。

37. 明清是戏曲史最兴盛的时代，体制剧种与腔调剧种，众彩纷呈，其故是帝王、皇亲国戚、官员、士大夫、庶民百姓，都把戏曲当代日常生活重要的一环。戏曲无论是乡土踏谣、野台高歌、氍毹宴赏、勾栏献艺，乃至宫廷庆贺，无不逞态极妍。而戏曲文士化已入木三分，词曲系曲牌体剧种，成为文人教化、抒愤、讽世、游艺、写情之最佳凭借。庶民化亦广及各阶层，诗赞系板腔体剧种，最适宜满心而发、肆口而成的宣泄心声。于是作家如林，作品如繁星。同时诸腔竞艳，名角辈出，理论专著、评点题跋相应而起。这使得戏曲在绝佳之大温床中不断滋生交融与成长，使得戏曲文学艺术逐渐登峰造极，而蔚然成为明清戏曲光辉灿烂的时代。

38. 明清帝王对戏曲态度颇具影响者：明太祖喜《琵琶记》，令教坊歌以北腔，使明初南戏有"南调北唱"，又制定律法，不准演出帝王圣贤，应演出忠孝节义，其子成祖重申之，戏曲为之更强调教化功能。而嘉靖以前，剧中帝王均不出场，改以"殿头官"代言。

明成祖礼遇"明初十六子"，加上宁周二王，使北曲杂剧尚保持"余势"。

明宣宗宣德三年，因左都御史顾佐一疏"禁歌妓"，产生席间"娈童妆旦"以侑酒之风气。

武宗南巡，优礼文人剧作家，对南戏兴起有所影响。

神宗宫廷戏曲"内戏"演北剧，"外戏"有南戏昆弋二腔，使昆弋由并峙而竞胜。

清代帝王喜看戏者比比皆是。顺治又爱读剧本。

康熙立演戏机构"南府"和"景山"，由"康熙万寿图"的演戏场面，可见其酷嗜戏曲。

雍正虽禁止"官吏蓄养优伶"，但也盖了第一座三层大戏楼"同乐园清音阁"。

乾隆在位六十三年，既在宫中盖三座大戏楼，令词臣编撰许多大戏和节令戏，其演戏排场更教人瞠目结舌。但他也审查剧本，以防"违碍字句"呈现剧中。其八十大寿，三庆班入京，因而形成"花雅竞衡"的局面。

嘉庆重申雍正官吏自养家班的禁令，但也不反对戏曲搬演，而且对戏曲歌唱艺术颇为讲究。

道光缩编戏曲机构"南府"为"升平署"，大大节省经费，所剩"内学"之太监伶人难于承担大戏，而道光并未降低看戏兴致，乾隆以后进呈宫中的地方"侉戏"更大量流入。

咸丰避英法联军逃到热河行宫，不忘将升平署百余伶人征来搬演，死前一天还在看戏。

慈禧大权掌控同治、光绪两朝，每年花在看戏的数万银两，超出道光的两千两一二十倍，升平署和所居长春宫伶人，以及民间戏班名角，供应不暇，比拟康、乾的内廷演戏盛况。

图 30　颐和园德和园大戏楼

39. 明代士大夫之喜好戏曲，如锦衣指挥使陈铎"牙板随身"，祝允明从优伶傅粉黛度新声，衡州太守冯冠以《琵琶记》五上公车，张凤翼父子合演《琵琶记》，父为中郎、子为赵氏，张新、沈璟、吴澄时，广坐度曲，令老师名倡惶惶失措，其于曲，皆几近于痴。

40. 清代士大夫虽有崇雅抑俗者，但对于昆乱大抵皆乐于同赏。焦循既能著《剧说》，亦能写《花部农谭》。

41. 明清士大夫出现影响戏曲文学、艺术之发展颇大的核心人物：在明代有魏良辅、梁辰鱼、沈璟、张凤翼，在清代有李玉。

42. 元代乐户歌妓有应官府征召表演歌舞乐戏曲以侑酒，所谓"应官身"之义务，明清官府"公宴"尚沿袭此成例。

43. 明清戏曲名角指不胜屈，其中如李开先所记之颜容、侯方域之《马伶传》、褚人获《坚瓠癸集》之郑桐庵《周铁墩传》，则为出神入化之绝伦人物。

44. 明代南戏五大声腔，其温州、海盐、余姚三腔，万历后已是迹象微弱。而弋阳腔流派滋生为徽州、四平、青阳、京腔，乾隆间改称高腔。昆山腔则出了音乐大师魏良辅，集思广益改良，创发为水磨调，使之独霸剧坛。乱弹诸腔则始为梆子腔之名，后起有柳子、西皮、二黄崛起，西皮、二黄合为皮黄，又合高腔而为总称"花部"，与"雅部"昆山水磨抗衡。

45. 汤显祖说"至嘉靖而弋阳之调绝"，其实根本未绝，而是弋阳腔因流播至安徽池州府青阳县而为青阳腔，池州石台县而为石台腔，宁国府太平县而为太平腔。石台、太平两腔皆邻近徽州，故合腔"徽池雅调"，较诸青阳腔之传承弋阳腔原本质性外，又强化其"滚调"之功能，逐渐使曲牌体破解为板腔体。而徽州腔传入诸如南京、苏州、扬州、杭州后，乃将弋阳腔帮腔之由高亢之八平（韵头）降为六平而定于四平，因之以为名，并非"四平"为源生土腔之地名。而弋阳腔入北京京化，为王府戏班所崇尚，因独得"京腔"之名。乾隆后又以其高亢而俗称"高腔"。凡此可见弋阳腔生命力丰沛，流传不绝。

46. 魏良辅身上历来有三疑点，现在都已定论。其一，魏良辅是兼能医的曲家，而非官至山东左布政使的同姓名显宦。其二，魏良辅为太仓人，既非昆山人，更非豫章人。其三，魏良辅不可能为昆山腔的创始人。因为腔调是一群人久居一地所形成之方音而以其方言为载体所形成的土腔，即共同之语言旋律。但此"土腔"可因流播与其他地方土腔碰撞融合而质变，或歌者之艺术修为而提升其艺术质性。所以魏良辅是以"唱腔"与同道切磋琢磨、集思广益，并与女婿张野塘一起突破北曲的扞格，使之"北调昆唱"而创发了"昆山水磨调"。其唱法特质是"声则平上去入之婉协，字则头腹尾音之毕匀，功深镕琢，气无烟火，启口轻圆，收音纯细。"因其"拍挨冷板"，故也称"冷板曲"，又因其"调用水磨"，也称"水磨调"。如此之"水磨调"较诸嘉靖以前的"昆山腔"有大大的提升而精致化。所以"昆山腔""水磨调"应当予以区隔较好。

47. 梆子腔兴起于明末，一般说其源头为山陕梆子而实为之西秦腔。迄今梆子腔尚遍及十八省市区，就其名义而言，同名异实、异名同实之现象滋生纷扰，有西秦腔、秦腔、甘肃调、陇东调（咙冬调、咙咚调）、乱弹、吹腔、梆子秧腔、梆子乱弹腔、安庆梆子、台湾乱弹福路、浙江乱弹，乃至成为梆子腔系成员之陕西梆子、山西梆子、河北梆子、河南梆子、山东梆子等。凡此要说清楚，非本"小语"所能胜任，请见《梆子腔新探》。[①] 其中"西调"被误为梆子腔调名，实为秦腔之载体"杂曲小调"，以之和箫笛则为"吹腔"，以之配胡琴、琵琶则为"琴腔"。

48. 西皮腔、二黄腔合为"皮黄腔"，形成皮黄戏，又为从中发展所形成之多腔调剧种"京剧"之两大主腔。学者探根索源释其多义，不虑数十家。鄙意以众说中，以说二黄源自江西宜黄腔，流播江浙，因江浙方音"二""宜"音近，"黄""王"不分，文献乃有宜黄、二黄、宜王、二王四种写法，而以"二黄"通行，不易审其由来。"西皮"则湖北襄阳人将自山陕传入之梆子腔，与当地土腔融合而称之为"襄阳调"，又以湖北原属楚地而称"楚调"为一省之代表性腔调。又因襄阳土语以"曲子"为"皮儿"，以其传自西陲，乃称之为"西皮"，亦难顾名取义矣。西皮与二黄早在乾隆间即已在北京结合成复合腔调，又在道光间于汉口再度结合而被带入北京，终于形成皮黄戏与京剧。宜黄腔亦由梆子腔东传至江西而与宜黄土腔产生融合之新腔调，故质性虽豪壮、婉柔有别而反可以互补有无。西皮之名始见崇祯间（1628—1644），二黄始见万历间，由西秦腔二犯传至宜黄而形成。

49. 清初腔调大戏有"南昆北弋东柳西梆"之称。东柳指流播鲁、豫、冀、江、山东、河南、河北、江苏、安徽五省交界三十余县"柳子腔戏"。但柳子腔何以名"柳子"，与"弦子腔"有何关系，学者莫衷一是。鄙意以为，"河南调"因以中原方音方言为

[①] 曾永义：《梆子腔新探》，《中国文哲研究集刊》2007年第30期。

旋律而为名，又因以弦乐伴奏而称"弦索腔"，包含诸多剧种，而以"柳子戏"为主要。早期"柳子腔"以杂曲小调为载体，后来由于吸收以歌谣七言四句为载体之"柳子腔"，反被"喧宾夺主"由"柳枝腔"而转为"柳子腔"，终以"柳子腔""柳子戏"通行。所以"柳子戏"既含有"曲牌体"，也有"板腔体"。

50. 魏良辅《南词引正》，学者或疑首先揭橥之路工，对其来历不明而质疑，但吴新雷先生据《南通顾氏宗谱》证明魏《引正》所言之"顾坚"确有其人。个人以为，《南词引正》与《曲律》，当为魏氏创发水磨调前后之著作，亦即《引正》为原本，《曲律》为修订本。而《引正》所论"南北曲异同"之说，与王世贞《曲藻》语意几同，文字则有散漫与整饬之别。而无论从年辈、唱曲修为、曲坛声望总体观之，还是加上行文能力，都可以判断魏良辅不可能抄袭王世贞，那么就只有一个可能——王世贞抄袭魏良辅而整饬凝练文字。

51. 明人自徐渭而下均有北剧先南戏后之误解，实则南戏成立大戏尚早北剧二十余年。徐氏又认为南曲无九宫，那只能指南戏"鹘伶声嗽"之踏谣小戏时期，方其以"覆赚"而为大戏，则宫调联套俨然矣。

52. 笠翁"结构论"，实本伯良"章法观"。不只如此，笠翁词采、音律、宾白、科诨、格局之论述，虽较诸伯良精密深邃，但莫不本诸伯良绪论之发挥。则戏曲论之开创者当属伯良，而集大成者当属笠翁。

53. 吕天成《曲品》卷下所举其舅祖孙如法所言"作剧十要"："事佳、关目好、搬演出来好、按宫调谐音律、使人易晓、词采、善敷衍、脚色派得匀妥、脱套、合世情关风化。"可说是明清人讲究戏曲批评最周延明达之态度与方法。

54. 吕天成以魏良辅"昆山水磨调"之创发,梁辰鱼撰《浣纱记》为其载体搬演为界线,分传奇为"旧传奇""新传奇",颇为明确。其"旧传奇"即余所谓之"明人新南戏",其"新传奇"即余所谓嘉隆万历间水磨调昌明后之"明清传奇"。

55. 静安先生从事曲学研究,只在光绪三十三年至民国二年(1907—1913)六年之间,所著计有《曲录》二卷、《戏曲考原》一卷、《优语录》二卷、《唐宋大曲考》一卷、《曲调源流表》一卷、《录曲余谈》三十二则、《录鬼簿校注》、《古剧脚色考》一卷、《戏曲散论》十三则、《宋元戏曲考》等十种,前九种著作可以说都是为《宋元戏曲考》一书所作的基础研究。

静安先生在曲学上具有三大贡献,其一就学术意义而言,开辟了戏曲研究的门径,使中国戏曲研究从此进入学术的园林。其二就戏曲研究方法而言,提供两点重要启示,一是以经史考证校勘的方法来鉴别和处理戏曲资料,一是先作基础研究然后再融会贯通著为专书。其三就研究风气而言,首开近代戏曲史研究的潮流,同时影响中日学者的戏曲研究。而学术研究后来居上,所以静安先生《宋元戏曲考》中可商榷可订正的地方也自然存在。对此,已见诸拙作《静安先生曲学述评》[①],此不更赘。

56. 明清人论曲之共同话题有:一、当行本色论,二、诗词

---

① 曾永义:《静安先生曲学述评》,曾永义:《戏曲学(三)古典曲学要籍述评》,(台北)三民书局 2018 年版,第 330—364 页。

曲异同说，三、南北曲异同说，四、《琵琶》《拜月》优劣论，五、戏曲脚色说，六、戏曲表演艺术之内涵与演进，七、汤沈流派势同水火说。

57. 南戏、北剧之交化而产生明清传奇与南杂剧，余有"三化说"。其北曲杂剧与南曲戏文经北曲化、文士化、水磨调化之"三化"而蜕变为明清传奇。其间还经历明人改本南戏、明人新南戏（旧传奇）、明清传奇（新传奇）三个历程。南戏之蜕变为"传奇"，余所谓"北曲化""文士化""水磨调化"，实为其促成之内在三大动力。戏文、传奇之发展蜕变史，如以鄙见"三化说"为动力，就有以下五期：

其一，戏文至元末始见"北曲化"与"文士化"，入明而至嘉靖以前，对此蜕变之新剧种，称之为"明人新南戏"，是为"传奇"之"过渡期"。

其二，"新南戏"至嘉隆间"水磨调化"完成，又蜕变为"传奇"，是为传奇之"成立期"。

其三，万历间传奇之作家与作品最多，是为传奇"鼎盛期"。

其四，明末至清康间，传奇作家与作品犹富，是为传奇"继盛期"。

其五，清乾隆以后，花雅争衡，道光二十年皮黄戏成立，同治六年京剧向外流布，而雅部昆腔，一路下滑不振，是为传奇"衰落期"。

此五期接近郭英德《明清传奇史》之分作生长、勃兴、发展、余势、蜕变五期，而用词观念不尽相同。

58. 若论南戏、传奇之分野，以其渐进完成，头绪纷繁，实难解说清楚。但概括言之，其荦荦大者如下：

其一，传奇分上下二卷，大抵上下对应，上卷结以小收煞，下卷结以大收煞。上下以"正场"为主体，首尾必以大场起结，另各置安排一二大场为高潮，过场适度以作前后绾合。使全剧关目布置高低起伏，"文如看山不喜平"。

其二，南戏以生旦文戏之悲欢离合为主，传奇人事时地文武错杂而有致，关目以生旦正面线为脉络，净丑反面为衬托，另外发展时代背景线，配脚旁附线，以及小生小旦并行照应线。技法要善于调度，以免零乱。

其三，曲牌宫调之演进运用，南戏初起里巷歌谣，本无宫调，亦罕节奏，曲律之规律性格由不稳定不明显，而趋向余所谓建构曲谱曲牌之"八律"，使曲牌人工制约越来越谨严，而逐渐形成性质类型画分。且曲牌本身亦通过"犯调集曲"变化，"其联套亦由南戏之杂缀而重头而重头变奏"，至传奇之"缠令""带赚之缠令"而形成传奇家彼此沿袭运用之"套式"，且"合腔""合套""北套"兼具。

其四，南戏作家多无名氏，文士化后以藻饰骈俪为高。传奇不乏官宦士夫，讲究雅丽，有尚词尚律、词律并重之主张。从此词曲系曲牌体戏曲逐渐脱离民众，走上氍毹案头，高台悲歌、勾栏献艺之庶民剧场，由诗赞系板腔体戏曲取而代之。

其五，南戏只用生旦净末丑贴外七脚色，传奇则生旦二行先分化衍生"小生""老旦"，其后外衍生"小外"，末衍生"小末"，净衍生"副净"，丑衍生"小丑"而加上"众、杂"，则多达十五色。

59."传奇"原是"事奇可传"或"传播奇事"之义,因此可以之称唐人小说、宋金诸宫调、宋元戏文和金元杂剧。明人在吕天成《曲品》之后才用作明人长篇戏曲的指称,但因其以昆山水磨调作新旧传奇的分野,"新传奇"则与戏文在体制格律上有诸多差异,而且作家辈出,作品如林,因此就戏曲发展史的观点,戏曲体制剧种的所谓"传奇",至此方才真正成立。也就是说,南戏是经过北曲化、文士化和昆腔化才蜕变为传奇的。也因为"昆腔化"是"传奇"的必备条件之一,所以若就"腔调剧种"而言,"传奇"自然系属"昆剧"之一。

60. 梁辰鱼《浣纱记》和高明(约1306—1359)《琵琶记》、洪昇(1645—1704)《长生殿》都是"划时代"的作品。《琵琶记》是南戏发展为传奇的"先声",《浣纱记》是南戏北剧"混血儿"昆山水磨调化传奇的"开山之作",《长生殿》则是传奇登峰造极集大成的"典型"。

61. 梁伯龙不事举子业,好壮游,有侠气,交游遍天下,兼具儒道思想,亟欲有所匡于时,终不得志,乃致力散曲、剧曲创作,其散曲《江东白苎》、剧曲《浣纱记》皆传唱天下。《浣纱记》演"吴越春秋",融入伯龙生命情调,且欲借此"以古鉴今",其创作时间约在嘉靖四十年至四十五年之间。其文学、艺术之成就,虽不免失之冗长,有所毁誉。但其雅俗兼顾,自有其法,可置案头阅读。其音韵精审、排场转移得宜,皆属难得,更可搬演场上,于明人传奇,居一二流之间,应当之无愧。

而就其于戏曲史上之地位而言,其以水磨调传唱,以《中原音韵》为圭臬,向官话靠拢,使之流播广远。讲究审音合律、排场处理。在体制剧种上，使南戏北曲化、文士化、水磨调化之"三化"至此全部完成而蜕变为"传奇"。在腔调剧种上，从此建立"昆剧"颠扑不破之地位。也就是说，伯龙《浣纱记》实深具戏曲史划时代之枢纽。其他如案头场上两兼其美，在明代中叶剧坛执其牛耳，于西施故事相关剧作中无出其右等之成就，则不过余事而已。

62. 在"十部传奇九相思"的潮流下，有这么一部别出心裁、绝无仅有的新鲜题材作品，用来反映和嘲弄当时社会中许多家庭的现象，焉能不教人耳熟目详、不觉喷饭。更何况其语言自然、机趣横生。也因此《狮吼记》就成为汪廷讷众多剧目中的代表作，迄今犹然流播昆坛。而其本身之体制规律，也实为以水磨调为声口的成熟传奇。也就是说《狮吼》一剧是词律俱佳的传奇作品。

63. 李开先《宝剑记》之林冲、沈璟《义侠记》之武松，许自昌《水浒记》之宋江，鼎足而三，皆假《水浒传》小说之盛行，附骥尾以致千里。

64. 阮大铖人格之卑鄙无耻险恶，为"阉党余孽""明代奸臣""满清二臣"是被"定案"的事实。因此其诗歌、戏曲被《四库全书》《明诗综》所摒弃不录。但民国以来，陈三立、章炳麟激赏其《咏怀堂诗集》，吴梅亦称道其《石巢四种曲》，晚近论者每"不以人废言"，多所肯定。但本人读其戏曲，则深觉"剧如其人"：矫揉造作，不敢以真面目对人，遮遮掩掩，毫无真情韵，毫无真理趣，只是嗫嗫嚅嚅的啰嗪而已。

65. 汤显祖研究已成"汤学"，位居明清第一曲家，被比拟为"中国莎士比亚"。其影响最大者为"至情说"，认为爱情既超越时空、生死，就必须终底于成。所以其《牡丹亭》上之"三生路"，乃由"梦中情"而"魂游情"而必欲实现"世间情"。由于《牡丹亭》若就戏曲剧种而言，为用宜黄腔歌唱之明人"新南戏"，尚未"昆山水磨调化"臻于"传奇"，因之如斤斤于吴江调法，就不免"拗折天下人嗓子"。其实汤氏懂音律，较诸讲究律法之传奇作家，更能调适自然音律与人工音律。所以只要碰上能工巧匠有如叶堂者，就能将"四梦全谱"播诸歌场。但就戏曲艺术而言，其《牡丹亭》关目冗杂、排场欠妥、脚色失衡，也是不争的事实。至其中十七八出词采之韶秀、馨香四溢，灵动飞扬，也是旷绝古今，教人爱不释手。

66. 论"四梦"，如偏向戏曲文学而论，则《牡丹亭》颇能及于化境为第一，《南柯》《邯郸》已臻"掇拾本色、参错丽语"，深浅浓淡雅俗之间，虽或有逞才饰奇者，但大抵得宜。《紫钗》则尚陷于骈绮派之"藻艳依丽"。如偏向戏曲艺术而论，则《紫钗》《南柯》关目均嫌芜杂；《紫钗》排场颇失妥帖，人物殊无可取。《南柯》针线照映细密，排场转移得其法，较诸《牡丹亭》之关目冗杂、排场欠妥、脚色失衡为佳。至于《邯郸》，则虽关目明净、针线灵动，但仍不免宫调曲牌调配错乱之弊。

67. 沈璟在魏良辅、梁辰鱼所倡导之昆腔水磨曲剧之后，进一步主张制曲押韵务须依照《中原》，调求合律。亲著《南曲全谱》之宫调曲牌法式，使南曲官话化，而令吴中士子争逐歌吹者奉为圭臬，俨然为领袖而树起吴江高帜，影响曲坛甚大。但由于性情涵养拘守儒家卫道传统，故所著剧作"命义皆主风世"，未能有新思想、新旨趣与人争短长。又误解"本色"之真谛，而使曲白落入俚俗庸劣,为人所讥而不自知。所以其《属玉堂传奇》,即使流播歌场之《义侠记》,亦不过见于"小仁小义"而无"大仁大义"感动人心者可以观采。

68. 吴炳"粲花五种曲"之特色,就戏曲文学而言:其一,五剧皆才子佳人,《绿牡丹》与《情邮》更属才子才女。其二,"情邮"之说,根本若士"至情"之论,认为情无所不在,无所不传,由感应、神交而成眷属。但终究未能免俗,多教状元及第后达成。其三,主题思想、关目排场、文字风格皆以若士《牡丹亭》为依归。就戏曲艺术而言,一,擅用误会巧合布置关目,见其匠心而不觉其造作,排场亦得体;二,强化净丑之地位功能,使之调剂冷热,机趣横生,大放厥词,斥奸骂谗;三,音律谨严,既标宫调曲牌,亦遵《中原音韵》而避用侵寻、监咸、廉纤三闭口韵。其四,五剧用集曲多至一百五十六曲,非有绝佳唱工,难于出口清圆,也因此后世曲家不承袭其套式,而歌场亦束诸高阁。吴梅推崇为"明人第一",恐怕过分揄扬。

69. 孟称舜之曲学理念,见于其《〈古今名剧合选〉序》与其对"诗词曲""南北曲"异同之精辟见解,认为南北戏曲各有"雄丽"与"清俏"。他又认为明人"尚律"与"工词"皆属偏见,乃分南戏北剧之工者为《酹江》《柳枝》二集,而皆为案头、场上两宜之作。其《娇红记》所呈现之爱情观,晚近论者标举其剧中娇娘偶一提及之"同心子"大加发挥,认为可与《北西厢记》《牡丹亭》相提并论,且为《红楼梦》宝黛爱情之先驱。王季思亦将之跻入"中国十大悲剧"之一。但所谓"同心子",除借娇娘之口说出"死共穴,生同舍"外,看不到作者对此有进一步之诠释、经营与渲染。我们看到的只是申、娇间五度悲欢离合、娇娘的疑忌争醋，而于娇娘被许配权豪之际，亦未见其"二人同心，其力断金"的任何作为。其实子塞之创作，从其传奇之"题词"与"序"，已可见其主题思想在"笃于性，发于其情"。而"性情"无不以"诚"为根柢，而其"理趣""情义"自在其中。也因此他很欣赏"士为知己者死，女为悦己者容"的观点。而《娇红记》关目布置、排场处理，均有冗烦、失当，韵协不免邻韵混押，所幸曲文优美流利，雅俗适中，尚有三出传唱歌场。

70. 李玉由于出身申相国家人，又蹭蹬科场，成为苏州社会中的下层文人，生活于职业戏班间，以编剧为业，接触广大的观众，投合他们的品味，也因此他在思想上，有富贵家庭传统的忠君爱国和伦理道德的理念，以及庶民百姓生活中多样的兴会和习染。所以他的作品局限在忠孝节义，甚至于为主殉难的操守之上，而难于突破其时代的制约。而也因为他的庶民性，使得他在题材内容上能广及历史、时事、社会、风情、神仙诸品类，作不同的旨趣和呈现各色面貌，以呼应庶民剧场上日新月异的需求。而也因此开扩了他创作的空间和视野，加上他对南北曲律精湛的体会和研究、积累长年和撰著繁多的实务经验，使得他的剧作场上案头两宜，词藻曲律并美，他也因此成为晚明清初第一大戏曲家。总体而言，其成就多方而瑕疵微薄，是可以断言的。至于其他苏州剧作家，取材不广，历史剧、时事剧亦不多见，而每多杜撰之篇，即此而言，清初苏州作家群之领袖地位，自非李玉莫属。

71. 综观《笠翁十种曲》，可得以下五项看法：

其一，李渔身处晚明清初易代之际，弃绝功名，不作贰臣，

图 31　日本《唐土奇谈》中的李渔肖像

只好作顺民，终于选择卖文糊口、出版为业的谋生之道，作为文化商人，既游走于士夫豪门之间，亦贴近庶民百姓之中，而以创作传奇名著遐迩。由于适应环境，乃为自己立下避忌讽刺的创作原则和为观众消愁解忧的创作目的。也因此使得其传奇题材大多采取庶民百姓喜闻乐见易于领会接受的风情剧与家庭剧，而且务使结局大为团圆，成为同欢共乐的喜剧。其间虽然也有谈言虽中，略有寓意，但皆非明显的旨趣寄托。所以不免有论者指其气局狭隘，思想浅薄。

其二，由于其一意在建构"喜剧"，所以首先务求新奇，乃能引人入胜。而引人入胜之法，第一在情节处处出人意表，因之每以误会巧合环环相扣，令人堕入彀中而不自知，及至醒寤则深感妙趣无穷。他又重视排场处理得体，使作品变化有致而情味有别。他同时也讲求舞台效果，注意脚色身段、舞台场景和砌末运用，借此以吸引观瞻。这三要件，排场得体最为吴瞿安所赏，舞台效果则为晚明以来所被讲究的舞台艺术，而以笠翁最为用心。至于以误会巧合布置关目之法，阮大铖始开风气，吴炳、李渔继之而为盛。《笠翁十种曲》中，用此技法者十之八九。而其结撰如果失诸自然，便不免扭曲造作之弊，起码使作者堕入自设之窠臼而不自知。也因此笠翁之用此技法自有"毁誉参半"之论。而笠翁为达成剧末大团圆的喜剧结局，同样也难免不自然的结撰方法，如《比目鱼》之悲剧殉情而必使遇救得生，如《奈何天》之至丑终转形为俊男，都为论者所不敢苟同。

其三，由于笠翁作剧在使读书人与不读书人同看，更使不读书人之妇女小孩同观。所以在曲文、宾白、科诨方面都采用俚俗白描，期其耳闻能晓。而也因此被一般习于雅文学之论者所摒斥，尤其在科诨方面更为严厉。而其实明清以来之论者包括笠翁，大都皆未解戏曲"本色"之真谛。所谓"本色"是指所应具有的本然质性和修为。因之就戏曲而言，应是脚色人物语言之浓淡雅俗都要恰如其分，不可一概出之以浅俗而名之为"本色派"，同样也不可一概出之以雅丽而名之为"雅丽派"。戏曲语言之于人物声口，必须恰如其分才算"当行本色"。此亦所谓"生旦有生旦之口，净丑有净丑之腔"。

其四，如果就场上与案头来作分野，那么《笠翁十种曲》自属"场上之曲"。但是要特别强调的是纵使其为"场上之曲"，其俊语佳曲还是随处可觅。

其五，笠翁虽然尚难跻身为戏曲史上第一流剧作家，但是加上其戏曲理论的总体成就，则毫无问题是戏曲史上首屈一指的戏曲家。

72. 如果要举出集戏曲文学艺术之大成的传奇作品，那么清人洪昇《长生殿》不作第二想。因为其题材胎息渊厚，主题寄托遥深。结构谨严，关目埋伏照应，排场新颖灵动，音律中矩精严，曲文清丽流畅，人物须眉毕张，宾白雅俗切合声口，科诨自然生发机趣。以故亦堪为传奇剧作之典范。

73. 孔尚任《桃花扇》，写南明近事，"借离合之情，写兴亡之感；实事实人，有凭有据"。这是因为东塘自幼受民族意识之熏陶，焉能不深寓故国之思与狡童之悲，故能使"故臣遗老，灯炧酒阑，唏嘘而散"。而康熙帝与满臣权贵观后，焉能无动于衷而无所忌讳？这才是东塘甫由户部主事晋升员外郎十余日，即以"疑案罢官"的原因。

《桃花扇》作为"历史剧",固然前无古人,后恐亦无来者。孔尚任也是最能实践其创作构思和理论的作家,他提出的"排场"观念和处理方式,为李渔所未及之戏曲内在结构,影响远大。

吴梅说《桃花扇》"有佳词无佳调",但事实上当世演出之盛况,后人剧诗之歌咏,较诸《长生殿》超出甚多。

74. 近现代地方小戏形成之径路有六:(一)以乡土歌舞为基础,(二)以小型曲艺为基础,(三)以杂技为基础,(四)傩舞为基础,(五)以小型偶戏为基础,(六)以多元因素结合为基础。

近现代地方大戏形成之径路有三:(一)由小戏发展而形成,(二)由大型说唱一变而形成,(三)以偶戏为基础而形成。

近现代地方大戏发展之径路有四:(一)汲取其他腔调而壮大者,(二)与其他剧种同台而壮大者,(三)以传统古剧为基础而蜕变更新者,(四)随剧种声腔流布而产生新剧种者。

75. 昆山腔、高腔、皮黄腔、梆子腔为近现代流播全国之四大声腔,可以说是近现代中国地方戏曲剧种的骨干基础。大抵说来,昆山水磨调腔系之特色是讲究字音口法,轻柔婉约,是中国戏曲艺术的"精致歌曲"。但其流播地方化后,受土音土腔之影响,每向通俗质俚方面质变,大失本来性格。高腔腔系之特色是锣鼓帮衬,无需曲谱,不入管弦,音调高亢,一唱众和,好用滚白滚唱,鄙俚无文。相对于昆山水磨调腔系而言,它是"通俗歌曲"。梆子腔之特色,原是以梆子节奏,其声呜呜然、节节高,令人热耳酸心,即今之山陕梆子,犹存粗犷之风,发音要求必自丹田,音密而亮,人称"满口音",高亢而圆润。但蜀人魏长生所传之四川梆子,将伴奏乐器以胡琴为之,月琴为副,名为"琴腔"之后,则其声"工尺咿唔如话","节奏铿锵,歌者清越,真堪沁人心脾"。而皮黄腔系则为复合腔系,因为西皮刚劲明快,二黄柔和深沉,可以互补有无,相得益彰。所以它成了近代中国戏曲代表剧种"京剧"的主要腔调。

76. 虽然"花部""雅部"的观念起于乾隆间的北京和扬州,戏曲史家因此也认为彼时有"花雅争衡"的现象。而所谓"花雅"其实就是"雅俗",雅俗也其实是中国文化、中国文学互相推移向前的两股力量,戏曲史中的雅俗推移,自从南戏北剧成立以后,无论体制剧种或腔调剧种也莫不如此。

明嘉靖间,祝允明、杨慎认为北剧是雅,南戏是俗。万历间汤显祖、顾起元、王骥德等人认为南戏诸腔中,昆山腔继海盐为雅,弋阳包揽余姚为俗。万历宫廷中有"宫戏""外戏",宫戏演北剧为雅,《孤本元明杂剧》中多教坊剧可以为证,外戏演昆、弋、打稻、过锦诸戏为俗。清康熙至嘉庆间宫廷内府演昆弋二腔,昆雅弋俗。乾隆间,花部繁兴,统称"乱弹"。其重要腔调京腔、陕西梆子、四川梆子皆与昆腔有所争衡,仔细观察,有昆京、昆梆(陕西梆子)、京梆(四川梆子)、昆乱之相互推移。乾隆末[五十五年(1790年)以后]徽班入京,因有昆徽之推移,经嘉庆至道光二十年(1840),徽班中之皮黄突出为主腔而形成"皮黄戏",从此为昆剧皮黄戏之推移。皮黄戏于同治六年(1867)南下上海,被称为京剧。京剧于光绪后独霸剧坛,导致昆剧一息残喘,而乱弹之京腔、山西梆子亦随满清而消亡。

然而体制剧种南戏北剧推移的结果是产生了新体制剧种明清传奇和南杂剧。腔调剧种昆腔、弋阳腔之推移则产生新腔调剧种昆弋腔，类此而有昆梆腔、京梆腔、皮黄腔，昆剧更提供大量艺术滋养供京剧成长，京剧简直从昆剧蜕变而来。可见争衡推移的结果，反成合流而壮大。

77. 若论戏曲表演艺术所构成之元素及其间之系统关系，则戏曲之表演艺术在"唱做念打"，而戏曲之所以为"戏曲"，明示其以"曲"为重，而曲之主体在"唱"，"唱"必兼"歌""乐"，而以"歌"为核心，"乐"为其呈现之衬托。而"歌"之内涵，更有"唱词"、"腔调"及其共同之载体。"腔调"则为方音以方言为载体之语言旋律，为一方群众声情之共性，因地而异，所谓"南腔北调"。而唱词内含词情与声情，其载体以大戏而言则有"诗赞系"与"词曲系"，诗赞为七言十言之词句，词曲为具"八律"之"曲牌"。词情与声情必须相得益彰乃能真正而充分地彰显戏曲之文学和艺术。所以其"词情"所用之语言质性与呈现技巧、情境表现在剧作家的文学修为上，其"声情"来自唱词之语言旋律和依存于载体"曲牌"所规定之人工音律，亦有赖于剧作家的音律修为。也就是说词曲系曲牌体戏曲文学、艺术表现的最根本所在，即为受曲牌制约的唱词。"唱词"中之"词律"互相制约，又互相依存，它们融而为一体，则必"双美"同具而相得益彰，如若有"偏"，则必有"失"，偏"词"者必失"律"，偏"律"者必失"词"，都非佳作，更遑论为"无懈可击"之妙品。

以上所叙，作戏曲关系图如下：

78. 晚清之戏曲改良与五四之鄙视戏曲，前者因有其果然改良

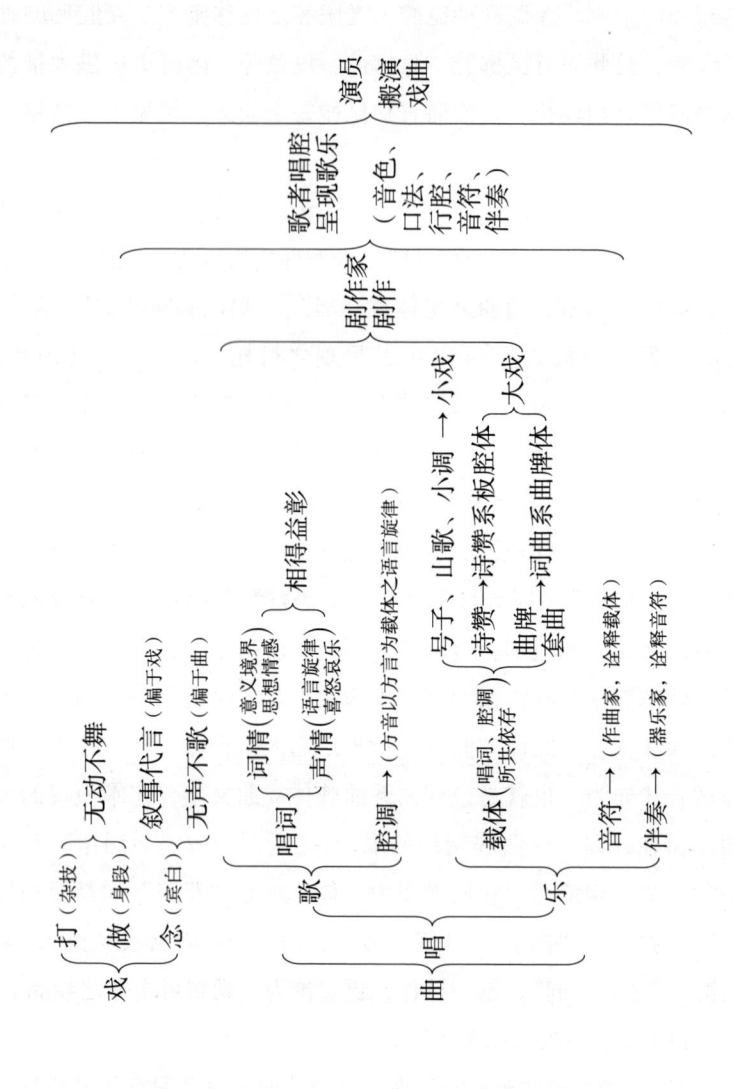

```
        ┌ 打（杂技）┐
        │ 做（身段）│ 无动不舞
   戏 ──┤ 念（宾白）  叙事代言（偏于戏）
        └          无声不歌（偏于曲）

                 ┌ 唱词 ┬ 词情（意义境界、思想情感）┐
                 │      └ 声情（语言旋律、喜怒哀乐）│ 相得益彰
            歌 ──┤
                 │ 腔调 → 方言以方音为载体之语言旋律
                 │
                 │              ┌ 号子、山歌、小调 → 小戏
                 │ 载体（唱词、腔调）┤ 诗赞 → 诗赞系板腔体
                 │  所共依存      │ 曲牌 ──┐
   曲 ──┤                      └ 套曲 ──┴→ 词曲系曲牌体  → 大戏
        │
            乐 ──┤ 音符 →（作曲家，诠释载体）
                 │ 伴奏 →（器乐家，诠释音符）

        剧作家
        剧作

        歌者唱腔        ┌ 音色、
        呈现歌乐        │ 口法、
                       ┤ 行腔、
                       │ 音符、
                       └ 伴奏 ）

        演员
        搬演
        戏曲
```

者,但其走火入魔实亦以此为甚。而后者但持否定之态度,几于摧残民族艺术之菁华,尤为意气用事而丝毫无可取。

79. 中国偶戏有傀儡戏、影戏、木偶戏三大类型。傀儡又可分水傀儡、悬丝(提线)傀儡、盘铃傀儡、杖头傀儡、肉傀儡、药发傀儡六种。影戏又可分手影、纸影、皮影三种,纸影、皮影之彩绘者称彩影。木偶戏亦称掌中戏。

若论中国偶戏之起源与形成,最早之傀儡当系先秦之木偶丧葬俑,因其状丑像人,故称傀儡。傀儡一词,文献上又有魁垒、魁礨、魁碨、魁櫑、窟礨、窟儡、傀磊等写法,黄庭坚认为当作"魁礨"。因其有机发可以踊跃,故称俑,又进一步结合先秦大桃人与方相氏之辟邪除煞。两汉继承先秦辟邪除煞功能而为丧家乐,进而用于嘉会歌舞,使傀儡粗具"戏"的意义。北齐以后,而傀儡有号为"郭公""郭秃",为"俳儿之首",以滑稽诙谐导引傀儡演出歌舞杂技,是为傀儡百戏时期。至隋炀帝"水饰"而达巅峰,并进入演出故事的傀儡戏剧时期。"水饰"即宋代之"水傀儡",明代之"水禧",它是在水中以机关运作的傀儡百戏。此时傀儡之制作已非常精致,其能工巧匠有曹魏之马钧、北齐之沙门灵昭、隋炀帝时之黄衮,其后唐代也有马待封、殷文亮、杨务廉等人。所以历来传说傀儡之起源,无论唐人所相信之西汉初陈平以傀儡扮饰女乐以惑匈奴冒顿阏氏之"秘计"说,或西晋人伪托《列子》所记之周穆王偃师说,就其傀儡之制作技术而言,皆有其可能,只是傀儡并非如此起源而已。

唐代人文荟萃,佛寺戏场兴起,变文等说唱文学发达,古文运动成功,造就传奇小说。在这种背景之下,用为百戏歌舞滑稽

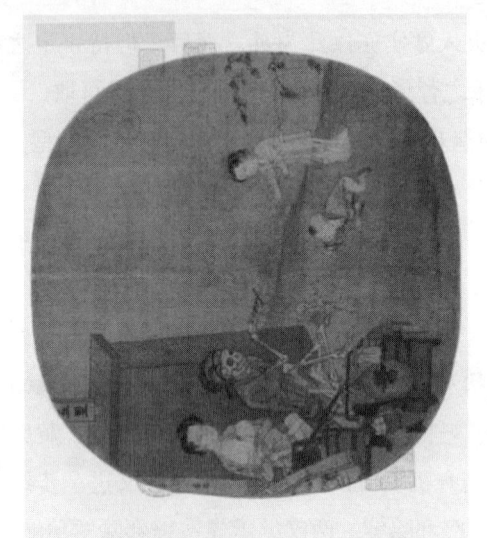

图 32　南宋李嵩《骷髅幻戏图》

诙谐的傀儡，乃进一步用为说唱之凭借，亦即以傀儡为故事中人物，由艺人操作傀儡，为傀儡代言而说唱表演故事。此时之演出，围以障幕，所用之傀儡以悬丝提升，丝线越多技巧越高，灵活度越大，引人入胜也越深。于是傀儡戏融入人们生活，为各阶层所喜爱，甚至宰相杜佑退休后，也在市井中看用盘铃伴奏的所谓"盘铃傀儡"，只是有唐一代未见"水傀儡"为可怪耳。而唐代之悬丝傀儡既能演出《尉迟公》《鸿门宴》，则此时之傀儡戏已能演出"超诸百戏"的戏剧或戏曲矣！

　　到了两宋，可以说是偶戏登峰造极的时代，两宋都城汴京、杭州的文化艺术经济都非常繁盛，其瓦舍勾栏堪称庶民文学艺术的大温床，其乐户与书会才人推波助澜，使得百艺竞陈。就偶戏而言，傀儡戏在前代的水傀儡、悬丝傀儡之外，又增加以竹棍操作的杖头傀儡、以小孩模拟傀儡动作的肉傀儡，另一种以火药发动，谓之药发傀儡。这五种傀儡中之药发傀儡，可能只是百戏特技，其余四种都能百戏也都能戏剧、戏曲。傀儡之外，两宋又有"影戏"，有杂技性的手影，有可以演出戏剧、戏曲且加以彩绘的纸影和皮影。两宋的傀儡戏可以演出如烟粉灵怪、铁骑公案、史书历代君臣将相等内容的长篇故事，剧本有如崖词，影戏也可以搬演讲史如三国故事。影戏的渊源形成也难于定论，可能是直接模拟唐代俗讲的画轴和唐代用来说唱的傀儡戏，因为影戏就戏剧和戏曲的功能，其实与说唱和傀儡戏不殊。

　　80. 清代之肩担戏、苟利子、傀儡子、独脚戏、凳头戏、独台戏，从内容看来，它们都是名异实同，特色是一人以五指运三寸傀儡，围布作房配以锣哨，连耍带唱，能演出简短剧目。从其特色看来，简直就是早期的木偶戏，而其既见乾隆间《扬州画舫录》，较诸泉州木偶戏之见于嘉庆刊本《晋江县志》又要早些，因此颇疑这个"耍苟利子"的"傀儡子"应是木偶戏的根源。若此，木偶戏的源生地就不是福建泉州了。就上述资料，比较合理的解释是，乾隆间，安徽凤阳人的"肩担戏"传入江苏扬州，又流入北京称苟利子或傀儡子，流入浙江定海称独脚戏或凳头戏，流入河南开封称独台戏，可能也流入福建泉州称掌中戏或木偶戏。流入泉州的时间在嘉庆间，在时间上也正好接得上。如果这样推论可以站得住，那么木偶戏的源头就不是泉州，而是凤阳，明末梁炳麟、孙巧仁祈梦之说也就子虚乌有了。

81. 戏曲演员之表演艺术内涵，根源于构成戏曲之元素及其所形成之戏曲质性。虽然戏曲有大戏小戏之精粗、剧种各自之差别，但就演员之艺术修为而言，前贤所归纳之"四功五法"，实为此中之不二法门。所谓"四功"即"唱做念打"，"唱念"在咬字吐音与行腔，讲究字清腔纯板正，行腔在传情动人，其间则有赖于天然音色之质性与口法之运转。"做打"则在手眼身发步"五法"之造诣，以肢体语言行精妙之姿韵。也就是说戏曲演员表演艺术之基本修为不外"歌"与"舞"，而歌舞性也正是戏曲之艺术本质。而演员进入戏曲艺术，莫不因材质而以脚色分科，资质出类拔萃者，则可以两门三门抱，其不世出者则可以"文武昆乱不挡"。

戏曲由于历代剧种之递嬗与发展，其艺术之内涵与轻重，自然有所演进与变异。譬如小戏基本在"踏谣"，脚色由不明显到二小三小，北曲杂剧由说唱艺术一变而来，重在歌唱，身段动作尚且在于配搭歌唱，但已具科泛程式，脚色末旦之命义只于独唱全剧之男女主角，净脚但为插科打诨，无男女性别之分。直到传奇才发展为歌舞乐融而为一之综合艺术，其做工已极精致，但源自武术杂技之"打"，则有待于京剧之完成。而若论演员表演艺术之境界，则文人眼中，莫不以形神俱化为至尚，而其"艺"术纵然妙绝，若其"色"不相称，亦终非完美。因此完美之戏曲表演艺术家，既要得之于人又要得之于天，乃能"色艺双全"、"形神合一"而成为世人称道、仰望难于世出的典范。

82. 戏曲之评论，个人以为当就构成戏曲之九大元素入手，约为"八端"，即本事动人、主题严肃、结构谨严、曲文高妙、音律谐美、宾白醒豁、人物鲜明、科诨自然。

83. 戏曲在当代因应之道，首在真切认识戏曲之本质在写意，其传统之优美质性，如歌舞性、节奏性、夸张性、疏离与投入性及其所形成之虚拟象征程式之表演艺术原理，使排场自由流转而无时空之制约，凡此皆应保存并予以发扬。而戏曲语言富于音乐旋律，自有其腔调口法，绝不可受到西方美声唱法所"污染"，否则便失去了崇高的戏曲民族性。

其次当留意戏曲之其他质性，其可修正者则改良之。如诗剧形成之变革，如程式之运用与创新，如脚色修为之突破，如调适现代剧场发挥运用其功能。至其已不适应时代之质性，如自报家门，如受讲唱文学影响之延展性叙述结构，如主题思想忠孝节义教化之窠臼，如题材之陈陈相因，如杂技之喧宾夺主等，就应该予以祛除。

在此前提之下，如果能期诸"妙手"，了解在同一时空之下的三种戏曲类型，使之各安其位，各发其能，并知所以扎根传统与融合中外之道，那么"现代戏曲"，必可从"传统戏曲"中开出灿烂之花，结成丰硕之果！

84."戏曲演进史"，就"剧种"之演进而言：

（1）殷商"方相氏"为"傩仪戏剧"，继今三千数百年。

（2）先秦"蜡祭"《九歌》为"戏曲小戏群"，迄今两千二百余年。

（3）先秦宫廷"优戏"、"优孟衣冠"，迄今两千四百余年。

（4）《九歌》后之"戏曲小戏"，以西汉武帝时《东海黄公》为著，是为角抵杂技之"戏曲小戏"。

（5）至唐代而有参军戏源于东汉定名于后赵石勒，至李唐而有宫廷"优伶小戏"参军戏。

（6）唐代另有起于隋成于民间之乡土小戏《踏谣娘》。

（7）参军戏其后发展为宋金杂剧院本，更由此而院么、么末而为金元北曲杂剧之大戏"北剧"。

（8）在《踏谣娘》之后，发展为踏爨"杂班"而为"鹘伶声嗽"而为"永嘉杂剧"而成"宋元南曲戏文"之大戏"南戏"。

（9）"北剧"、"南戏"交流，经"北曲化"、"文士化"、"昆山水磨调化"而以北剧为母体者是为"南杂剧"，其以南戏为母体者是为"传奇"。

（10）传奇昆剧在雅俗推移下，被梆子腔、高腔系统之板腔体所取代，是为"皮黄戏"京剧。

85. 就戏曲理论专著之演进而言：

元人有周德清《中原音韵》、钟嗣成《录鬼簿》、夏庭芝《青楼集》，明人有署为宁献王朱权之《太和正音谱》、魏良辅《南词引正》与《曲律》、徐渭《南词叙录》、沈璟《南词韵选》、王骥德

《曲律》、沈宠绥《弦索辨讹》与《度曲须知》、沈璟《南曲全谱》、沈自晋《南词新谱》、吕天成《曲品》、祁彪佳《曲品》。清人有《九宫谱定》、《南词定律》、王正祥《十二律昆腔谱》与《十二律京腔谱》、康熙《钦定曲谱》、《九宫大成南北词宫谱》、叶堂《纳书楹曲谱》、王季烈《集成曲谱》、吴梅《南北词简谱》、郑师因百（骞）《北曲新谱》、张师清徵（敬）《明清传奇概论·排场说》、中国艺术研究院《中国昆曲大典》等。可见戏曲理论明人最盛，亦是戏曲之"黄金时代"。

86. 就戏曲文学之演进史而言：

唐代以前，为小戏孳乳时期，但有傩仪戏剧、傩仪小戏、宫廷优伶滑稽戏、宫廷优伶小戏参军戏，民间杂技小戏《东海黄公》、民间乡土小戏《踏谣娘》，未见完成大戏之条件与环境，既无大戏，则尚言"戏曲文学"。至宋元而南曲戏文，明初始以文士化而被重编改订，如所谓"荆刘拜杀"，是为"明改本戏文"，其后邵璨《香囊记》更开"骈绮"之门，是为"明人新南戏"，至梁辰渔《浣纱记》调寄昆山水磨腔而为"传奇"。于是沈璟"尚律"、汤显祖"尚词"，吕天成《曲品》、王骥德《曲律》乃主词律兼美之说。孟称舜编著《酹江集》《柳枝集》，以"一樽还酹江月""杨柳岸晓风残月"之豪放、婉约作为戏曲文学风格的两大派别，李卓吾"童心说"更认为戏曲文学不过"满心而发、肆口而成"。

87. 就"戏曲艺术之演进史"而言：

"四功五法""唱做念打""手眼身法步"为戏曲演员必须兼备之艺术基础，而且要色艺双全才能出人头地，其进境则为"形神合一"。其"唱"，北曲杂剧之"末旦"重在独唱北曲之词曲系曲牌体乐曲，嗷唱诗赞系板腔体之腔调，念诵脚色人物间之口白。这也标志着北剧始从叙述体之南北诸宫调、覆赚说唱文学艺术，一变而为代言体之词曲系曲牌体和诗赞系板腔体兼具之戏曲表演文学艺术。其艺术文学质性自然保留许多说唱文学之迹象，由一脚一人独唱便是明显之例。明人戏曲"文士化"后，戏曲每用于酒筵歌席之演出，文人乃斟斟讲究一字一音词律之合规中矩。元人虽已承宋金杂剧注意及于"科泛"，但未进入"肢体词言"之融合，于战阵武场更只用"探子"出关目以唱述沙场情况。明人已开始将武术杂技融入表演，乃有"武场"，但也只用作"过脉"性质。至弋阳高腔梆子戏乃大力发挥"武打艺术"，皮黄京戏即充分运用于排场之中。

88. 就政令而言：

元明清三代皆有禁演戏曲，尤其是地方小戏淫治之条例，宽严虽有不同，但其影响戏曲重大者，有以下诸事：

（1）明太祖、明成祖皆颁布戏曲不可演圣贤帝王之事，只能演出孝子慈孙娱乐的政令，于是明万历以前之剧本、剧场皆不出现帝王，至多只以"殿头官"代行宣旨，也从而加强了戏曲"寓教于乐"之思想旨趣。此律令榜文尚为《大清律例》所承袭。

（2）明宣宗宣德二年左都御史顾佐"奏禁歌妓"，旋有酒之风气，也促使童伶搬演戏曲之现象的兴盛。

（3）雍正禁官府官员蓄养歌妓，并废除"乐户"制度，使复归良民，但也因此乐户伎人流入家乐与戏班之中，戏曲艺术亦为之普及全民。

（4）乾隆朝于宫掖中搭建戏楼，总计有四座三层楼的大戏台，促使传奇继万历后,进入极盛时之"回光返照"时期。

89. 就戏曲之思想内容而言:

固不出《戏曲演进史·作家创作动机》所揭櫫之六事。但中国两千数百年来以儒家思想为导向,自以"伦理道德"为讲究。所以自从高明《琵琶记》强调"不关风化体,纵好也徒然",教化剧便充斥于戏曲之中。但元代厕身优伶的书会才人,也不时在剧中"正言若反"地构筑"否极泰来"功成名就的"空中楼阁"和士子歌妓间恋情的始难终达的遐想情景。明代曲家,多半蹭蹬科场,自负者以古人自许写照。愤激者以忠奸善恶指桑骂槐、渲泄不平,豁达者退隐山林、栖心道佛以古人古事自解,呈现戏曲"文士化"为士大夫用作抒怀写抱正式文体之诸现象。于是汤显祖"三生石至情说"之后,"情观"又成戏曲命题之主轴,所谓"十部传奇九相思"。迨至清乾隆后花部乱弹席卷剧坛,戏曲之思想内容乃又回归庶民普及之生活,为广大群众所"喜闻乐见",也才从明清士大夫之"小众"中完全脱离出来。

90. 戏曲演进史中执牛耳之代表性作者与作品是:

金元北曲杂剧以关汉卿为首,马致远、白朴、郑光祖为次。宋元南曲戏文以元末明初"新南戏"邵璨《香囊记》、梁辰鱼《浣纱记》一为"骈绮",一为"传奇"开山之作,都为戏曲流变关键性之人物与作品。汤显祖《牡丹亭》、沈璟《义侠记》、吴炳《情邮记》,或为文词之典范,或为格律之圭臬,或为词律兼美之典型,其作家与剧作亦皆为世所称许。至清初李玉《一笠庵传奇》而为苏州民间作家群之领袖,李渔《笠翁传奇》为其戏曲理论实践之作品,康熙间北孔东塘《桃花扇》立下"历史剧"写实之风潮，南洪昉思《长生殿》则集戏曲文学艺术之大成。乾隆间蒋士铨《藏园九种曲》则给予"传奇"做光荣的结束。

91.《戏曲演进史》所关涉的论题层面

层面所构成的单元子题，不只非常繁复、交错纵横，甚至已融为有机体。戏曲进入学术和大学课程才百年，虽不少前辈时贤如王国维、吴梅、王季烈、任讷、郑骞、张敬等努力创发探讨，著者亦沾溉余泽，参与论列，但其间可资补阙或进一步考索者尚有许多。如先秦至两汉南北朝以前之"戏剧"与"戏曲小戏"剧目，尚可从古文献中稽考，多与补实。如"南曲戏文、北曲杂剧"之由"院本、院幺、幺末、杂剧"，北剧、南杂剧与之由"鹘伶声嗽、永嘉杂剧、戏文、南戏、传奇"之递变历程，其阶段性之考述更有进一步具体化之时空考证，如戏曲在当前因应之道及所谓"跨文化戏曲"之建构，则更有讨论之空间。如词曲系曲牌体戏曲之昆剧传奇是否也有"流派艺术"，如所谓"当行本色"当作如何诠释才属正确周延。凡此皆有待诸后进一一完成。

92. 1910—2000年代的戏曲学界

戏曲研究自王国维肇始民初，以《曲学十书》著成《宋元戏曲史》为标志。吴梅将戏曲讲授于大学课堂以来，为时不过百年。其间以新学术园地开发论题者：

在日本有青木正儿《中国近世戏曲史》《元人杂剧序说》，吉川幸次郎《元杂剧研究》，田仲一成《中国祭祀戏剧研究》。

在韩国有吴秀卿《戏曲目录学》，金学主《戏曲通识教育》。

在美国有白芝（Cyril Birch）"戏曲学"，柯迂儒（James Irving Crump, Jr.）《上都乐府》，奚如谷（Stephen H. West）之戏曲英译。

在荷兰有伊维德（Wilt.L Idema）明杂剧和《西厢记》。

在法国有施博尔（Kristofer M. Schipper）之道家手抄本书探讨。

在英国有龙彼得（Pier van der Loon）之南音戏曲手抄本研究。

以上这些戏曲学术先进都各有专长，令我佩服，但由于性情为人各有风调，与我之友谊不免有深浅厚薄。

在中国有以曲话著称，首开戏曲学评论之门的吴梅，有张庚、郭汉城、王季思、郑振铎、任讷、卢前、钱南扬、周贻白、叶长海、孙崇涛、郭英德、杜桂萍、朱万曙、周华斌、陈多、流沙、黄天骥、黄竹三、康保成、欧阳光等。在中国台湾地区还有郑骞、张敬、高明、李殿魁、曾永义、洪惟助、王安祈、李惠绵、陈芳、林鹤宜、蔡欣欣、许子汉、游宗蓉等。

这些戏曲研究者，肇始时期之功者，主要在曲籍目录版本的搜辑整理校勘，作为研究的坚实基础，如钱南扬《宋元南戏百一录》、郑因百（骞）《元杂剧异本比较》。其著为"戏曲史"，以日人青木正儿接继王国维《宋元戏曲史》的《中国近世戏曲史》，卢前《明清戏曲史》和以毕生之力的周贻白所完成的《中国戏剧史长编》等五书，以及充满马列思想的张庚、郭汉成所主编，被两岸用为教科书的《中国戏曲通史》。

其后蔚然而起的是古剧的考证，如任讷《唐戏弄》《唐声诗》，胡忌《宋金杂剧考》、冯沅君《古剧说汇》、日人吉川幸次郎《元杂剧研究》等。于是张、郭二氏在北京中国艺术研究院建立"前海学派"，王季思以广州大学为据点评校元人杂剧，编辑《中国十大古典悲剧集》与《中国十大古典喜剧集》。黄竹三也在山西临汾创设戏曲文物研究所，进行田野戏曲文物之调查考古与探讨，加上南京大学宗师钱南扬之传承，各立山头，皆蔚然成派，使得戏曲研究成为戏曲汉学之新兴学科。广州中山大学更以此为重点学门，汇聚研究生数十人，为重镇中之重镇。而这些重镇中所栽培的后起之秀，而今皆成为研究的中坚，如中山之康保成、山西师大之车文明、北师大之杜桂萍、南京大学之孙书磊、台大之王安祈、林鹤宜、政大之蔡欣欣等，莫不为佼佼者。也因此戏曲论著，已几近"五花八门"。我为台北"国家"出版社所策划编辑的《戏曲研究丛书》百余种，光从其目录即可"一斑"。

本人即在此背景之下，饫厌前贤英华，得其治戏曲之门径。譬如业师郑骞之北曲论文之命题，建立旨趣，含茹英华于起承转合之中。《北曲新谱》以二十年始毕其功之孜矻不倦，我得蒙校对，而竟无一字一符号差误，而被老师夸赞一番。我何其有幸，六十年来得跻身戏曲汉学研究之林，倘有些成就，都是上述诸先贤同侪所赐予的，非常感谢他们。

〔附记〕

《戏曲小语》第83条之前将于北京中国艺术研究院《戏曲研究》2022年第123辑发表，第84条至92条共9条为新近写成，全文告一段落。

笔者另有《戏曲关键词简述及其定位（一）》12条、《戏曲关键词简述及其定位（二）》8条，将于山西师大戏曲文物研究所《中华戏曲》2022年第65辑、2022年第66辑发表。

2022年5月29日11时20分

编 后 记

曾永义老师于 2022 年 10 月 10 日仙逝，作为及门弟子的我，除了悲伤不舍，更愧憾再也无法回报师恩之一二。惶惶失落之余，台湾世新大学中文系丁肇琴教授转知曾师母陈媛女士打算整理出版曾师遗著，完成老师生前萦念于心的学术大愿。除了来不及出版的《戏曲演进史》第六至八册（已于 2023 年 10 月由台湾三民书局出版），尚有一份《明清戏曲剧目简评与戏曲小语》誊打初稿，经台湾大学中文系李惠绵教授推荐，曾师母信任，委我代为整理编校。我非但义不容辞，更感恩于老师辞世后，能再尽弟子绵薄之力，于其学术大愿中贡献一点个人心力。

此书合《明清戏曲剧目简评》与《戏曲小语》两书而成。其中《明清戏曲剧目简评》以黄竹三教授主编之《六十种曲评注》及黄仕忠教授搜集整编之《明清孤本稀见戏曲汇刊》选本为依据，述评 69 种明清戏曲作品之创作笔法与艺术成就，多种为学界长期忽略、较少论及之作。曾师自谓写作"念头"乃因明清戏曲作品浩如烟海，虽然《戏曲演进史》已有第六、七册《明清传奇编（上）（下）》两册综述，但书中所选仍为名家大著，无法总窥明清剧目全貌，每每深感遗憾，因此仿效卢前《读曲小识》，择 69 种作品逐一述评，以期建树为林，成其大观。

《戏曲小语》收录91条曾师长年戏曲研究建构之理论观点，多数已获得学界认同与肯定，采小语形式书写，有别于一般学术论著，期以平易方式阐述深奥理论，曾师称之为学术开"新妙方"。其后，曾师母于遗稿中又发现一则"1910—2000年代的戏曲汉学界"随笔，条述近百年来世界重要戏曲汉学家、学术论著及其学派，与前91条未有重复，于是增补于《戏曲小语》，成其92条之数。

　　《明清戏曲剧目简评》每篇皆注明撰写日期与时间。曾师先以《明清孤本稀见戏曲汇刊》36种为底本，于2021年10月至12月间陆续完成评述；后以《六十种曲评注》23种为底本，于翌年四、五月间完成。后33种写作时间相当密集，几乎相隔一、二日便完成一篇，时隔最久一篇也仅差四日，其时曾师健康情况已大不如前，盖有感于生命忽忽不可掌握，急欲留下毕生心血，嘉惠后世学者，其对学术悬命一生，令人敬佩不已。

　　编校期间，读其文字，想见其人。曾师评骘虽立于严谨的理论基础上，豪爽笔力仍时时透见其胸襟怀抱。我每每被吸引，仿佛见其晨夕伏案振笔疾书，将古人写作感怀、气节、笔力品头论足一番，时而赞赏，时而批判，写至豪情不可自抑，常常数言连贯而下，一气呵成，笔力透纸，读来极为尽兴。沉浸其中，竟忘记正在进行编校工作！曾师离开后，编校此书着实陪我走了一段思念恩师之路，何其有幸！

　　2023年4月全书编校结束，交由北京商务印书馆出版。编校过程尽量维持原稿内容，或有誊打错误、语意滞碍之处，则揣摩曾师原意略为增删修改。另外，出版社也希望我提供插图以丰富版面，恰与曾师欲以通俗、平易内容出版的心意相符。此书即将付梓，见曾师生前心愿逐一完成，甚感欣慰，编校此书战战兢兢，忆起曾师曾说当年帮郑骞先生校对《北曲新谱》一字一符号无差误，我亦秉持精神，祈能不辱恩师的提携教诲！

林智莉写于台湾大学戏剧学系

2024 年 1 月 21 日